P9-DKD-656

Les nuits fauves

CYRIL COLLARD

Cyril Collard

Les nuits fauves

Éditions J'ai lu

A mes parents, pour les enfants de moi
que, sans doute, ils n'auront jamais.

© Flammarion, 1989

Elle est entrée. Le soir tombait. J'avais les lèvres collées à la baie vitrée du bureau et je regardais la rue de la Pompe en contrebas. Une moto démarra. Je vis la traînée blanche de ses gaz d'échappement s'ajouter à la pollution de la ville.

La fille referma la porte. Je me retournai vers elle. Elle avait un casque intégral à la main, hésitait à avancer. L'assistant vint vers elle :
« Vous êtes Laura ?

— Oui. »

Elle lui serra la main sans le regarder. Elle avait tourné les yeux vers moi ; au-delà de moi, à travers la baie vitrée, vers le ciel bleu foncé.

Elle portait sur elle le froid du dehors, multiplié par la vitesse de la moto qui l'avait amenée. Le casque avait aplati ses cheveux ; cheveux blonds et châtains mélangés ; sourcils épais ; yeux marron très clairs, presque jaunes ; visage en équilibre, trouble beauté ; contraires mélangés, masque d'emprunt. Elle était habillée de noir : perfecto, jean moulant, bottes, casque noirs. Elle n'était pas très grande.

5

L'assistant dit : « On vous a expliqué au téléphone de quoi il s'agissait ?

— Vaguement...

— On va vous demander de faire un essai en vidéo. Le réalisateur du clip et le chanteur vont arriver. »

Elle ne l'écoutait plus, prit la pochette du disque de Marc sur la table, la tourna et la retourna dans ses mains. Je regardais ces mains et je pensais qu'elles étaient celles d'une femme de quarante ans.

Elle dit : « C'est lui ? »

L'assistant, depuis qu'elle était entrée, était mal à l'aise : « Lui ?... Vous avez quel âge, Laura ?

— Dix-huit. »

Il fouilla dans un dossier où étaient classées des photos, retrouva celle de Laura, la lui montra.

« Qu'est-ce que c'est que ça ?

— C'est vous. Votre agent nous l'a donnée, je suppose...

— Je n'ai pas d'agent.

— Vous êtes bien comédienne ?

— Ça m'est arrivé.

— Vous savez qu'on prépare le tournage d'un clip, tout de même ? »

Je me décollai de la baie vitrée, m'éloignai du bleu, avançai vers la chaleur de la pièce et vers Laura : « François, c'est moi qui t'ai donné sa photo. »

Laura se tourna vers moi. François lui dit : « Je vous présente le chef opérateur du clip. Il nous rend le service de filmer aussi les essais. »

Elle me tendit la main en regardant vers le sol.

« J'ai trouvé votre photo dans un carton qui

traînait dans le couloir d'une production... Vous avez déjà dû faire des castings ?

— Je ne me souviens pas. »

Elle me montra la photo de Marc sur la pochette du disque qu'elle tenait toujours en main : « Vous le connaissez bien ?

— Depuis quinze ans. On était à l'école ensemble. »

La porte du bureau s'ouvrit. Marc entra le premier, regarda Laura, la salua sans s'approcher, fit un pas de côté pour laisser passer Omar qui alla vers elle et lui tendit la main. Je dis : « Laura... Omar Belamri qui réalise le clip. »

Il lui sourit, me dit : « Je me souviens que tu m'as montré sa photo. »

Laura posa la pochette du disque, se rongea un ongle, dit : « Mais on ne s'est jamais vus... »

Je pris la caméra à la main. Laura et Marc étaient l'un à côté de l'autre, contre un mur. Je me déplaçai, vins face à elle, Marc en amorce à gauche du cadre. Omar leur expliqua rapidement la situation et leur demanda d'improviser : Laura dans le rôle d'une jeune prostituée du port de Barcelone, Marc dans celui du mac. Elle regardait dans l'objectif ; était-ce moi qu'elle regardait ?

Marc parla le premier : « Qui c'est ce mec ?

— Quel mec ?

— Je t'ai vue.

— Je le connais pas.

— Tu le connais pas ?... Tu files de l'argent à quelqu'un que tu connais pas ?

— Je lui ai pas donné d'argent.

— Tu te fous de ma gueule ou quoi ? »

Elle avait un air de petite gamine effrontée, mais je sentais sa peur. Elle se mordit les lèvres : « Mais non... »

J'avançai lentement sur elle avec le zoom électrique de la caméra. Marc continua : « Je t'ai vue filer de l'argent à ce petit con...

— Quoi ?

— Tu donnes de l'argent à n'importe qui ?

— J'ai donné de l'argent moi ? J'ai jamais donné d'argent ! »

Marc passa devant elle, prêt à la frapper. Elle fit un pas en arrière, soupira, enfant sournoise : « Qu'est-ce que tu veux que je te dise ?

— Je veux que tu me dises pourquoi tu fais ça... T'es pas bien avec moi ?

— C'est pas ça...

— C'est quoi alors ? C'est un ami ?

— Je le connais pas.

— Tu lui donnes de l'argent et tu le connais pas ?

— Je fais ce que je veux de mon fric.

— C'est pas ton argent. »

Omar me dit de couper la caméra. Marc et Laura se reposèrent un moment.

Ils étaient assis face à face, de chaque côté d'une table basse. J'avais enlevé les gélatines bleues des projecteurs et mis la caméra en position " lumière artificielle ". Leurs visages étaient chauds, orangés ; le froid de l'extérieur semblait plus fort encore, le bleu plus plein. Entre la lumière du jour qui déclinait et celle des projecteurs, la grande surface lisse de la baie vitrée.

Omar leur dit : « Repartez sur la scène de tout à l'heure, mais maintenant c'est toi, Laura, qui reprends le dessus. Tu vas le dominer... »

Marc dit tout de suite : « Je t'ai vue avec ce mec, ça va mal se terminer.

— Qu'est-ce que tu veux ? »

Elle regarda l'objectif ; encore une fois je pensai que c'était moi qu'elle regardait. « Qu'est-ce que tu veux que je te dise ? »

La voix d'Omar : « Plus dure, sois plus dure ! »

« Tu veux retomber dans la merde d'où je t'ai sortie ?

— Je trouverai bien quelqu'un d'autre.

— Tu trouveras personne... »

Omar me chuchota à l'oreille : « Zoome sur elle. » Mais Laura s'était arrêtée, bloquée ; une fissure dans le temps. Elle leva la tête, regarda vers le ciel, dit : « C'est le chien-loup... », puis se tut.

Comment connaissait-elle cette expression ? De cette période entre le jour et la nuit, ce moment " entre chien et loup ", on dit dans le jargon du cinéma : " chien-loup ".

Tandis que dehors la lumière baissait, je pensais à ces noms d'animaux qui annoncent la nuit : chien et loup. Je cherchai pour plus tard, pour d'autres heures et d'autres gestes, pour l'obscurité achevée, un autre nom d'animal que je ne trouvai pas.

J'avais quitté le bureau. J'étais seul, je voyais la ville par le viseur de la caméra avec laquelle j'avais filmé Laura. Stalingrad, un vieil Arabe immobile, la main sur la braguette, me regarda passer et monter dans ma voiture. La Chapelle, la station de métro et l'enchevêtrement des escaliers. De longs et lents travellings sur les boulevards de Belleville et de Ménilmontant où triomphait la nuit.

La nuit comme une absence de lumière, mais surtout comme la densité plus forte d'autres lumières, d'autres couleurs. Un paquet de Marlboro acheté au foyer africain de la rue Bisson. Le grand sac de toile de jute d'où le vendeur a sorti le paquet. Mon regard oblique, décalé vers la gauche, vers un homme en survêtement qui allait traverser devant ma voiture, mi-courant, mi-sautillant, une poussette d'enfant repliée sur son épaule qui montait et descendait au rythme de sa course.

Sur ces images, mélangées par une régie invisible, se surimpressionnait le visage de Laura, femme-enfant dont j'essayais de deviner lesquels de ses fantasmes elle avait assouvis et combien d'hommes l'avaient déjà fait jouir.

Rue de Belleville, j'entrai au Lao-Siam. Les serveurs et le patron me serrèrent la main. Je commandai une soupe Phö, une brochette de crevettes thaï et une Tsing Tao. A la table voisine, deux femmes de trente-cinq ou quarante ans et un type plus jeune, un peu ratatiné, le buste court au-dessus de la nappe en papier tachée de sauce au soja. Les femmes riaient sans cesse, le type écoutait, visage jeune pourtant fripé. Une des deux femmes racontait qu'une de ses amies s'était fait emmener sa voiture en fourrière à deux heures du matin. Elles avaient été la rechercher plus tard, vers sept heures... La conductrice arrête la voiture à la sortie de la fourrière. La plaque d'immatriculation se décroche ; la fille veut descendre, ouvre sa portière qui lui reste dans la main et tombe aux pieds du flic préposé à l'ouverture de la barrière. La tête du flic est indescriptible. Elle, en minijupe, très polie, l'air étonné, s'approche de lui : « Vous pouvez m'indiquer un endroit pour réparer ?

— Ma petite dame, vous entrez dans le premier garage que vous trouvez en sortant et vous me faites changer tout ça ! »

Un bruit sourd venu de l'arrière de la voiture interrompt le flic. La fille se précipite, pousse du pied le pot d'échappement qui vient de tomber pour essayer de le cacher. Le flic renonce, ouvre la barrière et hurle : « Remontez dans votre poubelle et foutez-moi le camp ! »

Les deux femmes parlèrent de l'ouverture du Palace. « Tu te souviens, on levait le petit doigt et les mecs rappliquaient ! » Le type à leur table était toujours ratatiné et muet.

J'imaginais Laura à treize ans, invitée par des hommes de trente ans, dansant jusqu'à six heures du matin, fumant des cigarettes blondes sur les marches rouges d'un escalier du Palace, les yeux cernés par la fumée et le dégoût.

Je me réveillai en sursaut. La mort était là ; dans la forme effrayante d'un tas de vêtements posés sur une chaise au pied de mon lit, distinguée des ténèbres par un rayon de lune. Elle était là depuis deux ans, jour après jour, minute après minute ; elle me séparait du monde. Cerveau liquéfié, obscurci, comprimé par une masse informe, par du mou bourré sous mon crâne, du poumon de bœuf sanglant accroché à ma nuque.

Elle était là depuis que j'avais lu les premiers articles sur le sida. J'avais eu la certitude immédiate que la maladie serait une catastrophe planétaire qui m'emporterait avec des millions d'autres damnés. Du jour au lendemain j'avais changé mes pratiques du sexe. Avant, je cherchais dans le soir des garçons qui me plaisaient ; j'étais exigeant. Je me faisais enculer. Là, je décidai qu'il n'y aurait plus de pénétrations, plus de nuits d'amour dans un lit. J'allais dans la ville en cherchant mes semblables : ceux qui ne voulaient pas jouir à l'intérieur d'un corps, mais dont le sperme jailli d'eux-mêmes tombait dans la poussière des sous-sols.

Les masturbations, rapidement, ne me suffirent plus. Les obsessions de mon adolescence revinrent : les braguettes des pantalons serrés qui dessinent la forme des sexes, la pisse qui mouille les slips... Au collège, quand j'avais treize ans, j'entrais dans les vestiaires de sport déserts et je cherchais des shorts oubliés ou mal rangés par des garçons plus jeunes ou plus minces que moi. Je les prenais et les emportais à la maison. Devant le miroir de la salle de bains, je les enfilais. Je crois que je ne me branlais pas encore. Cette jouissance-là, de voir ma bite moulée par le tissu, préexistait à l'orgasme. Quand je parvenais à surmonter ma peur, je mettais un de ces shorts volés pour le cours de gymnastique ; j'attendais, fiévreux, que le regard d'un garçon se portât sur mon entrejambe...

A ces obsessions adolescentes j'avais ajouté le cuir, les liens et la douleur. Dans la souffrance et la jouissance qu'elle me procurait, les tensions et la terreur de la maladie s'apaisaient.

Régulièrement, dans la nuit pleine, j'allais vers un lieu saint avide de martyrs. C'était une grande galerie soutenue par des piliers de béton de section carrée, au bord de la Seine, sur la rive gauche, entre le pont de Bercy et celui d'Austerlitz. Comme dans la caverne de Platon, la lumière n'y était perçue que par reflet et les êtres par leurs ombres. Je cherchais des hommes vicieux, des sexes durs, des gestes humiliants, des odeurs fortes. Certains corps hésitaient, se tournaient autour, se parlaient ; pour moi il fallait que ce fût immédiat. Je disais mes goûts : si c'était non, je repoussais l'autre d'un geste brutal de la main ; si c'était oui, je le suivais de l'autre côté du pont où je gueulais mon plaisir sur les marches d'un escalier de fer.

Souillé, martyrisé, au bord du fleuve après l'orgasme, j'étais bien ; fluide et clair. Transparent.

Laura n'avait pas été choisie pour le rôle de Maria Teresa, femme-enfant prostituée de Barcelone. Marc et Omar avaient hésité mais lui avaient préféré une comédienne connue dont le nom permettait à des sponsors de participer à la production du clip.

Je fus probablement soulagé de n'avoir pas à éclairer le visage de Laura. J'avais imaginé que celui-ci aurait absorbé la lumière, corps noir brillant seulement de ses deux yeux clairs.

Le tournage fut difficile. Le producteur qui ne s'entendait plus avec Omar ne vint pas à Barcelone et délégua une directrice de production très jeune et sans aucune expérience. Celle-ci se mettait à pleurer dès qu'un obstacle se présentait : sur les quais du port, dans les rues étroites et les bars gitans du Barrio chino, elle pleura beaucoup.

J'aimais travailler avec Omar. Je l'avais rencontré dans un café des Halles ; il tenait à la main un vieux cartable de cuir brun. Depuis, je n'avais jamais douté de son talent. Pour lui et pour quelques-uns, j'aurais pu donner beaucoup, sans compter, sans être arrêté dans mon élan par la soudaine révélation d'une imperfection de l'autre, de son corps, de son visage ou de son esprit.

J'avais conscience de m'enfoncer chaque jour un peu plus dans une tombe que je me creusais, une fosse aux parois de verre ou de boue qui me dérobait au monde. J'étais de moins en moins capable de communication, d'autres relations que celles du travail ou du sexe. Le talent, seul, provoquait encore ma générosité.

Le peu que je savais du passé d'Omar me rapprochait également de lui. Famille de onze enfants, dérives inévitables, des frères délinquants, un autre épileptique, lui sauvé de quinze années dans le bidonville de Nanterre, de l'alcool et de la violence des bars du samedi soir. Fleur magnifique et dure, éclose dans les poubelles de la ville.

Je savais que je n'aurais jamais le désir de toucher le corps d'Omar. Mais, si j'avais connu un de ses frères voleurs, j'aurais tout fait pour deviner son sexe sous l'étoffe du blue-jean, pour qu'il étale son corps et le déploie sur les draps de mon lit, pour

qu'il le referme sur moi avec une tendresse pressen-
tie, l'envers fantasmé de l'éclosion de la fleur dure
et magnifique.

Omar avait achevé le montage de " Maria
Teresa ". Il me téléphona. Je le retrouvai à L'Étoile
verte. Il pensait depuis longtemps à un sujet de film
et il me proposa de l'écrire avec lui.

L'histoire se passe vers les années soixante-dix,
dans le bidonville de Nanterre, autour de Farid et
de sa famille. La guerre d'Algérie est finie depuis
huit ans, mais régulièrement des descentes de
police ont lieu. Les flics fouillent, cassent, bouscu-
lent. Ici, tout peut arriver ; la tension se relâche
rarement. Bien sûr, la vie dans le bidonville n'est
pas qu'une suite de malheurs et de tristesses
comme l'imagine celui du dehors qui, par humanité, pense à la vie de ceux de l'intérieur. Il y a aussi
de la légèreté, de l'humour, des moments de fête.
Mais, quand les pluies viennent, que l'eau passe
entre les tôles rouillées et que des fleuves de boue
coulent entre les gourbis, on se demande dans quels
chromosomes inconnus est allée se réfugier la
mémoire du soleil par laquelle, malgré tout, les
gosses resplendissent d'un éclat particulier.
    A la lisière du bidonville, des homosexuels témé-
raires viennent draguer. Pour les jeunes Algériens
c'est un jeu ; pour les hommes qui désirent les corps
musclés et les yeux sombres, c'est une tragédie sans
cesse répétée.
    Farid et son copain Hassan ont quatorze ans tous

les deux. Ils se lient secrètement d'amitié avec Jean, un garçon de vingt-cinq ans. Jean a d'abord connu Farid un soir qu'il traînait seul un peu à l'écart du bidonville ; il l'a abordé, un peu tripoté. Farid a joui très vite, dans son pantalon. Jean lui a glissé un billet. Farid, honteux, s'est enfui en courant. Jean revient ; il revoit Farid, cette fois avec Hassan, mais il ne cherche pas à les caresser. Ils parlent. Jean leur dit qu'il travaille à la RATP ; Farid et Hassan essaient d'obtenir de lui des cartes orange gratuites.

Un jour qu'ils ont rendez-vous avec Jean, Farid et Hassan le voient, de loin, entouré par une bande de " grands " d'une vingtaine d'années. Khaled, un des frères de Farid, est avec eux. Des coups partent, ils frappent Jean qui tombe à terre, lui prennent tout ce qu'il a et le laissent inanimé, en sang, les vêtements déchirés. Farid et Hassan s'approchent de lui quand les grands sont partis, le touchent du bout des doigts. Jean revient à lui. Il a le visage couvert de sang et il n'arrive pas à se tenir debout : sa cheville droite est déboîtée et son pied pend, inerte, au bout de sa jambe. Les gosses ont peur. Jean leur dit que ce n'est rien, que ça s'arrangera. Il le sait parce qu'il est médecin. Il leur a menti quand il a dit qu'il travaillait à la RATP. Il rit : voilà pourquoi ils attendent encore leurs cartes orange !

Jean demande à Farid de l'emmener chez ses parents pour qu'il se lave. Les gosses se regardent. Un pédé chez eux : « On va se faire tuer ! » Alors ils traînent Jean le long d'une route, le déposent près d'un passage à niveau, déclenchent le système d'alarme et courent se cacher. De leur cachette ils voient une voiture s'arrêter, le conducteur soulever Jean et l'allonger sur la banquette arrière.

Plus tard, Farid essaie de parler à son frère Khaled, lui dit qu'il l'a vu avec ses copains casser la gueule à un type. Khaled se marre : « Tu ne vas pas te mettre à défendre les pédés. »

Farid dit qu'il comprend pour le vol, mais que ça n'était pas la peine de massacrer le type. Khaled s'énerve : « Tu le connaissais ce mec ?... Qu'est-ce que t'as fait avec lui ? »

Farid nie, dit qu'il ne connaissait pas Jean. Khaled le croit, puis avant d'aller rejoindre Marly, sa petite amie qui l'attend : « Les Français font bien pire. »

Quelques jours plus tard, la famille de Farid est réunie pour le dîner. La porte du gourbi s'ouvre : Jean est dans l'encadrement, le visage couvert d'ecchymoses. Il salue la famille, dépose sur la table un carton rempli de médicaments, dit que c'est pour eux. Puis il s'approche de Farid, l'embrasse sur le front, lui dit qu'il ne reviendra pas : il prend l'avion le lendemain pour Damas. Il va offrir ses services à la révolution palestinienne, soigner les feddayin blessés. Il dit à la famille de ne pas blâmer Farid : ensemble ils n'ont rien fait de mal.

Un texte doit conclure le film, en caractères blancs sur fond noir, juste avant le générique de fin : " Le docteur Jean Valade fut fait prisonnier par les Tcherkesses aux ordres du roi Hussein et torturé à mort dans une prison du royaume. "

Je n'avais jamais écrit de scénario. Mais Omar connaissait ma vie, mes amours, mes amitiés. Il avait vécu dans le bidonville et il avait été Farid. Il se doutait que je pouvais lire dans les pensées de Jean, entièrement soumis à son désir pour les corps arabes, capable de tout leur pardonner et même de s'engager dans une de leurs révolutions ; mais chaque geste de Jean, chacun de ses actes puaient le judéo-christianisme ; c'était de mains arabes qu'il devait mourir, des mains arabes tuant d'autres Arabes. Quant à moi, je n'avais eu le courage de m'offrir à aucune révolution.

Carol et Kader étaient les derniers vestiges de ma vie amoureuse passée. Je connaissais Carol depuis huit ans. Nous nous étions rencontrés dans une station de sports d'hiver ; elle avait tout accepté en pensant qu'ainsi elle me garderait : mon désir pour les garçons ; mes premiers amants, éphèbes transparents ; tous ceux qui avaient suivi, voyous arrogants ; mes fantasmes sexuels que j'avais cru partagés par elle et qui lui avaient été en fait d'insupportables corvées. Son jeu était risqué, elle avait perdu : on ne se voyait presque plus et l'idée de la caresser ou de lui faire l'amour me dégoûtait.

Kader était beau. Il était algérien, il avait dix-huit ans. Nous nous connaissions depuis plus de deux ans. J'étais sorti d'un cinéma de la place Clichy ; j'avais poussé la porte et il était derrière, sur le trottoir, souriant sous le soleil de juin. Il portait une chemise à fleurs. Il m'avait demandé l'heure.

J'avais des beaux souvenirs avec Kader ; des nuits d'amour où il me prenait et où je criais mon plaisir; des rochers près du port d'Antibes où nous avions dormi sous les étoiles; son corps luttant contre les lames de fond de l'océan pendant que je l'attendais sur le sable de la Chambre d'Amour.

Mais j'étais trop occupé à guetter le moment où je m'éloignerais de lui pour mesurer mon attachement. Au début le sexe exaltait notre amour; ensuite il se confondit avec lui. Puis vint la menace de la maladie. Je ne dis rien à Kader des terreurs qui m'obsédaient, mais, sans explication, je me donnais de moins en moins souvent à lui. J'avais peur de le contaminer; peur qu'il ne me contamine si ce n'était déjà fait.

Notre amour lentement délité fut mis à l'épreuve du voyage. Je suivis Kader en Algérie. J'en revins sans amour; avec un amour rasé plutôt, démoli comme par le tremblement de terre les maisons d'El Esnam où nous avions habité.

A Paris, le test du sida venait juste d'être commercialisé. On me conseilla d'aller voir un médecin qui consultait à l'hôpital Necker. Il palpa les ganglions à la base de mon cou et le long des veines jugulaires. Je regardai par la fenêtre : le jour souriait, mauvais. Je tournai la tête vers le médecin et je vis dans ses yeux qu'il savait. Il dit : « On va vous faire le test. »

J'eus les résultats quinze jours plus tard : j'étais séropositif. Une vague blanche et glacée remonta le long de mes membres. Les mots apaisants du médecin faisaient dans la pièce une rumeur molle et lointaine.

Quelques heures plus tard, j'étais presque soulagé. Ne pas savoir avait été pire que tout. Tout avait changé, mais tout restait exactement semblable.

Je me demandais qui m'avait contaminé, mais je n'en voulais à personne qu'à moi-même. Je revoyais des visages brouillés, vite remplacés par l'image du virus : une boule hérissée de pointes, un fléau d'armes médiéval.

Omar avait trouvé le financement du film que nous avions écrit ensemble. Il me demanda d'en faire la lumière et de tenir la caméra. J'acceptai avec plaisir. La préparation commença. Kader fit des essais pour le rôle de Khaled, mais Omar ne le choisit pas. Il eut raison. Khaled, inventé par Omar et moi, était un exclu ; sa violence était irréductible, il ne connaissait pas nos lois. Kader, au contraire, voulait s'intégrer, prendre sa revanche en pleine lumière.

Je vis dans cette absence forcée de Kader l'occasion de m'éloigner de lui tout à fait.

Je dînais avec Omar. Il avait les yeux dans le vague ; une cigarette au filtre mâché roulait, éteinte, entre ses lèvres. Il me dit qu'il ne trouvait personne pour jouer le rôle de Marly, la petite amie française de Khaled. Je n'eus pas besoin de réfléchir : une phrase sortit de ma bouche en une seconde : « Appelle Laura ! » Il avait mal entendu, me fit répéter : « Pour le rôle de Marly, demande à Laura.

— Celle qui était venue au casting de " Maria Teresa " ?

— Oui. »

Quelque chose d'horizontal, l'horizon artificiel du restaurant, bascula par saccades. Je revis les yeux de Laura, en très gros plan, dans le viseur de ma caméra vidéo ; un visage pâle en noir et blanc, comme doré intérieurement par une brûlure permanente. Je pensai à la couleur fauve, associée à un autre mot qui n'était pas dévoilé. Laura non plus n'était pas dévoilée, encore couverte d'une étoffe noire à mes yeux seuls visible. Le bleu chez certains peuples est la couleur du deuil ; l'étoffe noire, ainsi, n'indiquait pas que la mort. Elle était absence d'image. Avec le visage masqué de Laura, c'était une de mes vies possibles qui était occultée.

Omar téléphona à Laura. Elle lui demanda de lui envoyer un scénario.

Elle ne donna aucune réponse. Il la rappela ; je pris l'écouteur. Elle parut gênée, dit qu'elle pensait qu'elle ne pourrait pas jouer le rôle de Marly. Omar insista. Finalement, elle avoua que sa mère ne voulait pas : « Des Arabes et des pédés, ça fait beaucoup pour elle ! »

Laura était donc mineure ; elle avait menti quand François lui avait demandé son âge et qu'elle avait répondu « dix-huit » sans hésiter. Je pressentais ses dons pour le mensonge. Je me doutais qu'elle ne devait pas mentir pour en tirer un effet immédiat. Son mensonge était plus flou, plus global; c'était une variation autour de la vérité, une manière de travestir la réalité pour qu'elle fût moins terne. C'était aussi un moyen de rompre les équilibres et de mettre tout le monde, elle et les autres, en position instable.

Le soir du dernier jour de tournage, le traditionnel repas de fin de film eut lieu dans une pizzeria de Levallois. L'équipe technique et les comédiens étaient réunis autour de tables disposées en U. Éric, l'acteur qui avait joué le rôle de Jean, le médecin homosexuel engagé aux côtés d'Arafat, était en face de moi. Nos regards se croisaient souvent, pesaient l'un sur l'autre.

Je me décidai à aller jusqu'à lui. J'approchai ma bouche de son oreille et dis : « J'ai envie de toi.

— Je pensais la même chose. »

Je sortis de la pizzeria par la porte de derrière. Il y avait des escaliers, des galeries, des HLM tout autour de moi. Éric me rejoignit; baisers, étreintes. Nous roulions, serrés l'un contre l'autre, dans des cages d'escalier d'immeubles modernes, contre les carrosseries des voitures sous la lumière orange des lampadaires au sodium. Un amour entrevu, des minutes volées.

Ensuite, ce ne fut une fois de plus qu'une suite absurde de gestes et de mots qui contenaient leur propre perte.

La première nuit d'amour ; un café bu près du forum des Halles avec Bertrand et Djemila, une copine d'Éric ; les cartes postales achetées par Bertrand et sur celle qu'il me donna un garçon qui pisse contre un mur, en chemise blanche et pantalons larges, une gapette sur la tête, le visage tourné vers l'objectif.

Je pensais à ce prénom, Djemila. Je voyais la couleur orange d'un soleil couchant et la Kabylie peu à peu s'obscurcir ; un cliché de carte postale justement. Mais si je déchirais ce premier voile, je découvrais une autre vision bien différente ; une couleur dominante, le rouge sang, et des corps mutilés près de la ville de Djemila au cours de l'histoire, rassemblés pour mon souvenir dans les ruines de Cuicul.

Des corps tombés au quatrième siècle sous les coups des " combattants du Christ ", ces prolétaires des campagnes soutenus par les donatistes assoiffés de martyrs. D'autres corps, mutilés mille six cents ans plus tard, le 9 mai 1945, dans les mêmes lieux ; des corps de colons assiégés par des Algériens ivres d'humiliations qui virent dans la fête de la victoire sur l'Allemagne l'occasion d'incurver l'histoire. Crânes défoncés, enfants aux visages tailladés, femmes violées aux abdomens ouverts d'un coup de couteau de bas en haut, organes génitaux coupés et enfoncés dans la bouche des hommes.

Au quatrième siècle, les catholiques disaient " Deo gratias ! ". Les donatistes dissidents, les puritains, les Maures pillards et les paysans anarchistes scandaient " Deo laudes ! " mais c'était un autre cri qui, déjà, en 1945, portait les jeunes révoltés : " El Djihad, la guerre sainte ! "

Puis d'autres corps, arabes ceux-là, dix fois plus

nombreux, assassinés lors de la répression aveugle des massacres de mai 1945. Prémonition des premières embuscades de 1954 et de la guerre qui les suivit.

" Nous ne voulons pas de blé ; nous voulons du sang. " Mille fois répétée, cette phrase m'obsédait, criée par les émeutiers aux émissaires du chef-lieu de la commune mixte de Fedj-M'zala, à huit cents mètres du village, près du pont sur l'oued Bouslah.

Je voulais, moi aussi, du sang plutôt que du blé. Mais du sang frais, fluide et clair, lavé par un miracle nouveau du poison qui s'y multipliait.

Éric me téléphonait souvent, passait à l'improviste me voir sur des plateaux de tournage. Un jour que j'étais allé à Lille, je le trouvai à mon retour m'attendant à une terrasse de café, en face de la gare du Nord, près de ma moto enchaînée à un poteau. Nous nous jetions dans les bras l'un de l'autre. Je croyais à notre amour jusqu'à en accepter les parcours convenus : la jetée de Trouville, le port de Honfleur, le bar du Grand Hôtel de Cabourg, la terrasse du casino de Houlgate le matin, sous le soleil de septembre.

Mais, avec l'hiver qui s'approchait de la capitale, un ciel de métal allait nous vaincre ; un métal sans les brillances du chrome de septembre, seulement gris et lourd, un ciel de zinc ou de fer-blanc prêt à rouiller à la première pluie.

J'étais au Lao-Siam, ma terre de solitude. C'était un dimanche soir. Je pensais à Éric envolé pour Londres. A la table voisine un homme et une femme dînaient face à face. Il avait une moustache, des cheveux huileux, mais l'air plutôt sympathique. Elle était assez belle. Il lui parlait de sa femme, partie depuis trois ans avec un de ses amis. L'éternité de l'amour n'est donc que cela : des absences répétées ou des discussions dans des bars ou des restaurants chinois. Son ancienne femme était venue le voir pendant ses vacances sur la côte basque. Elle aimait un autre homme. Parlant de son ancien ami, elle avait dit : « Je l'ai viré en un quart d'heure ! » L'homme avait hurlé : « Putain, j'ai failli me foutre en l'air cinquante fois en trois ans à cause de ce type et t'as le culot de me dire que tu l'as viré en un quart d'heure ! »

Je me faisais peur. Je n'étais donc bon qu'à cela : travailler et le soir voler des bribes de conversations aux tables voisines. J'avais envie de rire, de légèreté. Pas de cette gravité qui m'avait envahi ni de la torpeur qui me submergeait à l'idée que j'allais devoir faire l'effort de parler à quelqu'un.

Je me demandais si Éric avait fait l'amour avec Djemila. Djemila, masculin Djamel, des prénoms qui sous-entendent un combat et que sous-tendent des violences au repos.

Le combat d'Éric était d'une autre nature. Bien sûr, il voulait sa revanche ; contre la misère, des parents qui l'ont abandonné, un désert où paraît

25

seul le visage d'une vieille paysanne de la Haute-Loire qui l'a élevé.

Mais il voulait surtout séduire. Il était un parfait reflet de l'époque ; vingt ans plus tôt il n'aurait pas été le même ; et certainement pas acteur. Il confondait la satisfaction de son narcissisme et la création artistique.

Je ne parlais pas à Éric du virus qui courait dans mon sang. Mais je ne risquais pas de le contaminer. Nous nous branlions ; il ne m'enculait pas ; je ne l'enculais pas. Chacun caressait sur le corps de l'autre des traces de son adolescence perdue.

L'éloignement d'Éric se fit, comme il se doit, par d'interminables discussions dans des cafés. Il voulait me convaincre qu'il n'y avait pas qu'une seule façon d'aimer. Il partait et je voyais sa silhouette parcourir le trottoir d'une démarche un peu raide, à pas un peu trop rapprochés.

Au matin de la dernière nuit qu'il passa chez moi, il me demanda de le ramener chez lui ; c'est-à-dire à l'appartement du type avec lequel il vivait et que j'avais déjà eu plusieurs fois en larmes au téléphone. Je refusai : l'idée de rapprocher Éric d'un autre corps que le mien m'était insupportable.

Il enfila un blouson, tourna en rond. « Moi, si j'avais un moyen de locomotion, je te ramènerais, c'est tout. » Il prit le téléphone, appela un taxi. Il ne me regardait plus, cria : « Tu me connais pas mon pote ! » J'essayai de l'arrêter ; il sortit. La porte claqua.

J'étais prêt à tout. C'est-à-dire à rien. Je n'avais plus un sou. J'acceptai n'importe quel travail. Je me retrouvai à Mulhouse pendant une semaine. J'y filmais des reportages pour la station régionale de FR3.

Le premier soir, je m'allongeai sur le lit d'une chambre d'hôtel et je vis une Bible posée sur la table de chevet. Je l'ouvris, la feuilletai machinalement. Sur les pages de garde, je trouvai une déclaration d'amour exaltée qu'un certain Armand avait écrite pour une Juliette qui, bien sûr, ne la lirait jamais. D'autres, comme moi, la lisent, destinataires hasardeux d'un trop-plein d'amour.

Je pensai à Éric. Je dis à voix haute : « Tu ne m'attends pas, tu ne seras pas là quand je rentrerai. Mais, ce que tu ne sais pas et que je voudrais que tu saches, c'est qu'à chaque fois que tu me refuseras ton amour, je descendrai un peu plus bas pour m'assurer de l'inexistence des autres amours, de l'amertume des autres corps à corps. »

J'avais mal. Mais, avec la ville douchée de pluies orange et traversée de lignes métalliques brisées, la souffrance me rappelait que j'étais vivant ; la saleté recherchée, collée, poissant ma peau m'indiquait une douleur préférable à l'étale. Mon corps éprouvé restait écartelé sur le béton du quai. Moi, échancré corps et âme.

J'ai revu Éric. Nous sommes allés au cinéma sur les Champs-Élysées. Dans le dialogue du film j'entendais des phrases que nous avions déjà prononcées.

Quand nous sommes sortis il faisait nuit et une panne d'électricité avait plongé l'avenue dans l'obscurité. Éric s'approcha de moi, me frôla ; regards, temps immobile. Je crus au retour de notre amour ou de ce qui en était l'illusion.

Mais la lumière revint sur l'avenue et le charme fut rompu. Éric s'assit derrière moi, sur la selle de la moto. Je le ramenai à Montmartre. Pendant le trajet il posa ses mains sur mes cuisses ; ses doigts se refermèrent sur les miens gantés.

Au moment de le quitter, je voulus l'embrasser, qu'il m'embrasse. Prolonger cet instant. Ce ne fut qu'un baiser furtif : « Je te téléphone... » J'essayai de le retenir : « Qu'est-ce que je peux faire ?

— Moi je suis mieux depuis que je t'ai dit que c'était fini et ça ne changera pas. » Il s'éloigna, traversa la place Blanche.

Un dimanche après-midi. Éric sonna ; je le fis entrer. Il se déshabilla, me déshabilla, s'allongea sur mon lit.

Nous faisions l'amour. J'étais contre sa peau, mais également suspendu dans l'air au-dessus de nos corps enlacés. Je contemplais sans y croire cette scène dont j'étais l'un des deux partenaires.

Au bout de mon œil creux où vacillait le souvenir d'Éric. J'avais vissé une caméra qui, des nuits traversées, n'enregistrait que les plus fortes lumières.

Opposée au noir grisaillant de l'image vidéo sous-exposée, la cocaïne me semblait d'un blanc pur. Un trait acéré qui transperce les muqueuses nasales et se plante dans le cerveau. A cette époque, je commençai à en prendre beaucoup.

Je marchais dans la ville, toujours prolongé vers l'avant par ma caméra vidéo, les muscles de mon dos et de mes épaules tétanisés. Mon cœur battait à cent seize pulsations par minute.

Revenu chez moi, je continuais de prendre de la cocaïne. Six heures du matin ; je fermai les volets et tirai le rideau de la cuisine pour ne pas voir la clarté du matin. Déjà je supportais mal cette lumière faible et sale. Elle me culpabilisait.

Pour trouver le sommeil, je devais jouir d'abord. Décharger dans mon slip, sur la braguette de mon jean ou sur mon ventre imberbe. La même couleur blanche et grise que celle qui assiégeait mes fenêtres. Le jour allait décharger sur les vitres ; le sperme de l'aube couler sur les façades, jusqu'au pied de l'immeuble.

Était-ce au bout d'une de ces nuits que j'ai inventé cette scène avec Éric, la dernière ? L'ai-je

29

filmée, concentrant mes souffrances nouvelles au centre de l'image ?

Non : nous l'avons vraiment vécue. Je vois un muret qui surplombe la Seine et les voies express rive droite, entre les ponts du Garigliano et de Bir Hakeim. Sur ce muret, Éric et moi, assis côte à côte. Nos visages l'un vers l'autre tournés, proches à se toucher, brûlés par les projecteurs des bateaux-mouches ; mais infiniment éloignés aussi, séparés par une buée froide et le bruit furieux des voitures qui roulent en contrebas.

Je lui caressai le visage. Il eut un mouvement de recul. Mes doigts restèrent suspendus dans l'air, flèches sans cible. Il murmura : « Arrête...

— Je te dégoûte ?

— Recommence pas.

— Tu as rendez-vous ? Il t'attend ?

— Je vis avec quelqu'un. J'habite chez lui... J'ai pris cette décision, tu peux la comprendre ?

— Et moi ?

— Tu fais comme moi, tu attends... Tu attends que ce soit le moment.

— Dimanche, c'est toi qui es venu te coucher dans mon lit au milieu de l'après-midi. Je t'avais rien demandé.

— Je voulais voir... Je comprends pas qu'il y ait plus rien... Je sais pas pourquoi... Je me suis dit que c'était trop bête. Alors j'ai essayé.

— Et alors ?... Y a encore quelque chose ?

— Je sais pas. »

Un silence, long, puis je dis : « Je perds plus que toi.

— Moi aussi je perds une histoire d'amour. »

Le lendemain, la sonnerie du téléphone me réveilla. C'était Laura qui m'appelait pour me dire qu'elle connaissait un réalisateur qui cherchait un opérateur pour son court métrage et qu'elle lui avait donné mon nom et mon numéro de téléphone.

Contre le corps d'Éric j'avais oublié le visage de Laura. Elle m'appelait le lendemain de ma rupture avec lui et je ne pouvais m'empêcher d'y voir un signe.

Je rencontrai le réalisateur, ne compris pas pourquoi il se sentait la vocation de faire des films. Nos nécessités différaient. Plutôt, il n'en avait aucune : la mienne, ma seule nécessité, était de me trouver une nécessité. La réalité était ma drogue ; pour la transformer, la rendre injectable dans mes veines, la poésie était indispensable. Une phrase tournoyait dans ma tête : " Les Panthères ont vaincu grâce à la poésie. "

Je voulais m'offrir à une grande cause, sans savoir laquelle choisir ni comment le faire. Quelque chose m'empêchait, me taraudait. J'étais enchaîné, esclave des nuits ignobles. Dans quelle vie serai-je mercenaire ou poseur de bombes ?

Il y avait peu d'argent à gagner et le scénario ne m'intéressait pas, mais le tournage devait avoir lieu au Maroc et je voulais partir, adorer le soleil, oublier Éric. J'acceptai la proposition du réalisateur. Une force trouble me poussait, à laquelle Laura n'était pas étrangère.

Quelques jours avant mon départ pour le Maroc, je fus invité dans une fête qu'organisait une société de production de films.

Je sortais déjà de moins en moins, mais je me décidai à répondre à l'invitation. La fête avait lieu dans les locaux de la société, près de la place de la République. L'assemblée était comme je l'avais imaginée : insectes divers plus ou moins parasitaires, " créateurs " chic, sales et mal rasés, crustacés de la mode convaincus de la richesse de leur univers intérieur et de l'inutilité d'essayer de le faire partager, plus quelques anciens militants trotskistes reconvertis dans la publicité ou le journalisme.

Je traversai lentement l'assistance et allai jusqu'à une grande table métallique qui servait de bar. Il n'y avait à boire, évidemment, que de la tequila. Je me servis un verre et entendis quelques mots échangés par deux filles à côté de moi : « Je meurs d'envie de me le faire !

— Arrête, Hervé est pédé !

— Bullshit ! Stan répand ce genre de conneries parce qu'il a essayé de baiser avec lui l'année dernière à Londres et que l'autre n'a jamais voulu.

— Il entretient un plongeur pakistanais depuis deux ans.

— Un nageur ?

— Mais non, pas un nageur ! Un môme qui fait la plonge dans un restaurant !

— Tu expliques comment qu'Ariane ait passé une nuit dans son lit au Normandy ?... Apparemment, elle ne s'en est pas plainte ! »

Je me suis éloigné sans écouter la réponse. J'ai avancé vers le centre de la pièce où des danseurs s'agitaient. Je zigzaguais entre les corps compressés. Et tout à coup, dans le champ laissé libre par le déplacement d'un grand type en veste blanche, je le vis, ivre mort, dansant une sorte de pogo anémique ; petit, costaud, une belle gueule de pute. Je fis semblant de ne pas remarquer Serge qui me fonçait dessus, œil et manières de piranha, corps de sanglier : « Ciao bello... C'est Samy que tu regardes comme ça ? Conseil de pro : laisse tomber. Je connais par cœur, c'était un bon coup il y a trois ans. Il a dix-neuf berges c'est trop vieux... Quoiqu'il ait encore un beau cul, mais comme il s'habille avec des pantalons larges, on ne voit rien... »

Je répondis à Serge par quelques grognements ; il essaya de me peloter. Comme d'habitude on ne savait pas ce qui, dans ses propos, était vrai ou inventé, pas plus qu'on ne savait quand il était dupe du personnage qu'il jouait et quand il se moquait de lui-même.

« J'ai fait un film pour Renault et ils m'ont filé une bagnole. Tu ne devineras jamais comment elle est immatriculée... Je sais plus combien FLN 75 ! T'imagines la cote que j'ai avec les beurs quand je vais draguer dans les banlieues !... Au fait, je t'ai jamais emmené faire la tournée des caves ?... Tu savais pas que dans les caves des HLM autour de Paris ça baisait un maximum ? Il faut connaître les lieux et les heures, c'est surtout des garçons qui tirent des filles, mais quelquefois ils vont avec des mecs... »

Serge parlait, mais je regardais toujours Samy.

« Il a vraiment l'air de te plaire. Je vais te le présenter. »

La soirée continuait, exactement identique, mais pour moi éclairée par la rencontre de Samy. Ses yeux, mélange d'appel, d'ironie et de curiosité ; sa bouche charnue et dure, très belle. Répandue sur lui, j'imaginais la trahison.

Nous avons bu et dansé. La tequila est un alcool à la fois transparent et métallique. Du métal, donc, filtré par notre sang et mêlé à notre sueur, mouillait nos tee-shirts. Pour la raison, peut-être, que les particules métalliques accrochées par la lumière des spots se mirent à scintiller, j'eus l'impression qu'un mot s'imposait à moi, sorti du cortège de la langue, s'avançant seul, paré d'une auréole d'or et d'ambre, le mot " fauve ". Samy était un fauve. Et l'auréole du mot suggérait la sainteté.

Je ne pensais pas aux grands fauves, hauts sur pattes ; mes fauves sont petits, solides, musclés, appuyés contre un mur, une jambe repliée, le pied à plat contre le béton, la tête un peu tournée, légèrement baissée, fixe, le regard vers le haut. Les filles, plus rares, sont en mouvement. Elles s'éloignent de moi, se figent dans leur marche, tournent la tête, et leur regard est saisi au travers des boucles de leurs cheveux qui remuent encore.

La violence des fauves est contenue, bouclée, emmêlée, torsadée, repliée sur elle-même. Elle en est la crinière : là où l'on peut poser sa joue, là aussi où se devine leur force.

Dans les vapeurs de l'alcool et le martèlement de la danse, par un effet poétique, j'associais le mot " fauve " à mes nuits d'abjection.

Mes descentes aux enfers n'étaient que jeux d'ombres ; les culs, les seins, les sexes, les ventres palpés n'appartenaient à personne. Les mots, surtout, étaient bannis sauf ceux, impératifs, qui commandaient la satisfaction immédiate d'un désir ; pour moi, les autres sonnaient faux, parodies des conversations de la surface.

Pour nous y retrouver, ombres parmi les ombres, il fallait qu'en plus de la finesse de nos sens tactiles, l'on distinguât où se trouvaient les corps dans l'obscurité du lieu infernal. Il fallait donc que les ombres de nos corps fussent plus noires que la nuit elle-même. Si c'était le cas, c'est que chacun voyait dans un corps convoité que sa densité de noir faisait se détacher sur le noir moins plein de l'atmosphère la projection de son propre corps. Mais s'il y avait une ombre projetée, c'est qu'il y avait une source de lumière, là-haut, à la surface. Cette lumière, équivalente pour moi à celle du soleil, nous était donnée par les fauves. Samy et ceux de sa race rayonnaient. Héliogabale je les adorais.

Quand les astres fauves se couchaient, qu'ils étaient fatigués ou absents, les nuits de perversion revenaient, cycliques. Mais eux, Samy et les fauves, avaient-ils aussi leur soleil, ou bien trouvaient-ils la chaleur dans la lumière qu'ils émettaient et que je leur réfléchissais ? Y avait-il un point de fuite vers lequel ils marchaient, un apex vers lequel ils m'entraînaient ?

Pour moi l'horizon n'était qu'une maladie. Sur cette ligne plate, je voyais une image de moi-même devenue microscopique. A l'horizon je n'étais plus qu'un virus.

J'étais ivre. Je crus voir le fantôme de Gottfried Benn venir vers moi. Il me prit par l'épaule, murmura : " La poésie ne provient d'aucune signification et ne renvoie à aucune valeur. Il n'y a rien avant ni après elle. C'est l'objet qui est. "

Je voulus lui faire lâcher prise, lui criai qu'il n'avait rien d'un poète, mais le spectre s'accrochait à moi : " La double vie dans le sens que j'ai théoriquement affirmé et pratiquement vécu est une scission consciente, systématique, tendancieuse de la personnalité. "

Sortis de la fête, nous étions sans défense. Samy vomit dans le caniveau. Je me cognais aux voitures. Serge s'éloigna, tenant par le bras un jeune Kabyle qu'il emmenait pour la nuit dans une maison de campagne prêtée par un ami.

Le spectre de Benn déboucha dans la rue et me cria dans l'oreille d'une voix stridente : " Vivre signifie faire une expérience de vie et en retirer quelque chose d'artificiel. "

De la vie, je retirais un arrêt de mort. Le spectre me serrait contre lui. Je battais l'air pour échapper à son étreinte. Un visage entra dans le champ de mon regard et se pencha au creux de mon épaule : c'était Samy. Il existait. Il me serra dans ses bras.

J'habitais un studio au dix-septième étage d'une tour au bord du quinzième arrondissement. Je marchai avec Samy jusqu'à l'ascenseur. Nous nous soutenions l'un l'autre. J'ouvris la porte et allai tout droit m'écrouler sur le lit.

Samy se déshabilla et je regardai les muscles de son corps magnifique. Il sentit mon regard sur lui : « T'aimes les garçons ?

— Y a qu'un pieu, mais tu peux te coucher, je ne te violerai pas !

— Je me suis fait enculer à treize ans à Amsterdam par un conducteur de tramway... Je suis pas pédé, mais ça me fait pas vraiment peur. »

Nus, allongés, nous glissions peu à peu l'un vers l'autre. Samy était fier de son corps ; d'abord il se laissa caresser. Il banda ; moi après lui. Puis nous nous embrassâmes et sa main bougea pour aller sur ma peau, ma queue, mon cul. Mes yeux se fermaient, mais je fis descendre mes lèvres sur ses seins, son torse, son ventre, son sexe. Il jouit dans ma bouche en criant.

Au réveil, j'avais mal à la tête. Je sortis du lit pour faire ma valise. Samy dormait encore. Il était allongé sur le ventre et les draps marquaient le creux de ses reins, la saillie de son cul.

Je me demandais ce que ce môme était venu faire dans mon lit. Son corps, sa peau, ses gestes, sa bouche étaient forcément ceux d'un garçon qui préférait les femmes. Mais ce n'était pas en multipliant ma féminité que je le séduirais.

Je savais que mon amour pour Samy, s'il se dévoilait, contiendrait son exacte condamnation. Mais cette impossibilité me fascinait ; ce qui mettrait l'amour en échec, cette fois, n'avait rien à voir avec les raisons habituelles, un geste, un mot, le ton de la voix, un détail du corps, la manière de se vêtir, la bêtise, l'avarice, chez les garçons l'homosexualité trop visible.

Vouloir aimer Samy c'était une manière de participer à un combat planétaire, d'entrer dans l'histoire. Je pensais que ce combat en entraînerait d'autres, pour ces grandes causes pas encore trouvées mais tant désirées.

A moins que je n'aie cru que ce combat, par un mécanisme psychosomatique indéchiffrable, puisse fabriquer des gènes salvateurs, l'allèle de la blessure létale charriée par mon sang.

Samy s'éveilla. Il me demanda de le ramener chez ses parents, dans la banlieue sud. Je lui dis que je devais prendre l'avion pour Casablanca deux heures plus tard, que j'allais appeler un taxi et que je le déposerais Porte d'Italie. Il émit quelques grognements, mais ne parla plus jusqu'à ce qu'il ait avalé le café que je lui avais préparé.

Dans le taxi, il donna des réponses évasives aux questions que je lui posai ; quand il en descendit, je savais seulement qu'il était revenu à Paris depuis deux mois après avoir fait son service militaire dans les chasseurs alpins. Il avait d'abord signé un contrat de cinq ans avec l'armée mais l'avait résilié au bout de six mois. Il était " TUC " à mi-temps à l'opéra Bastille ; à moitié espagnol par sa mère, à moitié arabe par son père. Il vivait avec une femme de trente-cinq ans, journaliste dans un hebdomadaire de gauche. Il s'éloigna, j'allais prendre mon avion pour le Maroc.

Je fus surpris d'avoir moins peur qu'avant dans un avion au décollage; la menace précise de la maladie sans remède relativisait mes terreurs.

Je pensais que la nuit précédente m'avait révélé d'étranges visions. Face à face, Samy et le fantôme de Gottfried Benn. Un corps simple, solaire et métissé, tendu de violences contenues. Contre lui, un esprit cynique, tortueux, insulté aussi bien par les nazis comme formaliste que par leurs ennemis, plus près de ceux-là pourtant, mais moins par son adhésion à la doctrine hitlérienne que parce que sa culture fut celle qui, dégénérée, donna naissance au nazisme.

Je retrouvai le réalisateur à Mohammedia. Nous commençâmes les repérages. Il ne savait pas ce qu'il voulait, mais son doute n'avait pas grand-chose à voir avec une incertitude créatrice. Il m'énervait prodigieusement et il me fallait faire beaucoup d'efforts pour qu'il ne s'en aperçût pas trop. Il tentait de faire croire que filmer était la continuation logique de la décadence de sa famille de grands bourgeois à l'agonie. C'était avec une suite de clichés qu'il allait remplir le champ vide de la caméra.

Nous étions logés au Cynthia, un hôtel luxueux des années soixante-dix qui déclinait peu à peu. Il était rarement plein, sauf quand des groupes de touristes l'assiégeaient. Il était triste, mais d'une tristesse différente de celle des vieux palaces déliquescents : il n'avait aucun passé. Une mémoire vide comme l'immense trou du patio couvert autour duquel étaient distribuées les galeries où, sur deux étages, donnaient les portes des chambres. Les peintures caca d'oie et les moquettes orange, horribles, indiquaient le passage de l'homme dans un océan de tristesse qui le dépassait.

Le vide de l'hôtel était quasi métaphysique. Je suggérai au réalisateur d'y tourner une séquence. Il était ivre au Boulaouane, hésita, finit par dire : « C'est pas prévu dans le scénario, et je suis pas venu au Maroc pour tourner dans un hôtel que j'aurais pu trouver à Paris ou à Hambourg. »

J'étais allongé dans un fauteuil de toile au bord de la piscine de l'hôtel. J'eus l'impression de traverser la vie comme ces touristes américains traversent les pays visités : au pas de charge, pour " faire " le plus de villes possibles. J'étais absolument seul.

Je n'attirais plus l'aventure sur moi. J'avais eu la faculté de m'adapter à n'importe quelle situation ; cela m'avait plusieurs fois sauvé la vie. J'étais revenu sans une égratignure d'endroits où j'aurais dû mourir ; " revenu " comme on revient de l'enfer ou de l'au-delà : pour du sexe, l'illusion de l'amour, la réalité brute de vies différentes, pour voir, pour savoir je m'étais laissé glisser dans des abîmes jusqu'à oublier les références du monde. A l'intérieur du gouffre, je n'avais pas jugé. Comme un chien sent celui qui a peur et souvent le mord, les amants voyous reconnaissent celui qui n'est pas avec eux corps et âme, resté accroché à son monde par un geste, un mot, un regard, un vêtement, une certaine raideur du corps.

" Corps et âme " : les mots sont malheureux ; l'âme et le corps ne font qu'un. Quand Kader m'enculait, même à El Esnam où notre amour finissait, il pénétrait d'abord mon corps puis, au-delà mais à l'intérieur de lui, c'était mon âme que sa queue défonçait.

Avant, j'étais capable de prendre le temps : me laisser aller dans la vie et, une fois l'expérience achevée, réfléchir sur elle. Mais j'étais déjà animé d'un mouvement perpétuel : les natifs du Sagittaire veulent toujours être ailleurs que là où ils sont. J'y voyais une sorte de morale de sauvegarde, me faisant fuir les gens et les lieux dès qu'ils étaient touchés par le conformisme ou l'ordre établi. Le pouvoir, exercé sur moi, me rendait fou ; exercé par moi sur d'autres, il me semblait plus doux.

J'étais mû par une frénésie, un besoin de nouveauté et, à force, je n'étais plus disponible à rien. Cette morale du mouvement qui s'apparentait pour moi à un instinct de conservation, allait m'enfermer dans l'immobilité absolue : où aller quand on pense avoir épuisé tous les trajets ?

Le tournage eut lieu et je n'en ai aucun souvenir. Des gens s'agitaient probablement devant et autour de la caméra, sur des paysages africains et contre un ciel tirant vers le blanc.

L'équipe se dispersa, les Marocains rentrèrent chez eux, les Français à Paris. Je décidai de rester, de louer une voiture et de rouler. Trois jours plus tard je téléphonai au laboratoire : le développement des rushes semblait n'avoir pas posé de problèmes. Une rayure, toutefois, avait marqué les négatifs de deux plans d'une séquence. Une fois de plus, et bien que la fabrication d'une image fût mon métier, j'étais terrifié de savoir qu'une poussière invisible, un grain de sable minuscule oubliés dans le couloir de la caméra pouvaient réduire à néant des scènes entières d'amour, de mort, de combats, de trahisons. Là où le peintre gomme ou déchire sa toile et recommence sa représentation du monde, le cinéaste reste enchaîné par la lourdeur écrasante de son outil : des dizaines d'intermédiaires, d'ouvriers et de techniciens, des sommes d'argent considérables.

Je roulais mais je me faisais l'effet d'un acteur américain jouant une scène d'intérieur de voiture dans un studio d'Hollywood. Je voyais défiler une route, un ciel, des paysages ; mais ils n'avaient pas plus de réalité que ceux des " pelures " projetées sur un écran derrière la custode d'une Plymouth 1950.

Et puis ce fut l'Atlas et tout changea. Le jour déclinait. Des nuages noirs s'amassaient au-dessus du Tizi n' Tichka vers lequel je montais.

Je pris en stop un jeune vendeur d'améthystes. Je conduisais vite, il eut peur, s'accrocha aux bords du siège. Entre son silence angoissé et les hurlements d'un journaliste sportif qui, retransmis par l'autoradio, commentait un match du Mundial de football, il y avait tout l'espace du monde. Gravissant les marches d'un escalier qui menait au toit de ce monde, juste sous les nuages de plomb, j'eus la certitude que, sur l'autre versant de la montagne, des signes nouveaux m'attendaient.

A Tamlalte, quand il fait très chaud, on voit du miel couler dans les anfractuosités de la roche. Des fleurs roses sont écloses, été comme hiver. En juin les femmes travaillent aux champs ; après, les hommes les remplacent.

La population, lasse d'attendre que l'installation électrique fût faite par l'État qui, chaque année, faisait des promesses qu'il ne tenait pas, s'était cotisée pour acheter un groupe électrogène.

C'était dans la lumière faible qu'il donnait que j'ai descendu un soir les ruelles du douar, guidé par une musique lancinante. C'était le dernier jour du ramadan et, sur une petite place, on fêtait l'événement.

Des garçons et des filles dansaient ; elles, bien habillées, maquillées, parées de bijoux ; eux, frappant sur des tambours larges et plats ou sur des bidons ouverts en deux. Des gamins couraient en tous sens. Les danseurs étaient disposés en deux rangées parallèles, celle des filles face à celle des garçons. Ils avançaient et reculaient ensemble à petits pas puis, régulièrement, tournaient sur eux-mêmes. Des enfants qui ne tapaient pas en rythme furent mis à l'écart.

Une phrase inventée par un garçon était scandée par lui, puis reprise par tous les autres. Les filles, ensuite, la répétaient aussi. Dans les réponses, parfois, les chanteurs modifiaient un ou deux mots de la phrase initiale. Celle-ci était faite de mots simples ; le garçon qui la trouvait y mettait sa vie, les petites difficultés quotidiennes, ses amours contrariées. Si deux garçons convoitaient la même " gazelle ", ils s'affrontaient : chacun chantait ses qualités et les défauts de son rival.

J'avais cru les phrases inventées sur le moment. J'appris qu'en réalité il y avait une préparation. Non qu'elles fussent entièrement écrites à l'avance, mais elles ne pouvaient être prononcées par n'importe qui : les garçons qui les disaient avaient été choisis. Par ce choix les autres habitants du douar leur accordaient la qualité de poètes.

Comme dans n'importe quelle ville du monde où le voisin du dessus vient cogner à votre porte parce que, un soir de fête, vous avez mis la musique trop fort, la danse fut arrêtée par un vieux fou que le bruit dérangeait. Il monta sur un toit, dévissa la seule ampoule électrique qui éclairait la danse d'une lumière pâle, et la jeta par terre. Il y eut quelques cris, mais personne n'en voulut au vieux. Devenus ombres d'eux-mêmes, les danseurs se dispersèrent. J'allai me coucher.

En rentrant à Casa, je m'arrêtai au Sanglier joyeux. L'hôtel semblait vide, presque désaffecté. Une Française d'une cinquantaine d'années, belle, les cheveux gris et longs, tricotait dans la salle à manger déserte. Je lui demandai une chambre ; elle leva les yeux, me dit que tout était libre et m'annonça un prix dérisoire. Un garçon marocain entra, s'avança vers la femme, derrière elle, et posa les mains sur ses épaules. Elle tourna son visage vers lui. Ils se regardèrent, se sourirent. Il était plus que beau : son rayonnement emplissait la pièce vide.

Leurs regards échangés, aussi, étaient magnifiques. Quel bonheur sacré né de quels interdits bravés étais-je venu troubler ?

Dans ma chambre je m'allongeai et devant mes yeux s'enchaînèrent des mouvements brouillés : le ballet des aiguilles à tricoter, celui des pattes d'un insecte escaladant une dune et patinant sur les grains de sable qui se dérobent, celui des mains des musiciens de Tamlalte frappant sur leurs tambours. Je m'endormis et me réveillai à vingt heures.

Je dînai seul, fixé par les yeux morts d'une tête de sanglier empaillée. Ce trophée de chasse, morceau d'un porc sauvage, me fit l'effet d'une ultime agression coloniale contre le monde musulman. C'était peine perdue : la France, d'ici, avait été soufflée par une tornade, celle probablement de l'amour de la femme aux cheveux gris et du garçon marocain.
Elle avait pris ma commande, l'avait indiquée à une femme arabe à peu près du même âge qu'elle, qui se tenait devant la porte des cuisines. Puis la Française — elle s'appelait madame Thévenet — alla s'asseoir en face du jeune Marocain et continua de dîner. La femme arabe entra dans les cuisines.
Il n'y avait plus rien de français non plus dans les plats servis. Je mangeais une pastèque comme dessert quand la porte s'ouvrit. Un homme d'une trentaine d'années entra, portant une valise et un sac de voyage.
Il avait tout de l'homme occidental : sérieux, responsable, affichant son origine et son pouvoir, profondément ennuyeux. Il se dirigea vers la table où dînait la femme aux cheveux gris et le jeune

Marocain, parla fort : « Maman, comment vas-tu ? »

Elle se leva, lui offrit son visage à embrasser, répondit très doucement : « Bien merci et toi ? Tu as fait bon voyage ? »

Il lui répondit d'une voix toujours portée. Pas un mot ni un regard pour le Marocain qui, bien qu'assis, l'écrasait de sa beauté et de son corps radieux.

« Assieds-toi, Kheira va te préparer quelque chose.

— Merci maman, j'ai dîné. »

Il me salua de loin. Poussé par je ne sais quel élan stupide, alors qu'immédiatement je l'avais trouvé antipathique, je lui parlai au lieu de lui répondre d'un signe de tête : « Bonsoir, vous arrivez de Paris ? »

Ma phrase me sembla ridicule ; dite comme si j'étais retranché au Sanglier joyeux depuis plusieurs semaines, aux limites d'une jungle du bout du monde, empêché de sortir par les combats d'une révolution et qu'il avait fallu que lui évitât les balles, traversât des champs de cadavres pour arriver jusqu'à nous.

« De Paris, mon Dieu non ! Jamais je ne pourrais y vivre. J'habite la campagne près de Biarritz. »

En parlant il s'avança vers moi, se présenta : « Patrick Thévenet. »

Je lui fis signe de s'asseoir à ma table : « Voulez-vous boire quelque chose ? »

Il demanda un whisky. Kheira posa sur la table une bouteille poussiéreuse.

« C'est la première fois que vous venez ici n'est-ce pas ?

— Au Maroc ?

— Non, au Sanglier.

— Oui.

— Vous n'avez pas connu la grande époque. L'hôtel appartenait à mon père, Roland Thévenet. Il a vu défiler tout Casa. On faisait la queue pour manger chez lui... Il y avait de ces bombes !... Mon père était une vraie figure vous savez.

— Il est retourné en France ?

— Il est mort, empoisonné par une conserve espagnole, quelque chose qu'il avait mangé sur la route en venant de France.

— Je vous demande pardon...

— Il est mort au milieu de nous. Ça l'a pris juste après son arrivée ici, nous mangions un couscous. On a appelé un médecin français, il n'a rien pu faire... Mon père est mort dans des douleurs atroces. Il disait que ses entrailles brûlaient à l'intérieur, que son ventre le dévorait... »

Pendant le silence qui suivit, je surpris le regard de Kheira sur Patrick Thévenet. Voilée, j'y vis de la haine. Il parla encore, mais beaucoup plus bas : « Ma mère est restée... Vous avez compris pourquoi je suppose ? »

Il avait dit " pourquoi ", mais il pensait, j'en étais sûr, " pour quoi ", tant il était évident pour lui que le jeune Marocain n'avait aucun rapport avec l'humain, n'étant qu'un sexe bandé qui, la nuit, pénétrait sa mère.

Je voulus jouer : « Comment s'appelle-t-il ?

— Mustapha, je crois... On pourrait écrire des romans sur des types comme mon père... »

Plus tard, après plusieurs whiskies, Patrick Thévenet débita les phrases que j'attendais de lui : sa brillante carrière dans les travaux publics, sa haine de l'Algérie " tombée aux mains des Russes ", les jardins du Palais-Royal défigurés par les colonnes de Buren, la décadence de la France... Une de ses amies regarde des coffres dans les souks de Marrakech. Pour faire cesser la discussion avec le marchand, elle dit que c'est trop cher. L'homme lui répond : « Vous faites partie des nouveaux pauvres de François Mitterrand ?... » Patrick Thévenet conclut : « Avant, jamais un Marocain ne se serait permis une phrase comme celle-là. L'image de la France à l'étranger en a pris un coup n'est-ce pas ? »

Je me levai de table, saluai Patrick Thévenet et sa mère. Elle dit : « Kheira va préparer un couscous pour demain à midi. Si vous êtes encore là, déjeunez avec nous. » Je la remerciai, lui dis que je ne savais pas où je serais le lendemain à midi. Regardé par Kheira et croisant son regard avec celui de Mustapha, je sortis.

Je me déshabillai, pris une douche. En m'essuyant, je vis un bouton mauve sur mon biceps gauche. Je murmurai : « Non, c'est pas possible, ça peut pas être ça... »

J'étais couché mais je ne dormais pas. Je sentais la mort s'approcher ; non pas avec les yeux de Laura, mais comme deux images mélangées : la mort abstraite, unie, et sur elle les yeux de Laura incrustés. Et cette mort n'était pas la mienne, même si son odeur me rappelait qu'elle m'attendait bras ouverts, sexe offert. Une fleur de sang sous ma peau.

Avec la sensation que quelque chose d'exception-nel allait arriver, Laura revenait à ma mémoire ; comme si elle tirait des fils invisibles, qu'elle écrivait mon destin.

Je rejetai les draps, m'assis au bord du lit. J'enfilai un slip, un jean et un tee-shirt. Je bandais à moitié. J'hésitai à me branler, y renonçai. Je sortis.

Je fis quelques pas sous les étoiles. J'entendis du bruit venant de l'arrière de l'hôtel. Je me cachai derrière une haie d'arbustes. Une forme sombre déboucha sur le parking. Sous la lune je reconnus Kheira. Elle marchait vers la route. J'entendis une portière se refermer, un moteur démarrer. Je vis des phares s'allumer et une 404 bâchée s'éloigner.

Je sentis des clés dans la poche arrière de mon jean. Je courus jusqu'à ma voiture, ouvris la porte, démarrai, suivis la voiture dans laquelle Kheira était montée.

Nous roulions. J'étais guidé par les feux rouges de la Peugeot, les arbres défilaient. Nous traver-sâmes un village. Après les dernières maisons, la 404 tourna à gauche, s'engagea sur un chemin en pente. Je la suivis en éteignant les phares de ma voiture. Elle s'arrêta devant un petit cimetière. Je me garai aussi et coupai le moteur. Kheira descen-dit, le conducteur la suivit, lui aussi habillé de sombre, tenant une pelle à la main. Ils entrèrent dans le cimetière.

J'avançai sans faire de bruit. Je les vis accroupis près d'une tombe. Puis l'homme se releva et commença à creuser la pierraille. Le cimetière était sur le versant arrondi d'une colline exposé au vent. Il était simple, les stèles rudimentaires : il enveloppait la mort d'habits de misère. L'érosion rendait tous les jours plus mince la couche de terre qui recouvrait les sépultures : la poussière des morts se rapprochait de l'air libre ; elle s'approchait du ciel, mais que sont quelques centimètres dans l'infini de ce ciel ?

J'avais du mal à croire ce que je voyais : l'homme qui avait conduit Kheira et qui tenait la pelle creusait à l'endroit même d'une tombe, et ce fut la chair d'un corps que rencontra l'acier de l'outil. Comme le prescrit le Coran, le mort avait été enterré directement dans le sol, simplement enveloppé d'un linge.

L'homme soutenait le mort et Kheira enleva le linge. La mise au tombeau devait avoir eu lieu le jour même, car le corps était intact, seulement raidi.

L'homme mit le linge dans le trou creusé. Puis il reboucha la tombe. Il posa sa pelle. Ils prirent le mort, lui par les aisselles, Kheira par les pieds. Ils le portèrent à la voiture et le déposèrent à l'arrière, sur le plateau, sous la bâche. Kheira monta dans la voiture, l'homme s'éloigna et revint avec la pelle qu'il posa à côté du mort. Ils démarrèrent, firent demi-tour, roulèrent vers l'hôtel. Je les suivis.

Je laissai ma voiture au bord de la route avant l'entrée du parking et je courus vers l'hôtel. Je vis deux formes verticales et sombres porter une forme horizontale ; je m'approchai. Kheira ouvrit l'entrée de service : un rai lumineux venu des cuisines frappa le mort étendu à terre.

Ils emportèrent le corps dans les cuisines. Je

courus, courbé en deux, jusqu'à une fenêtre d'où je vis l'homme le déposer à terre.

Kheira prit sur une paillasse un grand plat rempli de semoule. Elle brassa la graine, la roula entre ses doigts. Puis elle posa le plat à terre, près du cadavre. L'homme redressa un peu le mort et Kheira approcha encore le plat.

Alors, ce fut avec les mains du mort que Kheira se mit à brasser la graine du couscous qu'elle allait nous servir à midi. Et, pendant que la semoule coulait entre les doigts raides, Kheira disait à voix basse des incantations où revenait souvent le même nom : Patrick Thévenet.

Tout à coup, elle tourna la tête vers la fenêtre derrière laquelle j'étais ; elle avait senti ma présence. Je m'enfuis et je restai longtemps caché derrière les arbustes du parking. Je pensais qu'elle n'avait pas eu le temps de me reconnaître.

Kheira et l'homme chargèrent le cadavre à l'arrière de la 404 bâchée. Ils démarrèrent et roulèrent en direction du cimetière. Là, certainement, ils replacèrent le mort dans sa tombe.

Je retournai dans ma chambre, me déshabillai et m'allongeai. L'aube, heureusement, n'était pas encore levée. A Kheira aussi, pour agir, il avait fallu la nuit pleine et que tout fût fini avant sa dilution dans le début du jour.

Le sommeil s'approchant, je pensais tout à coup qu'en allant au cimetière, Kheira et l'homme avaient forcément vu ma voiture garée au bord de la route. Ils avaient donc compris.

Je m'endormis et je rêvai. Au réveil il me restait des images d'hommes des collines du Rif qui, après

51

s'être longuement préparés, entraient en transes puis mangeaient des braises et des cactus entiers. Non que la douleur leur semblât divine, comme à moi-même quand les bourreaux de mes nuits resserraient les liens qui entaillaient mon corps et me ligotaient aux piliers de béton ; la douleur, pour eux, n'existait pas.

Je pris mon petit déjeuner dans la salle à manger. Madame Thévenet me le servit. Son fils dormait encore. Elle me demanda si je serais là pour le couscous de midi. Je dis que oui.

Une table était dressée juste sous la tête de sanglier empaillée. Cinq couverts étaient mis pour madame Thévenet, son fils, Mustapha, Kheira et moi. Patrick Thévenet et moi étions les seuls à boire un apéritif.

Madame Thévenet nous demanda de nous asseoir. Kheira apporta une pastilla. Puis elle servit le couscous. J'étais l'invité et ce fut vers moi que fut tournée la grosse cuiller en bois plongée dans la semoule. Je la pris sans hésiter mais, avant de verser son contenu dans mon assiette, je regardai Kheira. Ses yeux sur moi n'étaient qu'un défi et ce fut un autre défi que je lui lançai. Mais nos regards et nos défis différaient : les siens indiquaient une mort certaine, mais pas la sienne ; les miens une mort probable, mais la mienne.

Je me servis de la semoule et je tournai alors la tête vers madame Thévenet. Elle avait vu notre échange de regards. Je pensai qu'elle avait compris, qu'elle savait, mais qu'en silence elle acceptait.

Nous mangions le couscous. Patrick Thévenet se mit à tousser. Sa toux devint rauque puis s'arrêta. Il dit qu'il avait mal au ventre, que la douleur s'amplifiait très vite. Il se plia en deux, se mit à hurler que ce n'était pas supportable : à l'intérieur de lui une bête immonde lui arrachait les tripes, perçait les parois de son estomac et de ses intestins comme si elle voulait sortir de lui en faisant éclater son abdomen.

Madame Thévenet alla téléphoner à un médecin. Je vis le regard de Kheira ; il disait : « Ça ne sert plus à rien, c'est trop tard. »

Patrick Thévenet tomba de sa chaise, se débattit sur le sol en criant. Une flaque d'urine et d'excréments liquides traversa son pantalon et se répandit sur le carrelage. Une odeur de pourriture envahit la pièce. Puis il cessa de gesticuler et se raidit. Il était mort.

Le médecin entra. Kheira nettoyait le sol à l'endroit où Patrick Thévenet s'était vidé. Nous avions étendu le cadavre sur une table. Le médecin l'examina, dit qu'il ne savait pas ; cela ressemblait à un empoisonnement, mais d'une violence qu'il n'avait jamais vue. Il téléphona à la police et à un hôpital de Casa, demanda que l'on vînt chercher le corps.

Nous étions assis dans la salle à manger. Nous attendions l'arrivée de la police. Mustapha cherchait à consoler madame Thévenet ; mais de quel chagrin ? Elle n'avait pas pleuré son fils, comme si sa mort immonde avait été écrite et qu'elle fût parfaitement normale. Elle fixait la tête de sanglier accrochée au mûr : « Mustapha, s'il te plaît, mets-moi cette saloperie à la poubelle. » Mustapha regarda le trophée de chasse : « Je peux pas toucher ça.

— Si, tu peux, fais-le pour moi... Qu'il ne reste rien. »

Alors Mustapha monta sur une chaise, décrocha la tête et partit vers les cuisines. On entendit le bruit de la hure tombant dans une poubelle, immédiatement suivi de celui des vomissements de Mustapha. Son dégueulis souilla les poils de la tête empaillée.

Le soir, je mis mes affaires dans mon sac et je quittai la chambre. Je réglai la note et saluai madame Thévenet. Je dis : « Qu'allez-vous faire ?

— Il me reste du temps. Quand Mustapha partira, ce sera fini. »

Je marchai vers ma voiture, ouvris la portière, jetai mon sac à l'arrière et m'assis. J'allais démarrer quand un visage se pencha à ma fenêtre : celui de Kheira. Je descendis la glace : « Je ne dirai rien.

— Je sais que tu ne diras rien, mais moi j'ai des choses à te dire. »

Elle parlait français parfaitement. Elle fit le tour de la voiture. J'ouvris la portière de droite. Elle s'assit à côté de moi. Elle me tutoyait toujours : « Tu devines comment Patrick Thévenet est mort. Tu ne comprends pas, mais tu sais ce que j'ai fait pour qu'il meure. L'année dernière son père est mort de la même manière. J'avais juré que cet homme disparaîtrait et sa descendance avec lui. C'est fait.

— Et sa femme ?

— C'est différent, je l'aime ; et à son âge elle n'aura plus d'enfant. Elle est le contraire de ce que Roland et Patrick Thévenet étaient. Maintenant je vais te dire pourquoi ils sont morts... Il y a deux ans j'habitais encore Aïn-Sebaa dans la banlieue est de Casa. J'avais un fils de vingt ans. Il s'appelait Mounir ; c'était mon seul enfant. Depuis plusieurs mois, une firme française voulait construire une usine de transformation des phosphates sur notre quartier. Il fallait donc nous exproprier. C'est là qu'est arrivé Roland Thévenet. Le Sanglier joyeux avait toujours été une couverture. Thévenet était là du temps des Français, mais il avait gardé des bonnes relations avec le gouvernement marocain ; il servait d'intermédiaire dans des affaires immobilières et des trafics. On lui a demandé de résoudre le problème d'Aïn-Sebaa. Il fallait trouver une bonne raison pour que le gouvernement exproprie tout le monde : Thévenet l'a fabriquée. Il a payé des agitateurs qui ont poussé les gens du quartier à manifester de plus en plus violemment. Une fois l'ordre menacé et l'émeute proche, il suffirait d'intervenir et de vider le quartier. Mounir avait compris : il avait ça dans le sang, le sens politique. Nous n'avions pas d'argent, mais il avait réussi à continuer ses études et à aller à l'université. Bien sûr, il voulait tout foutre en l'air, mais il savait que dans le quartier c'était faussé et que ça allait mal se terminer. Il parlait aux gens et il avait de plus en plus de poids sur eux. Les agitateurs étaient moins écoutés... Alors Roland Thévenet a eu une idée simple : une nuit ils ont emmené Mounir, ils l'ont torturé et tué. On l'a trouvé le matin à la limite du quartier, les organes génitaux dans la bouche.

C'était un symbole emprunté à l'histoire algérienne que tout le monde a compris. Les agitateurs ont fait courir le bruit que Mounir était un traître payé par les industriels français pour amadouer les gens du quartier. Du coup les manifestations ont repris, beaucoup plus violentes. Deux jours plus tard l'armée est arrivée. Les militaires ont encerclé le quartier et ouvert le feu à la mitrailleuse lourde. Il y a eu une trentaine de morts. Aucun agitateur évidemment. Le quartier a été rasé, les gens évacués. La construction de l'usine française a commencé quelques mois plus tard.

— Comment avez-vous su ?

— Madame Thévenet est venue me voir après l'assassinat de Mounir. Elle savait ; elle m'a tout raconté. Elle m'a proposé de venir travailler au Sanglier joyeux. Je me suis vengée. Thévenet est mort, sa descendance avec lui.

— Elle sait comment vous avez fait mourir son fils et son mari ?

— Je ne lui ai rien dit, mais elle devine. Je sais des choses que tu ne peux pas comprendre et elle non plus. Elle ne fera jamais rien contre moi. Elle pense que c'était écrit. Mektoub.

— Parce qu'elle aime Mustapha ?

— C'est un signe... Que tu sois ici, que tu m'aies vue préparer le couscous et que je t'aie tout raconté est aussi un signe... Tu es ici à cause d'une femme, une jeune fille plutôt. Pas pour elle directement, mais à cause d'elle, par un enchaînement de faits. Tu as l'impression que les événements sont isolés, indépendants les uns des autres ; moi, je vois entre eux des liens que tu ne vois pas.

— Laura ?

— Je ne connais pas son nom, mais toi tu ne peux

pas te tromper, il n'y a qu'elle. Elle a un visage d'enfant. Elle a plusieurs fois croisé ton chemin, maintenant elle va s'installer dans ta vie. Elle aura du pouvoir sur toi ; celui d'un amour démesuré. Elle te fera mal, mais elle t'obligera à toujours aller plus loin. Tu seras poursuivi par le sang arabe, par cette image de mon fils, Mounir, avec son sexe coupé dans la bouche. Tu cherchais une nécessité, la voilà.

— Je suis malade.

— Ça n'a pas d'importance. Ce qui est écrit, ça n'est pas ta mort, c'est la proximité de ta mort, son poids sur toi chaque jour multiplié. »

J'ai roulé vers Casa, pris l'avion, atterri dans le gris d'Orly. J'ai acheté un journal : Jean Genet était mort la veille.

Je me souvins de cette phrase de lui qui avait tourné dans ma tête : " Les Panthères ont vaincu grâce à la poésie. " Il avait aimé les Black Panthers, " la lame du couteau ". Le reste des États-Unis était le beurre.

Je lus que Genet était né le 19 décembre 1910. Je suis né le 19 décembre 1957. De cette coïncidence je ne tirais aucune conclusion sur la possibilité que j'eusse un quelconque talent. Mais je me dis par contre que, comme lui, il faudrait qu'un jour je me mette à agir.

Mettre à feu un détonateur, dégoupiller une grenade, presser la gâchette d'un fusil-mitrailleur. Portée par les lèvres de Genet, par sa face épatée et belle de bouledogue, il y avait cette phrase qui m'enivrait : " La violence seule peut achever la brutalité des hommes. "

De l'aéroport, je téléphonai à Laura. Sa mère décrocha. Laura habitait chez elle ; elle vint au téléphone. Je la remerciai de m'avoir indiqué ce tournage au Maroc. Je lui proposai de déjeuner avec moi deux jours plus tard.

J'arrivai chez moi. J'écoutai les messages enregistrés sur le répondeur. Samy venait de téléphoner. Je le rappelai.

Le soir, j'allai le chercher à son entraînement de rugby. Un stade à Pantin, chancre de lumière dans la ville ; les cuisses fortes des garçons prolongées par les crampons qui pénétraient la chair verte de la pelouse ; des cris et la buée sortant des bouches quand l'haleine des joueurs rencontrait l'air froid de la nuit.

Dans les vestiaires, entre les bancs et les douches, les garçons faussement indifférents aux regards, sexes ballants, muscles exhibés. Je ne voyais que lui, Samy.

Le stade appartenait à une association sportive de la police. Les entraîneurs parlaient fort, sûrs d'eux : des jeunes policiers grands et moustachus à l'accent du Sud-Ouest.

Les joueurs se rhabillaient. Un entraîneur demanda qui voulait venir avec lui chez André. Les garçons hésitèrent : frayeur et envie mélangées. Samy dit non ; il me désigna du menton : « Je dois bouffer avec un copain. »

Trois garçons acceptèrent. Ils montèrent avec

deux policiers dans une R18 break banalisée qui sortit du stade.

Nous roulions vers Paris. Je dis à Samy : « Qui est André ?

— C'est un plan des flics. André organise des partouzes. J'y suis pas encore allé. Y paraît que ça vaut le déplacement. »

Nous avions rendez-vous dans un café de la rue Blomet ; l'ancien Bal nègre. J'arrivai un peu en retard. Laura m'attendait au bar. Nos sourires se croisèrent ; elle dos au zinc, moi poussant la porte en verre. Nous nous sommes assis à une table dans la salle des billards.

Nous étions face à face. Au-dessus d'elle passait la galerie qui, au premier étage, faisait le tour de la salle. Nous avons commandé des salades. J'ai peu de souvenirs, sauf ceux de vêtements et de couleurs. Je portais un jean court et serré dont le bas était effrangé ; une ceinture couleur lie-de-vin ; un tee-shirt rayé noir et gris. Elle avait des bracelets. Je me levai, allai vers les chiottes ; elle regardait nos salades. Quand je revins vers la table, c'était moi qu'elle regardait ; mon visage d'abord, puis ses yeux glissèrent vers le bas, se posèrent sur ma braguette.

Laura me troublait moins. Elle-même était moins mal à l'aise. Elle était douce, adolescente, séduisante. Ayant envie d'elle, j'avais envie d'une fille jeune, presque une gamine, et non d'un mystère ou d'un visage flou restés dans ma mémoire, toujours mélangés à des images de nuit ou de mort.

Nous sommes sortis sur le trottoir. Elle m'a demandé pourquoi j'avais ce sac bleu. « Je vais faire du sport. » J'ai insisté pour la raccompagner en moto bien qu'elle habitât à cent mètres du café. On a eu du mal à se quitter ; on a parlé pour ne rien dire, juste pour retarder le moment de la séparation.

Pendant les deux mois qui suivirent, ce fut toujours moi qui appelais Laura. On se voyait dans Paris l'après-midi ou le soir ; on se baladait. Ça me rappelait ma première fille, une copine de ma cousine de Fontainebleau... J'ai quinze ans. Je suis encore puceau. On va là-bas avec Marc en mobylette. Il sort avec ma cousine, moi avec cette fille. Je ne fais pas l'amour avec elle. Elle s'appelle Laurence...

J'avais dix ans de plus que Laura, mais c'était comme des flirts de gamins. Sauf que nos regards parfois fixés sur l'autre savaient traverser ses vêtements et deviner exactement les formes de son corps.

Samy venait de temps en temps dormir chez moi. On se branlait; je le suçais et quelquefois lui aussi me suçait. Il me déchargeait dans la bouche et j'allais cracher son sperme dans le lavabo. Si j'allumais la lumière de la salle de bains et que je me regardais dans la glace, je ne voyais pas mon visage gris de Parisien déprimé et accroché au sexe comme un camé à sa drogue : la peinture orange des murs lui donnait une teinte dorée. Mais, sur mon bras gauche, le bouton mauve grossissait. Je refusais d'y croire.

On ne s'enculait pas. Mais c'était plus par manque d'envie que parce que je lui avais dit que j'étais séropositif et qu'il fallait faire attention; il avait l'air de s'en foutre complètement.

Samy s'ennuyait à mourir à l'opéra Bastille. Il remplissait des fichiers et classait des photos dans des boîtes. Il voulait changer de métier. Je le pris comme assistant pour le tournage d'un reportage en vidéo sur une classe de patrimoine dans les Pyrénées. Nous avons été à Perpignan en avion et nous avons continué en voiture jusqu'à Ville-franche-de-Conflent. J'ai filmé des gamins qui faisaient de la spéléologie et qui restauraient des vieilles chapelles en ruine. Nous étions dans la montagne et, à midi, Samy disparut. Je le retrouvai suspendu dans le vide, en train de faire de la varappe sur une paroi. Je gueulai : « T'es complète-ment cinglé ! » Mais je regardais ses biceps tendus, ses doigts accrochés à la pierre, et mon désir pour lui arriva d'un coup. Je me mis à bander.

C'était vers la fin du mois de juin, le soir de la fête de la musique. Laura m'avait appelé la veille : elle connaissait les musiciens de Taxi-Girl et me proposait d'aller les entendre jouer place de la Nation.

Avant, nous sommes passés dans un café des Halles où il y avait une sauterie organisée par le ministre de la Culture. J'ai dit à Laura : « T'as éclairci tes cheveux ? » Elle portait un jean, des bottes noires en tortue, un tee-shirt vert à manches longues, un bracelet en os. Elle était coiffée avec une tresse.

A Nation, on est entrés derrière la scène. Le bassiste du groupe n'était pas là. Darc et Mirwais ont joué sans lui. Je regardais surtout Laura ; elle s'était assise sur une barrière mobile en métal. J'ai pensé qu'on allait faire l'amour.

On roulait en moto sur le périphérique vers la porte de la Villette. Laura avait froid. Elle avait passé ses bras autour de mon ventre et se serrait contre mon dos. On est restés un moment au Zénith à voir des ringards chanter en play-back, puis on est allés dans un restaurant africain de la rue Tiquetonne. On a mangé du poulet au citron, j'ai enlevé mes chaussures et je lui ai dit : « J'aime aussi les mecs. »

On est restés un bon moment assis sur un banc. Il y avait une grande fresque peinte sur un mur en face de nous ; taches de couleurs sur la pierre grise lézardée. Elle dit : « J'ai envie d'aller chez toi.

— C'est pas terrible chez moi, c'est petit, tu t'en fous ? »

J'ai mis un vieux Cure, " Seventeenth Seconds " je crois, et on s'est caressés sur le lit. Elle me branlait à travers mon jean, j'ai sucé le bout de ses seins. Elle avait des poils courts, une chatte ferme. Elle a déboutonné ma braguette, a voulu m'enlever mon jean ; je l'ai aidée parce qu'il était trop moulant pour qu'elle y arrive seule. J'ai aussi enlevé mon slip. Je n'avais pas été excité comme ça depuis longtemps. Laura a glissé le long de mon torse, pris ma queue dans sa bouche et elle m'a sucé en ayant vraiment l'air d'aimer ça.

J'allais baiser cette fille. Elle avait dix-sept ans, elle me plaisait, je me sentais bien avec elle. Je retrouvais des désirs d'adolescent que je n'avais jamais eus avec Carol ; l'envie d'une femme. En apparence c'était simple : je pouvais oublier les garçons, ceux que j'avais aimés, ceux juste entrevus de mes nuits fauves qui ne m'avaient laissé que leurs coups, leur sperme ou leur pisse. Je me souvins de la voix de Kheira ; sur le moment, je retins de ses prophéties que j'allais avoir avec Laura une longue aventure. Je ne pouvais pas risquer de tout foutre en l'air avant que ça n'ait commencé. De toute façon je n'avais pas de capote chez moi, et j'étais incapable de lui avouer que j'étais séropositif.

Alors j'ai retourné Laura sur le dos, je suis venu au-dessus d'elle ; elle a guidé ma queue. On a fait l'amour longtemps ; je ne comprenais pas pourquoi c'était si bon. Elle a joui en criant, griffes accrochées à ma peau. Je l'ai baisée encore, puis j'ai déchargé en gueulant d'une voix grave, en ayant l'impression de jouir comme jamais.

J'ai roulé sur le côté. Je n'avais pas cette sensation de malaise, de quelque chose de gris et acide qui vient après l'orgasme, comme avec Carol. Je flottais, sachant que j'avais craché en elle mon sperme infecté par le virus mortel, mais pensant que ça n'était pas grave, que rien ne se passerait parce que nous étions au début de ce qu'il me fallait bien nommer " une histoire d'amour ".

Le lendemain matin, je me levai et enfilai un tee-shirt University of California, un pantalon de kimono et des pantoufles. Ça a fait rire Laura. Elle devait se dire : « Mais qu'est-ce que c'est que ce mec ? »

J'avais rendez-vous avec Jaime. On est allés au cinéma tous les trois voir " Runaway Train ". On a dîné à l'Hippopotamus des Champs-Élysées ; j'avais l'impression de me retrouver dix ou quinze ans plus tôt quand on se soûlait avec Marc dans les cafétérias de Vélizy 2 ou de Parly 2.

Laura appela sa mère à qui elle n'avait pas donné de nouvelles depuis vingt-quatre heures et qui s'inquiétait. Le ton monta. Laura dit : « Je t'emmerde ! » et raccrocha.

Jaime nous proposa d'aller avec lui chez un copain pour fumer des joints et sniffer de la coke. Ça ne me disait rien, j'avais envie de baiser Laura. Je lui demandai de venir dormir chez moi. Elle voulait rentrer chez elle, c'est-à-dire chez sa mère.

Finalement elle dit : « Va pour une dernière nuit chez toi ! » Je ne compris pas le sens de ses mots " une dernière nuit ", mais je ne dis rien. Jaime partit seul, je m'assis sur la selle de la moto. Laura se colla contre moi.

On fit l'amour, plus lentement que la nuit d'avant. Je n'avais toujours pas le courage de lui dire que j'étais séropositif, mais comme je pensais à ça, je n'arrivais pas à jouir et c'était tant mieux. Après qu'elle eut joui, je me suis branlé et j'ai déchargé sur mon ventre.

J'ai été voir le patron de Shaman Vidéo et je lui ai demandé s'il pouvait recevoir Samy. Il l'a engagé comme coursier avec la promesse de le former pour qu'il puisse devenir assistant vidéo.

Samy habitait chez Marianne, sa copine journaliste. Je la rencontrai un soir où je passais le chercher pour dîner. On s'est observés, chiens flairant le même os ; je l'ai trouvée belle, ses yeux d'un bleu proche du violet surtout. Elle avait connu Samy dans le métro quand il avait seize ans. Deux jours plus tard, ils faisaient du patin à roulettes ensemble sur l'esplanade de la tour Montparnasse et Serge avait dragué Samy.
Narcissisme, intérêt, besoin de séduire s'étaient mélangés et Samy avait marché dans les combines de Serge ; photos torse nu en short de cuir, films de vidéo-art où son cul était filmé sous tous les angles,

émergeant des draps d'un hôtel londonien ou moulé dans un blue-jean et mimant l'amour avec le corps clinquant d'un flipper.

Je savais que Marianne détestait Serge. Avait-elle compris que je couchais avec Samy ? Serge s'était éloigné, mais je surgissais dans sa vie. « Putain, ces pédales peuvent pas me foutre la paix ! »

« Tu veux venir avec nous ?
— Je reste là, j'ai du boulot. » J'ai refermé la porte. Marianne est restée seule ; elle rédigeait un article. J'ai dévalé l'escalier derrière Samy. On est allés au Pacifico.

On buvait de la Tecate et du mezcal. Samy était ivre. Je réussis à le faire parler... Il est au service militaire ; il part en permission. Marianne l'attend sur un quai de gare. Ses cheveux sont rasés ; il est bronzé, ondulant. Elle gueule de plaisir sous ses coups de rein. Il a dix-sept ans, il entre dans la caserne. La première phrase du capitaine : « Quelles sont vos intentions en vous engageant dans les chasseurs alpins ? »

« Merde, quel con ! Je vais m'enterrer là-bas parce que je sais plus quoi foutre, que j'ai un pédé qui me colle au cul, que je casse des apparts et que ça va mal se terminer, et cet enfoiré de gradé me demande si j'ai des intentions. Je voulais bien me battre, je voulais bien crever, ça suffisait pas ? »

Samy ne pensait qu'à se laisser glisser, qu'à dévaler des glaciers sur les talons ; une glissade depuis longtemps débutée... Il a neuf ans. Il revient de Cahors où il est en pension. Le train entre en gare de Toulouse. Ce sont les vacances de Noël. Il n'a pas vu ses parents depuis l'été. Son père va le soulever de terre ; il va sentir la prise de ses mains fortes sur le haut de ses bras. Il imagine ses muscles se dessiner sous sa chemise. Il se lève de la banquette. Un type l'aide à descendre son sac des filets à bagages. Il sent l'air froid et humide piquer son torse. Il ferme son blouson. Mais il a peur : il y a du noir sur la ville rose ; un courant d'air noir. Son père n'est pas en bas des marches du wagon ; sa mère non plus. Il y a sa sœur, seule. Elle a un visage dur, mais les yeux mouillés. « Pourquoi papa est pas venu ? » Elle ne sait pas quoi dire. « Il pouvait pas, il travaille aujourd'hui.

— Et maman ?

— Elle pouvait pas non plus. »

Ils montent dans un bus. Il commence à pleuvoir ; derrière les traînées verticales des gouttelettes d'eau sur les vitres, Samy enregistre d'autres traînées, horizontales et roses, des lambeaux de façades comme des coups de gouache sur une toile. Il a froid. Il se sent menacé. Il se met à pleurer. Alors Lydia passe son bras autour de son cou et le serre fort contre elle. Elle sent la vanille. Elle a quatre ans de plus que lui, elle le regarde droit dans les yeux : « Les flics sont venus arrêter papa ce matin à la maison. »

« J'te jure, je me suis mis à peser lourd, très lourd. J'ai pensé que plus tard, quand j'aurais dix-huit ou vingt ans, l'âge que j'ai maintenant, je pèserais lourd aussi. Mais ce serait le poids des muscles, comme ceux de mon père, pas le poids du chagrin... »

Dans le bus qui les emporte vers leur maison, Lydia et Samy ne parlent plus. Elle le serre contre elle. Il sent ses petits seins durs contre sa joue. Et puis elle parle de nouveau. Elle lui raconte l'arrestation du père. Elle dormait ; les cris de sa mère la réveillent. Elle court vers leur chambre, s'arrête sur le seuil. Les flics ont enfoncé la porte d'entrée, arraché les draps du lit, traîné le père sur le sol de la chambre. La mère se couvre avec le drap en hurlant et en jurant en espagnol. Le père bandait dans son sommeil. Un jeune flic voit sa queue tendue ; il se marre : « Le petit coup du matin c'est pas pour toi l'arbi ! » Des spasmes secouent Lydia. Plus tard elle boit un café au lait et elle va le vomir dans la cuvette des chiottes...

« Tu vois, Lydia devait se taire, mais elle savait que je pouvais comprendre, alors elle m'a tout raconté... Ma mère est rentrée à la maison le soir, je regardais la télé, je me souviens, j'étais allongé sur le canapé, la tête posée sur les cuisses de Lydia. Elle m'a embrassé, m'a dit : " Ton père sera pas là pendant les vacances, il a trouvé un nouveau travail dans l'électronique, il voyage dans le nord de la France jusqu'en janvier. " J'ai regardé Lydia, j'ai souri, et puis j'ai dit : " C'est bien comme boulot ? Ça paye bien ? ", et un peu plus tard, pendant le dîner : " Merde, il pourrait être là papa, pour une fois que je suis à la maison ! " »

Le Pacifico était plein à craquer ; des rires, des frôlements, des déclarations d'amour, des histoires de cul ; du français, de l'anglais, de l'espagnol. On but encore des Tecate, je questionnai Samy sur son père, mais il ne voulut rien me dire de plus, pas même de quel pays du Maghreb il était originaire.

Je le déposai devant l'immeuble où habitait Marianne. Leurs corps allaient se rapprocher ; ça me faisait mal. Pourtant tout aurait pu être simple : j'avais Laura, un amour se dessinait.

Pour combattre la douleur, il me fallait descendre vers l'abjection que régulièrement j'appelais à mon secours. Sous le pont de Grenelle, c'est l'allée des Cygnes ; aucune blancheur pourtant n'y éclaire la nuit. Des formes humaines s'y rencontrent ; à moins que ce ne soit des cygnes noirs, des cygnes d'Australie.

Un garçon au crâne rasé, qui portait un pantalon de treillis et des rangers, me serra contre un pilier de soutènement du pont. Il m'enfonça son genou dans les couilles. La Maison de la Radio brillait en face de moi, quand le visage du mec bougeait et la démasquait. Il me cracha sur les lèvres. Je lui pissai dans les mains et il me barbouilla la figure avec ma pisse. J'oubliais.

Mais je revenais pur vers Laura. J'aurais pu aller avec elle aux mêmes extrémités du sexe qu'avec ceux de mes nuits et cela n'aurait rien changé. La boue, les crachats, la pisse, le sperme ou la merde se lavent avec de l'eau et du savon.

J'aimais ses seins contre mon torse, ma queue dans sa chatte. Je l'embrassais peu ; je détaillais mal son corps. C'était Samy que j'aimais caresser ; c'était lui que je voulais embrasser, mais il aimait les femmes.

J'aimais Samy, j'aimais Laura, j'aimais les vices

de mes nuits fauves. Suis-je né à ce point divisé ?
Ou bien m'a-t-on coupé en morceaux peu à peu,
parce que unifié, d'un seul bloc, je serais devenu
trop dangereux, incontrôlable ?

J'étais lâche : je croyais venir vers Laura lavé des
souillures de mes nuits, mais je lui imposais en
silence la pourriture de mon sang. Je crachais mon
virus en elle et je ne disais rien. Ce silence me
hantait.

Quand je voulais lui parler, je ne pouvais pas :
elle venait juste d'avoir dix-huit ans, je ne voyais
qu'une innocence abusée, une vie foutue.

Le film que j'avais écrit avec Omar fut projeté au
Centre culturel suisse. Un débat suivit la projection. La femme d'Omar venait d'accoucher d'une
petite fille ; il était à son chevet et m'avait demandé
d'aller au débat à sa place.

J'emmenai Samy. Nous parlions en riant avant
que la lumière de la salle ne s'éteigne. Une fille
assise quelques rangs devant nous se retournait
souvent. Elle nous souriait. Elle plut à Samy. Après
la projection et le débat, je l'abordai dans la rue ;
Samy s'approcha, soudain timide. Elle était suisse,
de Lausanne, s'appelait Sylvie. A Paris, elle faisait
des études de dessin.

Elle avait une chambre à la cité des Arts, mais
elle dormait plus souvent dans l'appartement d'une
amie. Il était vide ce soir-là ; elle nous y emmena.
Deux grandes pièces avec des matelas posés à

même le sol ; de la vaisselle sale entassée sur un meuble en forme de comptoir devant la cuisine ; un plat de spaghettis à la tomate rouges et froids ; des dessins et des toiles accrochés aux murs ou empilés par terre.

Nous caressions Sylvie. Mes mains, parfois, continuaient au-delà de son corps pour toucher celui de Samy. Lui aussi laissait aller ses mains sur mon corps. Elle s'étonna de nos caresses. Il la provoqua : « C'est mon mec ! » Je me pris à ce jeu, mais je sentais que Sylvie ne voulait faire l'amour qu'avec un seul de nous deux et qu'elle ne savait pas encore lequel. En même temps qu'il me caressait, Samy m'éloignait d'elle. Car il savait que mon désir pour lui était plus fort que pour elle, et qu'en m'excitant il m'attirait à lui et me séparait d'elle. En quelques minutes, ils furent enlacés, Samy bandant contre elle, moi à l'écart.

J'allai dans la pièce voisine. Je m'allongeai. Le désordre, les matelas sur le sol, la saleté me firent penser au début des années quatre-vingt... Je reviens de Porto Rico, bronzé, ivre de sexe et de soleil. Le taxi traverse le gris français, s'enroule autour de Paris, et je porte encore sur moi les odeurs de mes trois amants de la nuit précédente ; celle d'Edson qui conduit sans permis la Cadillac de Joe l'avocat et vend des queeludes dans les bidonvilles de Santulce ; celle de Max qui dépouille les touristes sur Condado Avenue ; celle d'Orlando, moustachu, doux et gentil, à qui je me donne simplement parce qu'il veut faire l'amour avec moi depuis des jours. Le taxi me dépose devant chez Marc. Je sonne à la porte de l'appartement qu'il partage avec un copain ingénieur dans une compagnie pétrolière. Marc est encore étudiant. Quelques mois plus tôt, j'étais moi aussi dans une école d'ingénieurs.

Deux pièces dans l'appartement de Marc, les matelas par terre, les vêtements sales dans un coin, les moutons de poussière poussés par les courants d'air, la pollution qui graisse l'extérieur des vitres et les rebords des fenêtres, les odeurs incrustées des deux garçons et celles plus éphémères des femmes de passage. Toutes ces images retrouvées presque dix ans plus tard dans l'appartement où Samy baisait Sylvie et où, dans la pièce voisine, j'attendais le sommeil... Marc n'a pas de nouvelles de moi depuis plusieurs mois, mais quand il me voit dans l'encadrement de la porte, c'est comme si nous nous étions quittés la veille. Je ne sais pas où dormir, il me propose de mettre un matelas dans le couloir qui relie les deux pièces. J'accepte. J'habite là un mois ou deux.

Un soir, je rencontre au Trocadéro un jeune mec qui se dit prestidigitateur et assistant de Gérard Majax. Je l'emmène dans mon couloir. Je crois que Marc et l'ingénieur dorment. Je déroule le matelas, on se déshabille, le mec m'encule. Je gueule de plaisir quand la porte de l'ingénieur s'ouvre : il est torse nu, en slip ; il est obligé de nous enjamber pour aller pisser. Il nous regarde en sortant des chiottes et il a l'air franchement dégoûté. Le prestidigitateur se marre. L'ingénieur frappe à la porte de Marc qui lui dit d'entrer. J'aperçois une serviette de toilette posée sur la lampe de chevet et le dos d'une fille assise sur Marc. L'ingénieur dit : « Je te dérange ?

— Pas du tout ! Tu tombes bien, Arlette me

72

demandait justement à quel stade de raffinage du brut on obtient la paraffine !

— Excuse-moi...

— Tu veux quelque chose ?

— Non, rien... Je t'assure, rien. »

Le lendemain, au petit déjeuner, l'ingénieur dit à Marc qu'il quitte l'appartement et que je n'ai qu'à reprendre sa chambre. Je lui demande si c'est à cause du spectacle auquel il a eu droit pendant la nuit. Il dit oui, non, peut-être. De toute façon on lui propose un poste à Dubaï. Il va partir là-bas pendant cinq ans : salaire triple, dont une partie qu'il trouvera sur un compte bloqué à son retour ; ça ne se refuse pas...

Je riais tout seul quand Samy entra. Je me composai en une seconde un visage d'amant délaissé et il s'allongea à mes côtés. Il se serra contre moi, me fit quelques baisers dans le cou, se releva et repartit. Il fit deux ou trois allers et retours d'une pièce à l'autre, venant vérifier mon dépit et retournant faire l'amour à Sylvie. Tout au moins c'est ce que je crus jusqu'au lendemain, dormant mal, sans cesse réveillé par des cris de plaisir qui n'existaient que dans mes rêves.

Le matin, nous buvions des cafés à un comptoir de l'avenue des Gobelins. Je demandai à Samy s'il avait passé une bonne nuit. « Je lui ai bouffé la chatte, elle m'a sucé en me foutant un doigt dans le cul, mais pas moyen de la sauter !

— Si t'avais dormi avec moi, tu m'aurais baisé... »

Le temps me semblait fait de deux matériaux inconciliables : la fatalité et la discontinuité. Je vivais une histoire écrite par mon passé, la maladie et les prophéties de Kheira ; mais je vivais aussi des multitudes d'histoires d'envies et de désirs, îlots d'événements jamais reliés les uns aux autres.

Laura était allongée sur le dos, je pesais sur son corps. Je dis : « Tu sais, j'ai été avec beaucoup de garçons, pas toujours des canons, souvent juste pour dix minutes. » Je voulais qu'elle comprenne sans que je lui dise.

« J'ai été avec plein de mecs, faudrait peut-être mieux que je mette une capote... » Je n'osais pas lui dire. Ma lâcheté me dégoûtait. Mais j'avais tant rêvé à un amour calme. Je sortis la capote de son étui, la déroulai sur ma queue.

Après l'amour nous étions d'accord pour dire que je ne mettrais plus de capote : Laura voulait sentir la peau de ma bite ; moi aussi je voulais tout sentir d'elle. Nos vies culminaient dans cette pénétration : nous n'allions pas laisser un morceau de latex voiler le plaisir.

Un dimanche, j'allai déjeuner avec Samy chez ses parents. C'était en banlieue sud. Sa mère était gardienne des locaux d'un institut de sondage. Son beau-père s'occupait des jardins; il était chilien, s'appelait Pablo.

Les murs étaient en béton brut, les pièces carrées, très hautes. Des effluves de cuisine méditerranéenne imprégnaient le canapé, les fauteuils, les tapis; les odeurs de l'ail, des tomates, du basilic et de l'huile d'olive. Samy avait vécu là; c'était un bocal; il avait aimé cette maison qui brisait l'élan de ses gestes désordonnés.

Personne ne parlait du père, mais son absence pesait lourd. Dans cette béance, Samy était prêt à tout.

Dans la voiture, au retour vers Paris, le regard de Samy était fixe, porté sur un horizon imaginaire barré par les immeubles et les voitures : « Mon père est encore très beau. Il a travaillé longtemps avec Pablo. Le Chilien manipulait les petits explosifs comme personne. Y avait pas un coffre qui lui résistait. Ils bossaient comme des dieux, c'était pas des petits casses de merde pour piquer trois cents balles à une vieille dans un fauteuil roulant. Ils réfléchissaient pendant des jours et des jours, ils préparaient leurs coups. »

Samy me faisait peur; son admiration était tendue et rigide; il ne réfléchissait plus. Un instant je vis en lui un fanatique. Je dis : « C'est lui qui a quitté ta mère ou c'est elle qu'est partie ?

— Ça allait déjà mal entre eux, et il est tombé pour le casse d'une bijouterie, il a pris huit ans. Il a été balancé.

— Elle s'est mise avec Pablo ?

— Plus tard. Elle est montée à Paris, elle a travaillé dans des bars à Pigalle. Le Chilien est venu la rejoindre. Ça a été bien un moment et puis elle en a eu marre, ils avaient pas de thunes : elle servait dans les bars mais elle refusait de monter avec les clients et lui il était rangé. Il bossait pas. Alors elle a été avec un Hollandais qu'était de passage à Paris, un boucher rempli de fric qui buvait les rince-doigts dans les restos ! On l'a suivi à Amsterdam, j'avais treize ans, je me suis fait enculer par un conducteur de tram, ça je te l'ai déjà raconté. Au bout de six mois ma mère a craqué, on est revenus à Paris, elle s'est remise avec Pablo, ils ont trouvé la place qu'ils ont maintenant. »

On a fini l'après-midi et la soirée à boire dans des bars de Pigalle, avachis sur des tabourets hauts. Les filles nous regardaient. On parlait peu. Samy dit : « Si ça se trouve on va tomber sur une copine de ma mère qui m'a fait sauter sur ses genoux ! »

Puis, plus tard : « A quel âge t'as couché avec une fille ?

— Dix-sept, j'étais pas précoce.

— Et avec un mec ?

— Vingt et un.

— Moi c'est une amie de ma mère qui m'a dépucelé. Elle était venue pour nous garder ma sœur et moi, quand la petite a été endormie, elle est entrée dans ma piaule et elle m'a appris à faire l'amour... C'était la femme du mec qui a fabriqué les faux billets de deux cents balles juste avant la sortie des vrais... »

- - -

Avec Laura je parlais moins. Elle réunissait pour moi des renseignements sur les musiciens africains qui vivaient à Paris. On m'avait demandé de les filmer. Mais le gouvernement avait changé : le " métissage culturel " ne faisait plus recette ; le projet fut abandonné.

Entre nous, peu de mots et de caresses gratuites, mais des orgasmes inévitables. Nous partions pour Lyon. Rachid, le chanteur de Carte de Séjour, m'avait demandé de participer à une soirée de soutien à deux grévistes de la faim qui s'opposaient au projet de nouveau code de la nationalité. A la gare, Laura m'offrait un petit chien en peluche, le chien Hassan Cehef ! Dans les toilettes du train, elle me suça. A La Part-Dieu, nous cherchions un restaurant ouvert. C'était un dimanche soir, nous traversions des centres commerciaux déserts. La douleur ne cessait pas : la veille, le dentiste m'avait posé quatre fausses dents. Le même sang qui me faisait bander pour pénétrer Laura, cognait dans mes gencives découpées par le bistouri électrique.

Le médecin a regardé le bouton mauve sur mon bras gauche : « Ça ne ressemble à rien, mais faisons une biopsie on ne sait jamais... »

J'étais allongé sur une table d'examen de l'hôpital Tarnier, la dermatologue souleva mon bras, approcha une seringue remplie d'anesthésiant local. Elle fit plusieurs piqûres sous-cutanées autour du bouton mauve ; deux traits de bistouri en ellipse autour de la lésion. Elle enleva l'épiderme découpé, fit deux points de suture, pansa la plaie.

« On va analyser la biopsie, vous aurez les résultats dans quelques jours. »

La nuit tombait, la colline de Meudon émergeait d'un halo orange. Le vent du sud-ouest portait jusqu'à mes fenêtres les effluves écœurants sortis des cheminées de l'usine d'incinération d'ordures : moitié ail, moitié vanille. J'avais beaucoup de cocaïne dans le sang. J'attendais Laura. Iggy Pop chantait " Real Wild Child ". J'étais excité ; la cocaïne augmente le désir et recule l'orgasme : j'allais baiser Laura jusqu'à ce qu'en elle la douleur des chairs irritées rejoigne le plaisir. En me regardant dans le miroir de la salle de bains, je me touchais la queue à travers la braguette de mon jean moulant et déchiré.

J'allumai la télé. Les informations : un gardien de prison a été frappé sept fois par la foudre ; ses cheveux ont pris feu ; il a perdu ses sourcils, un gros orteil ; partis en fumée. Voilà : ma maladie est une prison sans gardien. Je pensais à Genet et je me dis : « La maladie est mon bagne, ma Guyane, ma Cayenne. Un monde parallèle qui défie la société en première page des journaux et la rencontre parfois, quand le sang et le sperme font au virus un pont aérien. L'amour traverse sûrement les murs des cellules et, à la promenade, le moindre regard, le plus petit frôlement deviennent comme dehors, la plus fiévreuse des déclarations suivie d'un orgasme beau et clair. Avant, sous les tropiques maudits, l'assassin le plus dur attendait que le gosse élu lui montrât son amour, les tremblements de son corps. Il pouvait, sans un geste, désirer le môme jusqu'aux larmes ou au contraire, au premier instant tout lui prendre de force : le trou de son cul, ses lèvres fraîches et son âge regretté. »

Moi, j'attendais Laura ; de mon bagne aussi l'amour avait passé les portes. Je ne pouvais plus mentir, fermer les yeux sur la blessure de mon corps.

Elle a sonné. J'ai ouvert. On s'est embrassés. J'ai marché dans le couloir devant elle : je l'ai entendue dire : « Il te va bien ce jean, il te fait un beau cul ! » Je me suis retourné, ai avancé vers elle, elle a baissé les yeux : « Ce côté-là est pas mal non plus ! » J'ai caressé ses seins à travers un pull beige, j'ai pris son cul dans mes mains, j'ai pressé mon sexe contre le sien. J'ai dit : « Laura, j'ai fait le test du sida, je suis séropositif. »

Elle avale la bête immonde de mes mots. Ça entre en elle sans qu'elle bouge, ni recul ni abandon. On va faire l'amour. J'enfile une capote sur ma queue ; Laura me l'arrache et la jette dans un cendrier. Mais, à partir de maintenant, je ne jouirai plus jamais en elle.

Laura est chez sa mère, seule. Elle ne trouve pas le sommeil. Elle sanglote dans son lit, elle est

79

submergée par la peur. Elle téléphone à une copine qui vient la voir avec des cassettes vidéo. Elles regardent " Un tramway nommé désir ", serrées l'une contre l'autre.

Le lendemain, elle me dit : « J'avais peur pour toi, pas pour moi. » Mais ses sanglots reviennent ; elle s'étouffe dans ses larmes. Elle se calme un peu, dit : « J'ai pas cessé de repenser à l'histoire qui m'est arrivée avec Franck. Je craquais pour ce mec, il était parti aux États-Unis, j'avais seize ans. Une nuit à deux heures du matin, il me téléphone, me dit qu'il est revenu à Paris, qu'il passe me chercher dans dix minutes. Je m'habille, m'engueule avec ma mère qui ne veut pas que je sorte. Je le retrouve en bas dans une BMW décapotable. C'était l'été, on a fait le tour des périphériques à fond la caisse et puis on s'est retrouvés je sais pas comment dans une chambre de bonne à Boulogne. J'avais envie de lui, on se déshabille, je commence à le sucer, et je sais pas ce qui s'est passé, je lui entaille la queue avec mes dents, le sang se met à gicler, ça ne s'arrête plus de saigner, j'en ai plein la bouche, sur le visage, ça me dégouline sur le ventre. On va dans la petite salle de bains, il y a une lumière glauque, il commence à se laver la queue dans le lavabo, mais ça saigne toujours, et puis tout d'un coup, il se tourne vers moi et il me dit : " J'ai le sida. " Et moi je le crois, je me dis qu'il revient des États-Unis, qu'il l'a attrapé là-bas, que c'est pour ça qu'il arrête pas de saigner, qu'il est hémophile ou je sais pas quoi... Je me vois dans la glace, couverte de sang, je me mets à hurler et à pleurer et je peux plus m'arrêter, et lui me dit : " Mais c'est pas vrai, j'ai pas le sida, putain t'es montée en flèche ! " Mais je continue de crier et de pleurer, je lui dis de me ramener chez moi et je peux pas dormir de la nuit, je pense que je suis foutue, que je vais crever, et j'arrête pas de pleurer. Le lendemain matin, je raconte tout à ma mère. »

Laura me regarde et me dit : « Quand je pense que depuis que tu m'as dit que t'étais séropositif c'est pour toi que j'ai peur ! Je pense même pas à moi. »

Je téléphone à l'hôpital pour avoir les résultats de la biopsie. Je demande le médecin. Il dit : « Je viens du labo, ils ne sont pas très sûrs d'eux. J'ai regardé moi-même, il y a de fortes chances que ce soit une lésion kaposienne provoquée par le virus. »

Samy est chez moi. On prend de la coke. Laura m'attend en bas de chez elle avec sa valise. Demain on doit prendre l'avion pour aller en Corse. Je vais la chercher ; pendant que je suis sorti, Carol téléphone. C'est Samy qui répond : « Il est parti chercher sa copine... »

Je reviens avec Laura. On prend encore de la coke. Laura et Samy plaisantent ensemble. Il met un disque de Bérurier Noir sur la platine et monte le volume à fond : " Oh ! malheureux renard, les miliciens t'ont vu... Oh ! malheureux renard, ta rage n'est point perdue... "

Samy se met à gueuler en même temps que le disque. Quand il a oublié les paroles, il hurle : « Voilà, c'est pour les Apaches de Tokyo, les Mohicans de Paris et les Redskins de Dijon ! » Il se souvient tout d'un coup : « Merde, j'ai oublié de te dire, Carol a appelé. »

Je m'énerve : « Putain, t'aurais pas pu lui dire autre chose que : il est parti chercher sa copine ? »

Plus tard, Samy dit qu'il s'en va : « Je vais consoler Carol, j'vais lui bouffer la chatte ! » J'approuve dans une demi-conscience : « T'as raison elle est clitoridienne, Laura elle est vaginale, si tu veux la consoler tu lui mets une bonne queue bien profond ! » Laura dit : « Quel raffinement ! », mais c'est pour plaisanter : les mots du sexe ne la choquent pas.

Il y a quelques semaines on a fait l'amour à trois avec Samy et Carol. Depuis il la revoit. J'ai dit que je ne voulais pas entrer dans ce jeu-là, que j'en avais déjà trop souffert. Je sais que ce n'est qu'un prétexte : je n'ai plus envie de Carol. Si je pense à elle, c'est à une pieuvre qui me caresse avec ses tentacules gluants.

Samy prend son casque. Je dis : « T'as une bécane maintenant ? Tu l'as piquée où ?

— T'occupe ! Je travaille, je suis un salarié honnête ! »

Samy est parti. On va coucher à Versailles, chez mes parents, dans la petite chambre du haut, sous le toit en pente. Je baise Laura. J'ai tellement de coke dans le sang que je n'arrive pas à dormir malgré l'orgasme. J'avale un Lexomil et deux Dolsom. Le lit est très étroit. Le sommeil vient enfin.

Le Fokker atterrit à l'aéroport de Figari ; Michel nous y attend. Il nous emmène à Porto-Vecchio. Il est toujours facteur, il fait sa tournée le matin et après il est libre. Sa femme garde le domaine d'un type richissime du continent ; elle élève des bergers allemands et les dresse à l'attaque. Michel s'entraîne tous les jours à tirer au 357 Magnum sur des boîtes de conserve. Un jour il va finir par buter un touriste hollandais qui aura planté sa tente dans le domaine. On traverse le " village des débiles " où, paraît-il, les habitants ont tous des têtes de mongoliens à cause de la consanguinité. Michel nous dépose au port. Nous montons à bord du voilier qu'on m'a prêté, un trente-cinq pieds tout neuf.

Ensuite, ce sont quelques jours dans l'œil du cyclone. Nous naviguons, nos peaux se pigmentent sous le soleil, Laura est belle. Nous faisons l'amour : je la prends assise sur une marche de l'escalier de descente du cockpit, minijupe retroussée, slip arraché. L'eau de mer creuse la plaie de mon bras gauche, mais j'oublie les odeurs d'éther de l'hôpital, celles plus épicées des nuits fauves, et même celles du corps de Samy.

On se sépare à Saint-Raphaël : je rentre à Paris. Laura s'arrête à Saint-Tropez. Elle prend le bateau pour traverser la baie. Elle pleure dans le noir, sous les étoiles.

Je lui téléphone de Paris : « Tu me manques, j'ai envie de toi. » J'appelle Samy ; Marianne me dit qu'il est parti faire de l'escalade jusqu'à la fin du mois. Je rappelle Laura.

Mais c'est le mois d'août. C'est Paris en creux, vacant, une ville aux entrailles tièdes et offertes où je devine des corps qui se frôlent. J'enfile un blue-jean, un débardeur et un blouson, et je vais rejoindre ces corps mélangés.

Un grand type brun, cheveux en brosse, pantalon de cuir : nos mains vont directement aux braguettes. Pas un mot. Il me serre contre un pilier de béton, me fait agenouiller, presse ma bouche contre sa queue bandée sous le cuir. Je glisse le long de ses jambes, m'allonge sur le dos, me roule dans la poussière. Il pèse sur moi avec la semelle de sa botte, sur mes cuisses, mon torse, ma braguette. Je sors ma queue, me branle dans la poussière soulevée par mes contorsions de plaisir, décharge sur mon ventre. Il jouit au-dessus de moi. Son sperme me tombe sur le visage et dans les cheveux. Il s'éloigne, entre dans l'ombre. Je me relève et je marche le long du quai vers le monde de la surface.

Laura revient de Saint-Tropez en voiture avec un type au sourire niais, genre mannequin de publicité. Je n'arrive pas à savoir s'ils ont couché ensemble. Elle laisse exprès planer le doute.

Je dîne avec elle dans une brasserie de l'avenue de la Motte-Picquet. Sous la table, nos jambes se croisent. Je touche ses seins à travers son tee-shirt ;

aux tables voisines, des têtes se tournent vers nous. Elle ferme les yeux, porte la main à sa tempe, rouvre les yeux, le désir nous entoure d'un halo moite, elle demande l'addition. Nous partons pour l'amour.

Trois jours plus tard, Laura a rendez-vous dans un bureau des Champs-Élysées. Elle y retrouve un type qui, un soir, dans un restaurant de Saint-Tropez, les a draguées, elle et sa mère. Ils passent prendre les affaires du type dans son appartement de l'avenue Foch, puis vont jusqu'au Bourget d'où ils décollent dans son avion particulier. Ils volent vers le sud. La mère de Laura les attend à l'aérodrome de Saint-Tropez.

Samy est revenu à Paris. Il m'a téléphoné. On se retrouve chez Jaime.

On prend de la coke et on boit du J. B. Samy dit qu'il est passé voir son père à Toulouse : « Maintenant il travaille dans une boîte d'électronique. On s'est baladés dans la Porsche de son patron ! »

Jaime démarre sur son thème favori et j'assiste à la suite de la conversation sans dire un mot : « Un rebelle est marqué par le destin, sa dignité est à l'intérieur de lui, ton père il est comme tous les voyous, il croit que c'est l'aspect extérieur qui rend respectable, il fait des gestes et des actes gratuits.

— Et toi c'est le genre voleur de grand chemin qui donne aux pauvres !

— Y a plus que des autoroutes !

— C'était la bonne époque... Et t'imagines pour faire l'amour : un jupon, deux jupons, trois, quatre...

— Et le cadenas de la ceinture de chasteté parce que son mec est parti aux croisades...

— Si il crève là-bas, t'imagines la fille... Est-ce qu'elle pouvait au moins se faire un doigt ?

— Par le trou de la serrure !

— Tu vois, Jaime, maintenant que je travaille, je prouve quelque chose à mon père, je lui ai dit : " Papa, je bosse dans la vidéo ", et il m'a pas traité de branleur, il m'a pas mis plus bas que terre comme il fait d'habitude.

— Et lui il a prouvé quoi avec ses casses et huit ans de taule ?

— Il est pas tombé tout seul, il a été balancé, ça c'est la frime, parler, toujours parler.

— Tout ça c'est à cause du fric. Le fric, le fric !

— J'ai toujours côtoyé des gens qui en avaient pas, ils en voulaient, ma mère elle a eu des dettes, elle les a toujours payées, même si on devait bouffer que des nouilles... Je suis fier parce que le mois dernier j'ai pu lui prêter trois mille balles.

— T'as une dette envers ton père et j'espère que tu lui paieras pas.

— Quoi ?

— T'avoir foutu ses idées dans la tête ! »

Laura a trouvé du travail : elle vend des vêtements chers dans une boutique de la place des

Victoires. Ça ne dure pas longtemps : la gérante supporte mal de la voir recevoir les clients en mâchouillant un chewing-gum.

Elle me téléphone : « Je me suis fait virer, ma mère veut plus que j'habite chez elle, elle me fout dehors demain matin. »

Je n'ai jamais été très doué pour répondre aux plaintes des autres ; et c'est de pire en pire, je me sens le cœur sec devant les constats d'échec. Au contraire, je lui dis que ça ne m'étonne pas qu'elle n'arrive pas à garder un travail : « Quand tu cherchais des informations pour moi sur les musiciens africains, t'as fait le boulot de trois personnes pendant trois ou quatre jours, et puis tout d'un coup t'en as eu marre et t'as plus rien foutu, comment veux-tu que quelqu'un qui t'emploie comprenne ce genre de trucs ? » Elle se met à pleurer : « Tu t'en fous que je me retrouve comme une conne dans la rue ! »

Je ne supporte plus les larmes ; ça me dégoûte. Surtout les larmes d'une fille, convenues, attendues. Celles d'un garçon, à la rigueur, si elles sont paradoxales, peuvent encore m'émouvoir. Je raccroche.

Laura me rappelle. Ses larmes sont là, mais retenues maintenant, presque ignorées. Elle dit : « C'est bien, comme cadeau d'anniversaire : plus de boulot, ma mère qui me fout à la porte, mon mec qu'est séropositif qui me le dit pas et qui m'a peut-être refilé cette saloperie. Putain, mais tu te rends compte que j'ai dix-huit ans ? Je suis une gamine, t'as dix ans de plus que moi, mais t'as pas le droit de te servir de ça pour me faire du mal. »

J'essaie d'avoir quelques mots gentils. Mais ils

ont du mal à sortir de moi, mes lèvres remuent à peine, ils butent contre une paroi lisse et verticale depuis trop longtemps érigée pour que le malheur de Laura suffise à la détruire. Je lui dis de venir dormir chez moi le lendemain soir.

Dès que j'ai raccroché, j'ai la nausée. Je me dégoûte ; je suis une machine bloquée, sensible seulement à ma propre souffrance. Encore faut-il que celle-ci soit créée artificiellement, selon des rites qui l'associent au plaisir. J'enfile un blouson et je sors.

Je roule dans Paris. Je tiens ma caméra vidéo de la main gauche et le volant de la main droite. La ville et la nuit ne sont qu'une suite de travellings latéraux, seulement interrompus aux carrefours protégés par un feu rouge.

Sur le terre-plein central de l'avenue René-Coty, un couple se déchire. L'homme prend la femme aux épaules, la pousse en arrière ; elle crie, s'accroche à lui ; il la pousse encore, elle recule, il avance seul, elle le rattrape, lui donne un coup de sac dans le dos. Il se retourne, la saisit par un bras, la fait tourner autour de lui, lâche son bras ; elle tombe sur l'asphalte ; se tord un poignet en essayant d'amortir la chute, s'écorche un genou. J'arrête de filmer, je sors de ma voiture, je vais vers elle : « Qu'est-ce qui se passe ?

— C'est rien, laissez-moi.

— Il vous emmerde ?

— Foutez-moi la paix, tirez-vous merde ! »

Elle voit l'homme s'éloigner ; alors elle se relève, regarde son genou, marche vers l'homme en boitant un peu. Elle l'appelle mais sans crier ; il s'arrête ; elle pleure à peine, dit quelques mots d'une voix rauque, s'approche de lui lentement, comme si elle guettait un coup ; elle ne va pas jusqu'à le toucher. Il repart ; elle marche à ses côtés ; elle tourne la tête vers lui, il regarde droit devant, l'horizon de la bêtise.

Ils sont ivres tous les deux, s'enfoncent dans un noir indéfini ; celui de la nuit colorée par la lumière orange et verte des lampadaires filtrée par les feuilles des arbres. Je filme leur dos.

Place d'Italie, boulevard Vincent-Auriol, le métro aérien ; la descente vers le fleuve, le béton, l'odeur de l'urine dans la fin de l'été.

Des mains déboutonnent ma braguette, soulèvent mon tee-shirt, pincent et tordent les tétons de mes seins. Prolongeant ces mains qui martyrisent ma poitrine, il y a le corps d'un homme. Cette douleur m'appartient ; c'est un mal nécessaire.

J'attire l'homme vers plus de lumière ; vers une zone frappée par un rai lumineux qui vient de la surface, traverse un soupirail et projette sur le mur la forme d'une grille. Nous allons jouir dans une cage fictive, une cellule aux barreaux seulement fabriqués par l'ombre et la lumière.

Si j'entraîne l'homme vers cet endroit plus éclairé, ce n'est pas pour voir son visage ; pour savoir s'il est beau ou laid, lisse ou déformé par la maladie. C'est pour que mon propre corps soit visible. Je m'exhibe mais, surtout, je suis voyeur de moi-même.

L'homme porte un pantalon de latex. Sa peau est trempée ; sous ses doigts devenus pinces, sous ses dents en tenaille, la peau de mes tétons se fendille et quelques gouttes rouges coulent. Perles de sang, perles rares.

- - -

Depuis que sa mère l'a mise à la porte. Laura habite chez moi. Elle s'est inscrite dans une école de cinéma ; les cours sont chers, mais ses grands-parents de Cannes sont d'accord pour les payer. Quinze jours de calme à vivre dans la même pièce qu'une fille, je croyais cela impossible. Je lui dis mon étonnement. Avec elle j'ai moins peur ; je me sens bien ; j'oublie souvent la menace de la maladie.

Laura me semble forte ; elle ne dit pas sa peur que je l'aie peut-être contaminée. J'aime ses goûts, ses jugements, ce qu'elle dit d'un film ou d'une chanson. Elle me paraît d'autant plus forte que je n'ai jamais été aussi faible.

Laura est dans la salle de bains. Le téléphone sonne ; je réponds, c'est Olivier. Il me demande si on peut se voir. On se donne rendez-vous pour le soir même. Olivier m'appelle une ou deux fois par mois ; je l'invite à dîner, on rentre chez moi et on dort ensemble. Cela dure depuis quatre ans ; quand je l'ai connu il avait seize ans, il vivait dans un foyer de semi-liberté à Ivry. J'avais travaillé sur un court métrage dans lequel jouaient des garçons du foyer ; c'était le premier film que je faisais comme chef opérateur. Après le premier plan, je tremblais. Je m'étais assis sur un banc et je répétais en marmonnant : « Putain je me suis gouré, je suis pas fait pour ce métier... »

Olivier jouait dans le film. Il était passionné de photo et rôdait tout le temps autour de la caméra pour voir comment je travaillais. A la fin du tournage, il m'avait demandé s'il pourrait me revoir pour que je lui donne des conseils pour devenir assistant d'un photographe. Je lui avais donné mon numéro de téléphone.

Il m'avait rappelé une semaine plus tard, était venu chez moi. Je partageais l'appartement avec Marc. Olivier ne voulut pas rentrer au foyer, me demanda s'il pouvait dormir là. Il n'y avait qu'un lit dans ma chambre : il se déshabilla et se coucha dedans.

Il avait des parents arabes, mais il avait été élevé par des paysans bourguignons. Il me considérait comme son grand frère. Régulièrement, il me téléphonait, venait chez moi. Nous dormions ensemble, mais il ne se passait rien. J'attendais qu'il fasse le premier geste.

Trois ans plus tard, il se blottit dans mes bras et il banda. Je le caressai et le suçai. Il se laissa faire sans bouger. Il se branla et jouit. Ensuite, il osa me caresser.

Laura sort de la salle de bains. Elle est nue, la peau encore humide. Elle vient contre moi. Je serre son cul dans mes mains. Je réalise que j'ai dit à Olivier de venir et qu'elle est là. Elle dit : « Qu'est-ce qu'on fait cet après-midi ?

— Laura, y a un problème pour ce soir, tu pourras pas rester, j'ai dit à un copain de venir dormir. »

Elle a la bouche ouverte. Elle ne comprend pas. Elle se sent bien, elle est heureuse, et mes mots tombent entre nous comme une météorite empoisonnée. Elle fait semblant : « Mets-lui un matelas par terre...

— J'en ai pas, et c'est pas ce que tu crois.

— Je crois rien, je suis là, c'est tout.

— Et merde ! Je suis chez moi ici, je peux encore faire venir qui je veux, non ? »

Elle est livide. Elle enfile un tee-shirt et un jean, cherche son carnet d'adresses. Elle téléphone à une copine : « Je peux venir dormir chez toi ?... Y aura un mec dans le lit à ma place. »

Laura est partie. Ce soir Olivier dormira contre moi. Samy téléphone : demain ce sera lui. Je suis passif. Les événements s'enchaînent, je les subis.

J'ai la tête contre le ventre d'Olivier. Il se branle, ma bouche frôle le bout de sa queue. Il me décharge sur les lèvres. Je m'essuie le visage, lui dis : « T'aimes ça hein ? » Il ne répond pas, allume une cigarette, remonte l'oreiller, s'appuie dessus, contre le mur : « A Ivry, y avait un mec, pour nous c'était un vieux il avait au moins vingt ans, il venait souvent au foyer mais il y habitait pas. Il avait une super-bagnole, une R 30 V 6, il la garait devant la grille et on venait tous mater sa caisse. Ce mec il trafiquait des magnétoscopes sous les yeux des éducs. Il dealait de l'héro et personne lui disait rien. Je suis sûr qu'il donnait du fric au foyer et que c'est pour ça que tout le monde fermait les yeux. Il m'aimait bien, il me donnait de la dope et je l'envoyais à un pote qu'était en taule en la collant derrière les timbres des enveloppes. J'te jure il se dégonflait pas, un jour les flics ont voulu faire une descente au foyer, il était là, il est sorti, il s'est mis à hurler, il est monté sur le toit de leur bagnole en gueulant, les gens autour ont ouvert leurs fenêtres pour voir ce qui se passait, les flics ont eu tellement les boules qu'ils se sont barrés... Ce mec, il s'appelait Mick, de temps en temps il passait la nuit au foyer. Il couchait toujours dans la piaule d'un môme timide qu'avait quatorze ans. Le môme avait l'air paumé et incapable de se défendre, mais personne le faisait chier parce qu'on savait que Mick le protégeait. Moi je crois qu'ils baisaient ensemble. »

Le lendemain, j'ai rendez-vous avec Laura au Newstore des Champs-Élysées. J'arrive en moto ; Samy est derrière moi, les bras autour de ma taille. Laura est déjà là ; elle nous voit à travers la baie vitrée.

Je commande une bière irlandaise. Je pressens qu'on va à la catastrophe. Je cherche des mots pour Laura, mais n'en trouve aucun. C'est elle qui attaque : « T'as passé une bonne nuit ?

— Ne commence pas, s'il te plaît.

— T'énerve pas, qu'est-ce que j'ai dit ?... Putain, mais qu'est-ce que j'ai dit ! T'as le sens de l'humour, toi, ça fait plaisir ! »

Je regarde Samy. Il est beau. Je repense à la nuit dernière : je ne supporte plus les dents d'Olivier. Laura pose sa main sur la mienne : « Pourquoi tu me regardes jamais comme tu regardes Samy ? » Heureusement, c'est lui qui répond : « Tu délires,

Laura, il a son regard de chien battu parce qu'il est emmerdé, c'est tout. »

On est sur le trottoir, devant ma moto. La tension monte : on ne sait pas ce qu'on va faire. Je ne peux pas emmener Laura et Samy derrière moi. J'ai pris ma moto plutôt que ma voiture pour me forcer à choisir ; et maintenant, au moment de le faire, j'en suis incapable, j'ai la nausée, les jambes molles, l'impression d'une fatigue immense.

On tourne en rond, on a envie de rien. C'est moi seul qui ai créé ce malaise. Pour ne pas avoir à choisir, je fuis : « J'ai pas d'idée et j'ai pas envie d'en avoir, mais comme vous êtes pas foutus d'en avoir non plus, je me tire ! »

J'enfile mon casque intégral, je monte sur la moto et je démarre. Je connais Samy : il va profiter de l'occasion.

Je ne me suis pas trompé : Samy a emmené Laura chez Marianne qui était partie en reportage en Pologne. Elle a pleuré ; elle voulait sans cesse me téléphoner. Samy lui a dit de ne pas le faire. Il lui a préparé des tisanes. Elle s'est allongée sur le lit posé à même le sol. Il a commencé à lui masser le dos et les épaules ; elle a enlevé son tee-shirt ; il était torse nu, en slip.

Les mains de Samy sur le corps de Laura qui s'apaisait peu à peu. Il a caressé ses seins. Elle était toujours allongée sur le ventre et elle sentait la queue de Samy, tendue dans le slip, lui frôler le cul quand il se penchait contre elle pour lui masser la nuque.

Laura s'est mise sur le dos. Samy lui a enlevé son

blue-jean, a caressé sa chatte à travers le slip en soie. Ils se sont glissés dans les draps ; il est venu contre elle et là elle a dit : « On fera pas l'amour Samy, je veux pas, excuse-moi. »

Elle est restée une semaine chez Marianne qui était toujours en Pologne. Samy continuait les massages et les tisanes, mais Laura ne cédait pas. Quand je téléphonais, elle se remettait à pleurer, parce que je lui disais à peine bonjour et que je parlais longuement à Samy. Elle sentait que c'était lui que je voulais et qu'elle était un obstacle. Je vins deux ou trois fois les voir, je ne la regardai pas.

Laura me raconte ça. Elle dit que Samy joue un double jeu : « Il te lèche les bottes quand t'es là et il se fout de ta gueule dès que t'es parti. »

C'est avant qu'on ne fasse l'amour ; j'imagine Samy excité par le corps de Laura qui se refuse. Elle regarde ma queue, dit en riant : « Tu bandes comme un malade, je l'ai jamais vue aussi grosse ! » Je la pénètre et je dis : « Je sais pas comment t'as fait pour résister à Samy.

— C'est toi que j'aime c'est tout ! »

Je pense mais ne le dis pas : « Et lui je me demande comment il a pu faire pour s'endormir sans se branler, j'aurais jamais pu ! »

Comme toujours, c'est bon comme jamais ; un plaisir à chaque fois différent, à chaque fois plus fort. Nos corps bougent exactement ensemble. Je colle ma bouche contre l'oreille de Laura, je murmure : « Putain je veux que tu jouisses maintenant. » Je le répète trois ou quatre fois et elle commence à crier. Au dernier moment, je sors ma queue de son ventre, je remplace son sexe par ma main et je décharge sur ses seins.

Le dernier jour que Laura était chez Marianne, j'étais venu voir Samy vers huit heures du soir. Laura mettait ses affaires dans un sac ; elle partait, sa mère avait accepté qu'elle revienne habiter chez elle. Nous nous étions croisés, silences lourds, fuite des yeux.

J'avais dormi avec Samy. Nous n'avions pas fait l'amour, il prétextait qu'il était fatigué ; je sentais qu'il regrettait le corps de Laura. A l'aube, des bruits de serrure me réveillèrent : c'était Marianne. Elle me regarda comme une météorite écrasée dans son lit. Elle arrivait de Pologne en camion. Elle était partie faire un reportage sur les fractions armées de Solidarité et elle revenait avec un jour d'avance. Elle prit une douche, se glissa sous les draps. Samy l'enlaça et lui fit l'amour, j'avais les yeux ouverts sur le plafond clair.

A sept heures et demie, le réveil sonna ; Samy se leva, s'habilla, je m'approchai d'elle, je caressai ses seins. Sa bouche glissa le long de mon ventre, elle me suça. Nous nous sommes rendormis.

Je n'ai pas vu passer l'automne. L'hiver est là, gras et mouillé, tranchant quand même ; des copeaux de plomb dans un fleuve de boue. Je ne travaille pas. Je dépense tout ce qui me reste pour acheter de la cocaïne. Le bouton sur mon bras gauche grossit un peu ; sa teinte mauve fonce. Le froid a stérilisé l'odeur des nuits ; moins de corps dans les sous-sols de la ville ; ceux qui restent sont engoncés dans des vêtements chauds. Une aiguille plonge régulièrement dans la veine à la pliure de mon coude gauche pour aller y chercher mon sang vicié que l'on analyse ; pour rien, puisqu'on ne sait rien de la maladie. On en sait de moins en moins au fur et à mesure que l'on croit en savoir plus.

Je suis fait de morceaux de moi-même éparpillés puis recollés ensemble n'importe comment, parce qu'il faut bien avoir l'apparence d'un corps. Je ne suis qu'un amas de cellules terrorisées.

Un lit, un autre lit, le fauteuil en skaï grenat sur l'accoudoir duquel je pose mon bras gauche que l'infirmière va piquer, des appartements luxueux, des chambres de bonne, des murs rugueux où j'appuie mon corps cassé : les lieux de l'amour et du sexe se mélangent, mais le repos n'existe nulle part pendant plus de quelques minutes volées.

Je vais encore où la population n'est qu'ombres furtives, corps et regards croisés travaillant inlassablement à leur propre perte. De là, quand je laisse derrière moi le squelette d'une nuit fauve, l'ossature du miracle, je reviens le dos barré de lignes rouges, le torse marqué par des semelles de rangers, les seins brûlants, le slip trempé, des crachats séchés sur le visage, les cuisses chatouillées par des dégoulinades de pisse froide.

Je parle d'un fauvisme aux couleurs passées. Pastels ternes et fuyants de blousons qui frôlent les piliers de béton, dégradés gris des visages fermés, lambeaux de bleu des jeans moulant culs, bites et couilles. La poussière, les taches humides, une larme sous la paupière; rien de tout cela n'est plus coloré que le bleu sombre de la nuit, le noir lisse du fleuve ou l'orange diffus des lampadaires au sodium de l'autre rive.

Il reste des taches fauves sur la mémoire en noir et blanc des corps confondus; la couleur solaire de Samy et de ses semblables que n'éteint pas l'obscurité.

La télévision est allumée, son coupé. Un disque tourne sur la platine : Clash chante " Guns of Brixton ". Détruire, brûler la ville, mais je reste sans bouger. Un CRS casqué hurle : « Tirez-vous y a rien à voir ! » ; sauf le visage couvert de sang de Malik Oussekine assassiné hier. Les journaux parlent de " génération morale ", je ne comprends pas. Je vois une génération de l'angoisse qui se révolte dès que les libertés individuelles sont menacées. Le téléphone sonne ; c'est Laura : « On se voit ce soir ?

— Je sais pas... »

Et à toutes les questions de Laura, je réponds : « Je sais pas », avec ce dégoût de tout qui l'exaspère. Je ne peux rien y faire, c'est plus fort que moi, je dis n'importe quoi, je dis : « Oublie-moi...

— C'est pas sérieux ?

— Non, c'est pas sérieux... Mais j'ai pas envie de faire quoi que ce soit, j'ai pas envie de te voir.

— T'as tort.

— Pourquoi j'ai tort, t'as un besoin urgent de quéquette ?

— Entre autres... T'as pas envie de prendre ton pied ?

— Je suis en train de crever, Laura.

— Il ne t'arrivera rien, je sais qu'il ne t'arrivera rien. »

J'avais raccroché. Je ne pouvais pas remuer ; ni sortir ni lire ni me branler. « Il ne t'arrivera rien. » Avec quelle sûreté de soi Laura avait dit cela. Une gamine de dix-huit ans ne sait rien. Un instant, je la vois autrement ; je vois sa beauté friable devenir laideur. Un visage de sorcière : ses cernes bleus s'agrandissent, ses yeux dorés sont fixes, ses cheveux gras et remontés en chignon, ses joues se creusent et blanchissent. Voir une sorcière dans une femme c'est refuser la féminité.

Je sors dans le couloir pour aller jeter un sac poubelle dans le vide-ordures. Ma voisine attend l'ascenseur ; il arrive et les portes s'ouvrent au moment où je passe derrière elle. Elle pousse un petit cri : « Mince, j'ai oublié mes chaussures ! », se retourne vers moi et roucoule : « Vous voulez bien me tenir la porte, je reviens tout de suite ! » Je la regarde courir jusqu'à son appartement ; elle est très belle, grande, métisse, avec des jambes qui n'en finissent pas. Je suis appuyé contre la porte coulissante de l'ascenseur pour qu'elle ne se referme pas et je me demande comment ça se fait que cette fille vive avec un type barbu et à moitié chauve, employé des Postes, qui essaie d'apprendre le violon dès qu'il a un moment de libre et n'arrache que des gammes fausses au malheureux instrument. Ma voisine referme la porte de son appartement, court vers moi en tenant une paire de chaussures argentées à la main et en disant : « J'ai un spectacle !

— Où ça ?

— A Juvisy.

— Qu'est-ce que vous allez voir à Juvisy ?

— Je ne vais rien voir, j'y travaille... je suis meneuse de revue ! »

Elle me frôle en montant dans l'ascenseur. La porte se referme, elle me crie : « Faudra que je vous invite un jour ! »

Je vais jeter ma poubelle. Je regarde le trou noir du vide-ordures et je me dis : « Si j'étais aussi mince que la métisse, je pourrais sauter là-dedans, ce serait une bonne manière d'en finir... »

Je suis allongé et je n'arrive pas à dormir. On sonne à la porte. Je me lève, enfile un slip, vais ouvrir : c'est Samy. Il est livide : « Je peux entrer ?... T'es pas seul ?

— Si... Entre. »

Il s'assoit au bord du lit, se relève, enlève son blouson, va dans la cuisine, boit un verre d'eau du robinet. Je ne l'ai jamais vu comme ça : « Qu'est-ce qui t'arrive, t'es malade ?

— C'est rien. »

Il s'enferme dans les chiottes et je l'entends dégueuler dans la cuvette. Il ressort, va se laver la bouche au lavabo. Je me suis rallongé, il vient près de moi ; je lui caresse la nuque, il dit : « J'ai pas envie. »

Moi, j'ai envie de dire : « Merde, c'est pas un hosto ici ! », mais je me tais et j'enlève ma main. Je dis : « T'as pas envie de quoi ?

— Pas envie de baiser avec la soirée que j'ai passée.

— Je peux te toucher sans que ça veuille dire que j'ai envie de baiser. »

100

Il se tourne sur le ventre, pleure dans l'oreiller. Je l'amène doucement dans mes bras, il se laisse faire, je dis : « Qu'est-ce qui s'est passé, t'as trop bu ? Pourquoi t'es malade ?

— Je suis pas malade, je me fais gerber... Tu comprends : je me dégoûte tellement que ça me fait dégueuler ! »

Alors, Samy me raconte. Il était à l'entraînement de rugby ; dans les vestiaires, après la douche, les flics-entraîneurs ont proposé aux joueurs d'aller chez André. Il a dit oui. Il est monté dans la R 18 break banalisée et ils ont roulé jusqu'au seizième arrondissement. Ils se sont garés avenue Georges-Mandel et sont descendus de la voiture. Ils ont sonné à un interphone ; une voix de femme a dit : « Oui, bonsoir... » Le type qui conduisait la voiture a répondu : « C'est les gars du rugby.

— Ah ! Entrez, vous connaissez l'étage ?

— Oui, merci. »

Une femme d'une cinquantaine d'années leur a ouvert. Ils l'ont suivie dans un grand appartement presque sans meubles. Une vingtaine de filles étaient nues, dans toutes les positions possibles ; des types, nus également, en général plus âgés qu'elles, grands et musclés, les baisaient, seuls ou à plusieurs, passaient de l'une à l'autre, se faisaient sucer, se baladaient en exhibant des sexes de tailles impressionnantes.

Les flics-entraîneurs et les joueurs qui étaient déjà venus commençaient à se déshabiller. Samy n'arrivait pas à faire un geste. Le conducteur de la voiture lui dit : « Qu'est-ce que t'attends ? Désape-toi ! »

Ils étaient six : deux entraîneurs et quatre

joueurs. Samy avait un peu honte : il était le plus petit. Il est très musclé et il court vite, mais les autres faisaient tous deux fois son poids. Le deuxième entraîneur était déjà entré dans la mêlée. Un des joueurs dit : « On peut y aller ?

— Attends, c'est comme d'habitude. »

Et le flic expliqua pour Samy : « Monsieur André fournit les filles, tu vas pouvoir faire tout ce que tu veux avec celles que tu veux, mais avant y a un petit service à lui rendre... Venez avec moi. »

Ils marchèrent dans un couloir sombre, arrivèrent devant une porte fermée ; le flic frappa : « Oui ! » Le flic et les quatre joueurs entrèrent dans la pièce et refermèrent la porte. Un homme d'une quarantaine d'années, bien bâti, était debout au centre de la pièce, les chevilles prises dans des fers, les bras en V au-dessus de la tête tenus par des chaînes accrochées au plafond. Il avait des cheveux blonds presque blancs, coupés très court, un corps imberbe, pubis et jambes rasés. Un jeune mec en blouson de nylon noir, treillis et rangers fouettait l'homme enchaîné avec une ceinture de cuir ; il s'arrêta quand il vit les autres entrer. L'homme dit : « Ah ! Les rugbymen, c'est ce que je préfère ! » Le jeune mec fit quelques pas en arrière. Le flic dit : « Monsieur André, y a un nouveau, c'est Samy, les autres vous les connaissez. »

Un homme était assis dans un coin de la pièce, près d'une table où étaient posés des fouets, des cordes, des harnais de cuir, des pinces à seins, des anneaux d'acier chromé, des bougies, des cagoules et des slips de cuir. Monsieur André lui dit : « Pierre, allez vous amuser un peu et revenez tout à l'heure. » L'homme se leva et sortit en emmenant le jeune mec en treillis. André dit ensuite : « A nous !

Je suis prêt... » Le flic poussa un des joueurs dans le dos : « Allez Thierry. »

Monsieur André ferma les yeux, Thierry vint derrière lui et lui donna quelques fessées ; puis il ferma le poing et les fessées devinrent des coups : sur le cul, dans le dos, au creux des reins. Samy détourna les yeux, voulut sortir ; le flic le retint : « Reste ici et regarde. » Samy vit que le flic commençait à bander. Thierry vint face à l'homme enchaîné, il lui balança un coup de genou dans les couilles, quelques claques au visage, un coup de boule dans le ventre et des directs sur les seins. Monsieur André avait toujours les yeux fermés, un sourire sur les lèvres ; il pendait comme un cadavre au bout des chaînes accrochées à ses poignets.

Soudain, il ouvrit les yeux, regarda Samy, dit : « Je veux essayer le nouveau. » Le flic dit : « Samy, va chercher tes fringues. »

Samy revint avec ses vêtements et son sac de sport. Monsieur André lui fit signe de s'approcher de lui et dit doucement : « Mets-toi en short et en blouson, et mets aussi tes chaussures à crampons. »

Samy s'habilla. André dit : « Viens... Tu peux faire ce que tu veux avec moi, tout ce que tu veux... » Alors Samy vint tout près de lui et lui cracha au visage. Il eut un instant d'immobilité, puis sa violence éclata : coups de poings, coups de pieds. Ivresse.

Pierre revint dans la pièce. Samy se servit des instruments posés sur la table, puis détendit les chaînes et fit s'allonger Monsieur André. Il monta sur lui et marcha sur tout son corps avec les chaussures à crampons. Monsieur André se branlait de la main droite et le cliquetis des chaînes accompagnait les va-et-vient de son poignet. Il jouit, son sperme mélangé à la boue du terrain de rugby restée accrochée aux crampons des chaussures. Pierre regarda le short de Samy. Samy bandait.

Pierre dit : « Pas mal pour un novice, t'as de l'imagination ! », puis au flic : « C'est rare que ça fasse bander un mec la première fois. » Le flic acquiesça ; il dit à Samy : « C'est OK maintenant, va voir les gonzesses. » Samy recula vers la porte, sembla sortir d'un rêve, se cogna au mur, se déchaussa, ouvrit la porte, s'engagea dans le couloir ; il entendit la voix de Pierre : « J'espère qu'on se reverra... Est-ce que tu connais l'alchimie ?... » Il traversa la pièce où la partouze avait lieu, alla jusqu'à la porte d'entrée de l'appartement, l'ouvrit, se retrouva sur le perron, s'habilla à toute vitesse, descendit l'escalier. Il vacilla sur le trottoir, fit quelques pas, regarda vers le ciel, y vit du noir sali par le halo de pollution, se pencha vers le sol, s'agenouilla et vomit dans le caniveau, au pied d'une Harley Davidson dont les chromes scintillaient. Il ne savait pas où aller. Il vint chez moi.

Nous sommes toujours allongés côte à côte. Samy me dit : « Tu comprends pourquoi je me fais dégueuler ? » Je ne réponds rien, je n'ai rien à dire ; je ne sais même pas si je suis étonné. Je pense à mes nuits. Je pense à Laura : où s'arrêteront nos violences quand nous faisons l'amour ? Samy parle encore : « Putain j'ai fait ça... Et ça m'a fait bander, c'est vrai que ça m'a fait bander. »

Je débranche le téléphone, je mets le répondeur en marche, j'éteins la lumière et nous dormons dos à dos, sans nous toucher, séparés par des abîmes de draps blancs salis par mon sexe et celui de Laura.

Le lendemain matin, Samy se lève tôt pour aller travailler. Il se fait un café dans la cuisine ; je suis encore au lit. Je ne lui parle pas de ce qu'il m'a raconté hier soir. Il téléphone à Marianne, s'engueule avec elle ; elle voulait qu'il soit près d'elle cette nuit et il n'est pas rentré. Le ton de Samy est terrible, froid, sans vie. Il raccroche : « Elle me fait chier cette conne ! » Il m'embrasse, me dit qu'il s'en va. Je dis : « On pourrait habiter ensemble...

— Ici ?

— Non, je vais chercher un grand appart.

— Pourquoi pas. »

Quand Samy est parti, je vois qu'il y a un " 1 " rouge sur le compteur de messages du répondeur. Je rembobine la bande et j'écoute : « C'est Laura, il est deux heures du matin, j'arrive pas à dormir, réponds-moi... réponds-moi je sais que t'es là... je m'en fous que tu sois pas tout seul, allez réponds-moi... je sais bien que t'es avec un mec, je peux même te dire que t'es avec Samy, je le sens, mais laisse-moi te parler... pourquoi tu fais ça ?... ça te servira à rien... /Signal de fin/. » Laura s'était tue, et le répondeur est étudié pour raccrocher de lui-même après quelques secondes si le correspondant ne dit rien.

Je visite un appartement dans le vingtième arrondissement en haut de la colline de Ménilmontant. J'aime ces noms, Belleville, place des Fêtes, Crimée, Jaurès. C'est exactement à l'opposé de l'endroit où j'habite. L'immeuble appartient à une compagnie d'assurances. L'appartement est grand, au deuxième étage et au-dessus d'un Prisunic. C'est assez sinistre et bruyant, mais pour cent mètres carrés le loyer n'est pas cher.

J'appelle la compagnie d'assurances. Je leur dis que je prends l'appartement. Ils vont faire tout repeindre, mais pour le bruit ils ne peuvent rien faire : ce sera à moi de poser des doubles vitrages. J'appelle Samy et je lui dis qu'on pourra emménager le 1er janvier. Il dit : « Y a deux chambres ?

— Évidemment !... Je sais bien que t'es pas pédé ! »

Jaime m'appelle. Il veut absolument me voir, me dit que c'est important, qu'il préfère ne pas me parler au téléphone. Je ne comprends pas pourquoi il fait autant de mystères.

Je le retrouve dans le café qui fait l'angle de la rue Guy-Môquet et de l'avenue de Saint-Ouen. Je l'y ai souvent attendu, en buvant des whiskies et en piétinant sous le comptoir les mégots, les crachats et la poussière des fins de journée ; des minutes infernales à me passer la main sur le front, les joues et le nez, et à regarder partout si je le voyais venir. Enfin il arrivait, il avait la coke, on allait monter chez lui et se faire une ligne, mais avant il buvait une bière, et ça durait, c'était interminable, pourquoi ne buvait-il pas plus vite ?

On préparait deux lignes, on les sniffait. Trois

quarts d'heure plus tard, on recommençait et ensuite de plus en plus souvent, toutes les demi-heures, tous les quarts d'heure, on ne s'arrêtait plus ; on avait l'impression d'exploser. On parlait ; on écoutait Chris Isaac et du flamenco, du pur et aussi Los Chungitos. On remettait cinq fois de suite " Ay que dolor " par les Hot Pants et je devenais fou. Il y avait des posters de Brando, de Morrison et de James Dean sur les murs de la pièce et Jaime disait ses espoirs déçus ; les amitiés cassées, la taule, la boutique de fringues aux Puces. C'était comme le flamenco : la nostalgie, la fatalité, la tragédie passée, présente et à venir ; mais jamais rien de sinistre, pas de grisaille, pas d'accablement, l'impression que nos vies ne finiraient pas. Nous redescendions au bar, nous buvions du gin ou du whisky pour tempérer l'effet de la cocaïne.

Cette fois, Jaime est là le premier. Il me raconte une histoire embrouillée, me dit qu'il faut absolument que je vienne avec lui à un rendez-vous à la Porte des Lilas. Il dit : « Démarre, je vais t'expliquer. »

Il est sept heures du soir, la rue Championnet est embouteillée. Je râle. « Calme-toi, je t'assure que ça vaut le coup d'aller à ce rendez-vous... Je suis assistant sur cette pub, je connais bien le réalisateur, il cherche un chef opérateur jeune qui comprenne ce qu'il veut. Les clients proposent des stars du métier, des Anglais, il les refuse tous, t'as tes chances. »

En remontant l'avenue Gambetta, on passe devant chez Jean-Marc, un ami scénariste. Jaime dit : « Arrête-toi, on monte cinq minutes, j'ai un truc à lui donner. »

Jaime appuie sur le bouton de la sonnette, Jean-Marc ouvre, semble surpris de me voir, nous dit d'entrer. On le suit jusqu'au salon. Je m'arrête et je regarde la scène, vraiment stupéfait : dans la pièce il y a un buffet dressé et vingt ou trente personnes debout qui me disent bonsoir en rigolant ; des amis réunis par Jean-Marc pour fêter la signature de mon contrat de chef opérateur pour le prochain long métrage de Louis P. qui doit se tourner à Lisbonne. Je mets plusieurs minutes à me remettre de la surprise, et je leur dis à tous que cela me fait vraiment plaisir.

Il y a Marc, sa copine Maria, mes parents, Omar, beaucoup d'autres gens. Laura est venue avec Samy qui est passé la chercher chez elle.

Je parle avec Louis. Une fois de plus il ne veut pas croire que je suis séropositif. Il me raconte qu'un attaché de presse parisien dit en zozotant : « Mais non il n'est pas séropositif ! Il dit ça pour la pose, pour se donner un genre... De toute façon, c'est impossible, il n'est pas sexuel ! » J'éclate de rire.

La première fois que j'ai participé à un tournage, c'était sur un film de Louis. J'étais deuxième assistant opérateur. Il m'a tout appris sans jamais parler de cinéma. J'ai écouté ses plaintes et ses coups de gueule d'ancien peintre déchiré, écœuré par les modes, la bêtise, la camelote des années quatre-vingt et la démission des cinéastes français qui ne filment plus que des espaces désertés par l'émotion. Louis grogne dans ce désert et il construit son œuvre et sa sagesse contre les conformismes. Il n'a pas d'enfants ; plusieurs fois, pendant quelques secondes, j'ai eu l'impression d'être ce fils jamais venu au monde. Je sais qu'on rencontre peu d'hommes comme Louis dans une vie.

La soirée s'échappe, je vais de l'un à l'autre, je bois pas mal et je sniffe de la coke dans la chambre de Jean-Marc. Je regarde Laura et j'ai l'impression qu'elle change à vue d'œil. Elle parle avec Véro et elle pâlit. Maria l'observe et la haine est dans ses yeux. Elle voit ma mère qui plaisante avec Samy, elle s'approche de moi et dit : « Ta mère ne m'aime pas, regarde-la, elle est plus proche de Samy que de moi, elle me tient à l'écart. Elle préfère que tu couches avec un mec plutôt qu'avec une fille, c'est ça ? » Je lui dis de se calmer, qu'on fait la fête, que ce n'est pas le moment de voir des problèmes où il n'y en a pas.

Samy est ivre ; il m'entraîne dans le couloir, me fait entrer avec lui dans les chiottes. On referme la porte, on s'embrasse, on se colle l'un contre l'autre, je touche sa queue à travers le tissu du jean. On sort des chiottes en riant : Laura est devant la porte, elle ouvre la bouche, va crier, se retient, me dit : « T'es vraiment une salope ! », et à Samy : « Fous le camp petit con, t'es content d'avoir foutu ta merde ? » Il s'éloigne en rigolant, marmonne : « Ta gueule, espèce de tarée... »

Laura est dans la chambre de Jean-Marc, elle pleure. Véro essaie de la consoler, vient me chercher, me dit : « Y a que toi qui puisses faire quelque chose. » J'entre dans la chambre, je la vois en larmes, je dis : « Fallait vraiment que tu me fasses chier un soir comme celui-là ?

— Pourquoi t'es comme ça ? Véro m'a dit que

t'avais rendu Carol cinglée. C'est vrai ? Y paraît qu'elle a eu une maladie nerveuse et qu'elle est restée paralysée.

— Qu'est-ce que c'est que ces conneries ? » Véro recule vers la porte, je l'attrape par le bras : « Pourquoi tu racontes ça toi ?

— C'est bien ce qui s'est passé ?

— C'est complètement faux ! Allez fous le camp ! »

Laura me voit revenir vers elle, elle se calme un peu. Je n'ai qu'une envie c'est de sortir de cette chambre, elle le sent, me regarde avec un air de défi, dit : « Tu sais ce que raconte Maria ?... Que c'est elle qui t'a montré ce que c'est qu'une femme, qu'avant de baiser avec elle t'en avais pas la moindre idée... Elle a trompé Marc pour ça ? Pour t'apprendre comment sauter une fille ? »

Il ne reste plus que Samy, Laura, Jaime, Marc et Maria, Sylvain et Véro. Jean-Marc commence à ranger. J'emporte des verres sales à la cuisine et Samy me suit. Il m'embrasse, je dévore ses lèvres, je tourne la tête : Laura nous regarde. Elle fait un bond en arrière, ouvre la porte d'entrée, dévale l'escalier qui craque sous ses pas, hurle comme une bête blessée, je cours derrière elle, la rattrape sur le trottoir. Elle étouffe, hurle toujours, pas de phrases, les mots les plus urgents : « Pourquoi... Tu m'aimeras jamais... Je suis foutue... Tu préfères cette petite pute, je veux crever... » Elle m'échappe, court vers ma voiture, donne un coup de pied dans un phare qui explose. Des fenêtres s'ouvrent, des gens protestent. Elle crie encore. Un car de police s'arrête au milieu du carrefour. Ils veulent l'embarquer. Jaime intervient, dit qu'elle a beaucoup bu, que ce n'est rien, que je vais la ramener chez elle.

Je force Laura à monter dans la voiture, je démarre, je laisse les autres au bord du trottoir, je ne leur ai même pas dit au revoir. Je la ramène chez sa mère. Elle se calme : « Excuse-moi, mais je peux pas supporter ça, tu l'embrassais comme tu m'as jamais embrassée... Tu pouvais pas faire attention, te débrouiller pour que je voie pas ça ?

— Et toi, tu pouvais pas respecter cette soirée ?

— Parce que tu crois que tu m'as respectée ce soir ? »

Je regarde Laura entrer dans l'immeuble. Elle ne trouve plus ses clés, appuie sur le bouton de l'interphone, réveille sa mère.

Elle n'arrive pas à dormir, vomit pendant toute la nuit : un peu d'alcool, les petits fours de la fête maudite, puis de la bile et encore de la bile ; la seule substance qui emplit le vide de son corps.

Une société de production m'a proposé d'être chef opérateur d'un clip qui se tourne en partie à Paris et en partie à Lyon. J'apprends que c'est la chanteuse qui a demandé que je sois engagé ; elle a vu plusieurs films que j'ai éclairés et elle aime la lumière que j'ai faite.

On a tourné seize heures de suite, je suis crevé. Le patron de Shaman Vidéo a tenu parole : Samy n'est plus coursier, il est devenu assistant. Il travaille avec moi. Il se donne du mal ; je le félicite. Je me dis que pour une fois j'ai fait une bonne action : il est mieux là qu'à cambrioler des appartements avec ses anciens copains de Stalingrad. On se sépare sur le trottoir, il rentre chez Marianne.

J'avance vers l'entrée de la tour où j'habite. La cité est déserte, l'air piquant. Il y a du vent, les volets battent contre les murs. Je prends l'ascenseur, j'ouvre la porte ; dans le noir, je vois le chiffre rouge sur le compteur du répondeur : huit messages. Je les écoute en me déshabillant ; sur le dernier la voix de Laura : « Je pense que t'es pas là et que t'es en train de tourner alors j'en profite pour te souhaiter un bon anniversaire... voilà. Au revoir. /Signal de fin /. »

Elle avait la voix cassée. C'est bon que Laura ne m'oublie pas. Le boulot, l'appartement, Samy, je pensais moins à elle. Demain je lui téléphonerai.

Une autre nuit de décembre. Laura offerte sur mon lit ; ma tête entre ses jambes. Je déchire son slip avec mes dents. Je passe ma queue dans le trou de l'étoffe et je pénètre Laura. Encore une fois cette impression que ça n'a jamais été aussi bon. Mais, quand nous avons joui, je ne sais toujours pas la prendre dans mes bras ; j'imagine qu'elle en souffre ; mais cet enlacement-là, je ne le connais qu'avec des garçons.

C'est après l'amour, dans la lumière bleutée qui baigne le studio. Laura allume une cigarette, se lève, fait quelques pas. Elle voit des cartons pleins posés par terre : « Tu déménages ? » Je flaire le

112

piège, mais à quoi bon mentir ? Ma voix n'est pas très assurée : « J'ai trouvé un autre appartement, beaucoup plus grand.

— Où ça ?

— Dans le vingtième.

— C'est loin.

— Tu sais, je le prends pas tout seul, il me fallait quelqu'un pour partager le loyer.

— Alors t'as pensé à Samy !

— Comment tu le sais ?

— Je le sais pas, je m'en doute. »

De la fureur et de la terreur mélangées dans les yeux de Laura, elle dit : « Il a eu ce qu'il voulait, il est très fort Samy... Plus fort que moi.

— C'est quoi " ce qu'il voulait " ? C'est moi qui lui ai proposé d'habiter avec moi.

— Tiens donc ! »

Un des derniers jours de décembre, froid mordant, ciel gris et jaune. Il va neiger. Je suis à Vanves chez un loueur de caméra. Je vérifie le matériel que je dois emporter le lendemain pour tourner à Lyon.

J'ai dîné seul. J'ouvre la porte de mon studio. Avant tout, avant même d'allumer la lumière, je regarde le nombre de messages sur le répondeur. Ça devient une obsession ; je suis happé par le chiffre inscrit en rouge sur le compteur. J'attends des voix, des signes de l'extérieur, des mots de Laura, un point fixe, une bouée à laquelle m'accrocher pour garder la tête hors de l'eau, pour surnager dans un océan de terreur.

Quatorze messages. Je les écoute à vitesse accélérée jusqu'à entendre la voix que j'attends : « Allô, c'est Laura... / Signal de fin /. »

« ... /Signal de fin /. »

« Ouais, c'est encore moi, j'ai l'impression que t'es là... /Signal de fin /. »

« ... /Signal de fin /. »

« Tu t'en fous vraiment quand je te dis que tu me manques. Je vais pas te faire chier, je sais que tu te réveilles tôt demain matin pour partir à Lyon, alors réponds-moi si t'es là. Peut-être que je me trompe et qu'en fait t'es pas là... /Signal de fin /. »

« Je suis vraiment désolée d'appeler si souvent, mais comme je peux pas t'avoir toi, je parle à ton répondeur, il est plus fidèle que toi, il décide pas d'habiter avec Samy, lui. Tu te rends compte de ta chance ? T'as une petite fille qu'est chez elle, qui t'appelle, qui pense tout le temps à toi et tu t'en fous. Y en a beaucoup qu'aimeraient être à ta place... Bon, c'est vrai que toi tu préfères les petits garçons, mais faut faire avec ce qu'on a !... Ça peut durer des heures, je parle à ta machine, ça m'évite de me parler à moi-même. La prochaine fois je pourrais m'enregistrer sur une cassette et te l'envoyer, ce serait plus simple... Qu'est-ce que je fais en ce moment ?... Je suis en train de lire " L'Extermination des tyrans " de Vladimir Nabokov. C'est très bien. Sinon, quoi d'autre ? Pas grand-chose en fait... J'attends de faire ma valise pour partir à Cannes chez mes grands-parents. Qu'est-ce que je fais d'autre ? Rien... Je fais rien d'autre... /Signal de fin/. »

« Qu'est-ce que je fais d'autre encore ? Je fume beaucoup... Je fume pour oublier... que tu bois ! Non, pas que tu bois, mais que t'es pas là... Ça devient une obsession, y a même plus d'envie, c'est dur ça... T'appelles, t'appelles, tu finis même par appeler comme ça, par habitude... Alors j'attends,

114

j'attends et t'es pas là... Et puis même si t'étais là, qu'est-ce que ça changerait ? J'ai tellement peur... J'ai peur... J'ai peur de tout... J'ai peur du mal... /Signal de fin/. »

Je suis en slip sur mon lit. Le téléphone sonne, je ne réponds pas. La voix de Laura sur le répondeur, je suis tétanisé, je l'écoute mais il ne me vient pas à l'idée de décrocher le combiné. Je me relève lentement et j'augmente le volume d'écoute du répondeur. A ce moment-là, Laura dit : « Alors tu vois, c'est l'histoire de quelqu'un qu'est toujours à la recherche de l'amour et un jour il le trouve et puis il a l'impression qu'il le perd, et il a peur de le perdre. Il a tellement peur de le perdre qu'il fait tout pour le perdre. Il attend, il se ronge les nerfs et la santé. Il attend, il attend que l'amour revienne, seulement il sait pas si l'amour va revenir, alors il provoque, il demande, il offre et puis y se passe rien, et puis un jour l'amour revient, très fort, il est content, il s'y attendait pas, il est heureux et il fait tout pour que ça dure, parce qu'il sait qu'il a tout fait pour le perdre, cette fois il va essayer de le garder, malheureusement ça marche pas parce que plus il a envie de garder cet amour plus il s'en va, c'est normal. Mais ça devrait pas être normal, le bonheur ça devrait pas se payer aussi cher, alors il encaisse, il paye, il paye, il paye, il en souffre... et il paye tellement... Oh non !... Il pense qu'il va encore le perdre à force d'avoir tellement donné... Voilà, enfin ça peut durer des heures... Une autre histoire : c'est quelqu'un qu'est à la recherche de l'amour et une fois qu'il l'a il en veut pas, parce qu'il sait pas ce que c'est vraiment que l'amour, il croit le trouver avec des gens, mais c'est pas ça...

L'amour il peut être partout, il suffit de s'y intéresser, d'essayer de le capter vraiment, mais il faut en avoir envie, il faut se donner l'envie et lui il se la donne pas... Il l'a entre les mains, mais il le laisse tomber par terre, il le perd et après il le trouvera plus nulle part... /Signal de fin /. »

Noël en famille : mon père, ma mère et moi. Mon père a eu un infarctus après l'été. Artères bouchées et rendues caoutchouteuses par le tabac, l'alcool, l'hérédité : son père est mort d'artérite après avoir été amputé d'une jambe. En septembre, mon père s'est fait opérer : la cuisse droite ouverte de l'aine au genou ; plus de cigarettes, plus d'alcool, du repos. Il ne peut plus bander. Je sais qu'il ne suivra pas les ordres des médecins, il recommencera à fumer, à boire, à ne jamais prendre de vacances. Il nie. Il fait comme si rien de tout cela n'existait. J'ai dit à ma mère que j'étais séropositif ; elle le lui a répété. Il a dit « Et alors ?... Il ne lui arrivera rien. » La même certitude que Laura. Est-ce de l'amour absolu ? Une fuite ? Un courage effrayant ?

Je regarde mon père et je pense : « Lequel de nous deux va crever le premier ? » Ma mère pose une épaule d'agneau rôtie sur la table et je croise son regard. Elle est au fond du gouffre ; c'est comme si elle avait entendu cette question que je me posais en silence. Elle se la pose peut-être aussi, en d'autres termes. Elle est épuisée. Elle a abdiqué la vie qu'elle méritait et il faut qu'elle supporte cette double menace qui pèse sur son fils et sur son mari. C'est pire que si c'était elle qui était menacée. Pourtant elle doit être là, elle n'a pas le droit d'esquiver. Elle est là parce qu'il faut bien que quelqu'un dise : « Et alors, vous rêvez ? Claude, découpe l'agneau et servez-vous, ça va refroidir ! »

Noël mur du silence, Nouvel An solitude : la fin des mois de décembre est une erreur du calendrier, un trou dans l'espace-temps. Chaque année c'est pire : de moins en moins de fête, de plus en plus de commerce, de la dinde et des bûches glacées entassées dans les estomacs, la ville décorée par des fonctionnaires de la guirlande. Laura est à Cannes chez ses grands-parents.

Ça y est, minuit est passé, c'est une autre année. Embrassades, cris, serpentins et cotillons, joie de papier mâché.

Je m'engage en roulant lentement dans la rue Sainte-Anne. C'est un pèlerinage. Il n'y a plus que des gigolos arabes camés ou malades ou les deux, et quelques travelos égarés. Il y en a un qui me sourit, à l'angle de la rue des Petits-Champs. Je me gare. Il monte dans la voiture. Il est métis, avec des cheveux noirs, longs et frisés, des seins qui pointent sous le blouson en fourrure synthétique. On parle longtemps. Je lui dis que j'ai soif, que je lui paye un verre. Il descend, me dit de le suivre. Devant moi son cul se balance, moulé dans une minijupe en cuir. Je me demande si je vais le baiser ; je me moque de payer, mais je ne sais pas si j'ai envie de sexe : c'est l'accouchement de nos mémoires qui m'excite ; nos nostalgies mises à nu.

Il entre à L'Anagramme. Je me dis : « C'est pas

possible que ça existe encore ! » Je venais là il y a six ou sept ans, pour manger des spaghettis à la tomate juste avant l'aube. Ça n'a pas changé : laque noire, glaces, marques des visages atténuées par les lumières douces, mélange de lourdeur et de légèreté, de pessimisme fondamental et d'énergie joyeuse.

Je bois un Cointreau-tonic qui a une couleur blanche spectrale sous les lumières noires. Lui, elle, Mia, trempe ses lèvres dans un whisky-Coca. Elle me parle d'un amant qui l'a fait voyager : « Il était piémontais, la plus grosse queue d'Italie, il tapait avec sur le comptoir des bars de Tanger ! »

Un autre travesti entre dans le bar. Elle fonce vers notre table, moitié riant, moitié pleurant, embrasse Mia sur les joues et moi sur les lèvres en disant : « Salut chéri ! » Mia lui demande ce qui se passe. Elle dit qu'elle était dans un bar et qu'un mec, un vrai pas un pédé, la regardait. Alors elle lui a rendu ses sourires et ils ont fini par se parler. Le type l'a emmenée chez lui, et là, il a soulevé sa jupe et a commencé à lui faire une pipe alors qu'elle s'attendait à des assauts de virilité. Elle rit, elle pleure, elle dit : « Tu te rends compte, avoir été pris depuis le début pour le contraire de ce qu'on veut montrer ! »

Le 2 janvier. J'ai loué une camionnette pour déménager ; Samy m'aide à y entasser mes affaires. Brouillard blanc de nos haleines qui rencontrent le

118

froid ; de temps en temps nos regards croisés et des sourires complices. C'est l'euphorie. Nous roulons vers l'autre bout de Paris, le ciel est bleu, inondé de lumière métallique.

Nous déversons mes affaires dans le nouvel appartement. La nuit tombe ; il n'y a ni gaz ni électricité ni téléphone. On achète des bougies et une lampe à Butagaz.

À deux heures du matin on sonne chez Marianne. Elle ouvre la porte les yeux pleins de sommeil ; elle ne comprend pas ce que je fais là, elle attendait Samy, seul, sa chaleur, son corps contre le sien dans le lit.

Mais il dit : « Je suis venu prendre mes affaires, je déménage, on a trouvé un grand appart. » Marianne s'assoit, s'effondre sur une chaise. Mais ça ne dure qu'un instant, elle se relève et dit d'un ton très sec : « Dépêche-toi j'ai sommeil ! » Et elle me regarde, l'air de dire : « Ne crie pas trop vite victoire, Samy reviendra, sa crise d'amour pour toi lui passera vite fait bien fait ! »

Je ne voulais surtout pas me faire prendre à ce jeu-là, et je n'ai jamais considéré Marianne comme une rivale, mais c'est vrai que j'ai la sensation d'un combat victorieux ; je ne peux pas m'en empêcher.

J'ai laissé quelques affaires et le répondeur téléphonique dans mon studio du quinzième arrondissement. Laura est encore à Cannes. Le téléphone sonne : c'est elle. Elle ne sait pas que j'ai déménagé.

Elle me demande pourquoi je ne l'appelle jamais. Les minutes passent : dix, quinze, vingt. On ne se dit rien. Elle répète seulement qu'elle a " des choses à me dire ". Je ne supporte plus la conversation, je regarde l'heure, je dis : « Laura, j'ai un rendez-vous et il faut que je prenne un bain. » On parle encore, je pense à autre chose qu'aux mots prononcés. Je sens une violence incontrôlable qui monte en moi et met mes nerfs à vif. Je me mets à hurler, je l'insulte. Elle se défend, crie : « T'as ce mec dans la tronche et tu peux pas penser à autre chose, est-ce qu'y te baise au moins, je suis sûre que non, tu dois être devant lui avec la langue pendante comme un clebs, à lui faire des yeux d'opossum en attendant qu'il veuille bien t'enculer une fois tous les quinze jours, putain c'est lamentable ! » Je hurle : « Tu me fais chier, espèce de sale conne ! » et je raccroche.

Le téléphone sonne tout de suite après. Je dis : « Oui ? », j'entends la voix de Laura et je raccroche. Ça sonne de nouveau. Je décroche, hurle : « Putain mais qu'est-ce que tu veux espèce de connasse ? » et je raccroche. Je mets le répondeur en marche. Je fais couler de l'eau dans la baignoire. La sonnerie du téléphone, deux fois, le répondeur se déclenche. Je ne peux pas m'empêcher de monter le son. J'entends Laura, sa voix déformée par la machine, mais exactement elle quand même, flottant dans la pièce ; Laura épiant chacun de mes gestes, cherchant à précéder mes pensées. Elle dit : « Je te remercie une fois de plus de me rendre comme ça, et il faut que tu le fasses quand je suis loin. Hier j'ai été bouffer sur la plage, je regardais la mer et je pensais à cet été... voilà... et j'ai eu envie de t'appeler parce que je pensais à toi et puis j'ai réfléchi et je me suis dit que c'était vraiment fini, je sais pas pourquoi à cause de toi, à cause de moi, va savoir... Je me suis dit que c'était plus possible, que j'en avais marre d'aimer trop quelqu'un qui m'aime pas... ou même s'il m'aime un peu, qui me le montre pas... alors voilà... j'ai voulu te le dire, mais tu t'en fous, parce que t'y crois pas, et moi j'aimerais ne pas y croire, j' te jure ça me fait des frissons, j'ai froid... /Signal de fin /. »

Sonnerie, la voix dans le répondeur : « C'est encore moi, t'es pas obligé de répondre, je crois même qu'il vaut mieux pas que tu répondes, tu vas encore t'énerver parce que t'as pas envie de me dire des choses gentilles, alors reste dans ton bain... C'est vraiment du gâchis d'amour, de sexe, de tout, écoute je crois que je vais rester sur mes souvenirs et puis je vais essayer de changer de... d'érection ! ... de changer de direction ! ... et puis je vais refaire comme avant, rencontrer des mecs à droite à gauche, ce sera plus simple, j'aurai plus rien dans la tête, j'attendrai rien de personne... parce que quand tu penses que quelqu'un est capable de te donner plein de choses, t'attends, et si le mec te donne rien, rien, alors t'as l'impression que c'est parce que tu le mérites pas... alors on devient chiant, on se demande pourquoi, c'est toujours comme ça, au lieu d'aller dans le bon sens, tu recules, tu recules, et puis tu tombes... Alors là, je me relève tout doucement, je suis pas encore debout, mais le jour où je serai debout, c'est-à-dire bientôt, dans une semaine ou dans un mois, je penserai plus à toi. Je vais pouvoir faire des choses et j'aurai pas cette culpabilité que tu me donnes, d'avoir l'impression de faire chier les autres, parce que je serai toute seule avec moi-même... Remarque, je suis déjà seule et la seule personne avec qui je me sente bien c'est toi, alors quand j'ai envie d'être seule, je pense à toi... J'ai plein de choses à apprendre, plein de choses à voir, mais j'arrive pas à trouver l'équilibre pour vivre normalement, je suis désaxée, je suis toujours avide de quelque chose, heureusement d'ailleurs, parce que c'est ça qui me sauve. Mais toi t'essayes pas de comprendre ce que j'ai dans la tête... /Signal de fin /. »

Quelques secondes de silence, puis la sonnerie du téléphone et la voix dans le haut-parleur de mauvaise qualité : « C'est mon dernier message, je vais pas t'emmerder plus longtemps, puisque de toute façon je t'emmerde. J'espère que t'es bien dans ton bain, que tu vas passer une bonne soirée, que tu vas t'amuser, être heureux avec plein de gens et que tu penseras plus jamais à moi parce qu'il faut plus penser à moi. Je sais pas comment tu m'aimes, mais franchement je me demande avec quel amour. J'ai eu des moments très bien avec toi, d'autres où j'étais très malheureuse, maintenant ça va être plat et vide, mais je peux plus vivre ça parce que j'ai l'impression de payer trop cher les quelques moments de bonheur avec toi... et puis t'as plus envie de moi, je le sens trop alors je deviens méchante... » Je décroche, je veux parler mais pas un son ne sort de ma bouche. Laura a entendu le bruit du combiné décroché, il y a de l'espoir dans sa voix : « Allô... Allô... /Signal de fin/. »

Sonnerie, la voix : « Sois gentil pour le dernier message, réponds-moi, j'ai pas envie de m'endormir en pleurant... Si je pleure t'auras gagné... J'ai des boules dans la gorge, c'est dur de te quitter, faut que tu m'aides... /Signal de fin/. »

« Écoute t'as raison de pas me prendre au téléphone, ça me fait... ça me fait rien en fait.../Signal de fin /. »

« ... /Signal de fin /. »

« La mort, la mort, la mort, la mort... /Signal de fin /. »

« Tu te rappelles le jour où j'étais sur mon lit et où je pleurais et je disais que tu m'aimerais jamais : "Tu m'aimeras jamais, tu m'aimeras jamais !" Je crois que j'avais pas tort, parce que si j'avais eu tort, on en serait pas là... J'ai pourtant tout fait... pour que tu m'aimes pas autant que pour que tu m'aimes, d'ailleurs... Toi, t'es je ne sais où... Mais tu vas regretter ce que t'as fait... J'ai tellement envie de t'entendre que je vais souvent appeler... Ne serait-ce que pour t'oublier... Voilà, c'est con... T'as vu comment tu me rends ?... C'est ça... C'est à cause de ton indifférence que j'arrive pas à me maîtriser... T'as pas envie de t'intéresser plus à moi, de faire des choses avec moi... La seule chose dont t'aies envie c'est de me baiser, et encore, quand ton désir est là, parce que ton désir il faut l'attendre, alors moi je vais pas passer ma vie à attendre... Moi je te désire tous les jours... Mais toi t'es tellement dans ta petite tête, t'as tellement envie de faire le contraire de ce que tu penses que ça peut pas aller et puis tu seras toujours malheureux parce que je suppose que je suis pas la seule, tu dois faire ce plan-là aussi bien à des mecs qu'à des filles, c'est pas normal... Moi non plus je ne suis pas tout à fait normale parce que je sais pas me contrôler, me restreindre... Quand tu veux vraiment quelque chose, je crois que tu l'as... Tout est foutu parce que tu changeras jamais et si tu changes pas je changerai pas non plus... /Signal de fin/. »

« Je voudrais que tu m'aides à te quitter, à plus te voir, à plus avoir envie de toi, à ne plus penser à toi... C'est horrible de penser à quelqu'un partout où on va. Je pourrai plus foutre les pieds en Corse, c'est trop con d'en arriver au point de voir la mer et de penser à toi... Et pourtant j'ai toujours détesté le fait d'être... comment ? ... romantique... J'aime pas ce mot... /Signal de fin/. »

La sonnerie, le répondeur, mais d'abord ce ne sont pas des mots, mais des sanglots ; atroces, du fond de la douleur : « ... Tu peux pas t'imaginer... Tu me rends vraiment minable... Bravo, t'as gagné... Oui t'as gagné parce que je pleure... Pourquoi tu respectes pas quelqu'un qu'a envie de t'aimer... de te donner tout ce qu'il peut avoir... Tu peux pas t'imaginer ce que je peux supporter... Je suis comme une bête au téléphone... J'ai plus que ça à faire... J'ai plus que ça à faire... Parle-moi une dernière fois... Je t'en supplie... /Signal de fin/. »

« Pourquoi t'as pas fait l'effort de m'aimer comme avant ? Pourquoi t'as pas continué, pourquoi tu m'as rendue comme ça ?... C'est vrai que tu sèmes le malheur, tu l'avais bien dit... Il faut que tu disparaisses... Mais parle-moi Bon Dieu, parle-moi... Parle-moi, hein ? ... Je t'en supplie parle-moi... Réponds-moi... /Signal de fin/. »

Il neige. Les flocons fondent dès qu'ils touchent l'asphalte gras ; puis ils résistent mieux, au bord des trottoirs, le long des caniveaux, et on patauge dans une soupe boueuse. A la fin du jour, tout est blanc, la couche de neige assourdit les sons. Nuit mate.

Samy revient de son boulot. Il est crevé, une heure de métro le matin, une heure le soir pour rentrer c'est dur à supporter. Quand il habitait chez Marianne, il était tout près de l'endroit où il travaille. Il regarde la neige tomber, ouvre une fenêtre, se penche au-dehors. Il me parle de la montagne et ses yeux brillent. Je m'attache à lui et je sais que j'ai tort. Il n'a pas encore acheté de lit, sa chambre est vide, on dort ensemble et je m'habitue aux nuits répétées où son corps est proche, à portée d'un geste de ma main.

Je sais que c'est contre l'habitude que nous buterons. Samy a vingt ans, il veut tout et rien. Mais je ne suis pas plus lucide que lui ; contrairement à ce que l'on dit, c'est à vingt ans que l'on est réaliste ; avec l'âge on compose, on adoucit, on filtre. J'aimais ce réalisme-là, chirurgical, pornographique. Mais je n'ai plus vingt ans ; cet éclat perdu ne me reviendra pas. Quelquefois, quand nous dînons avec Samy autour de la table ronde et noire, je me dis que le temps pourrait s'arrêter là, que je n'espère rien d'autre que, plus tard dans la nuit, sa peau très douce contre moi. Tout s'est inversé : Samy est ma sécurité, Laura mon danger. Mais lui n'attend de moi que de l'imprévu, de la folie, du mouvement ; sa sécurité à lui c'était Marianne.

La sonnerie stridente de l'interphone : c'est la mère de Laura ; je lui ouvre la porte d'en bas. Elle sort de l'ascenseur, s'agite en tous sens, dit : « Elle n'est pas chez toi ? » Elle entre, voit Samy, je suis sûr qu'elle pense : « Putain, un couple de pédés c'est à gerber. » Je vois le mépris dans ses yeux. Laura l'a appelée, elle lui a demandé de venir la chercher, elle est dans le vingtième, elle s'est perdue, elle pleurait au téléphone, disait qu'elle voulait se tuer.

La mère de Laura me dit qu'elle est venue en voiture avec un copain qui l'attend en bas ; elle me demande de l'aider à retrouver Laura. Je dis : « C'est grand le vingtième.

— Elle m'a dit qu'elle était dans un café près du métro. »

Il neige toujours, la rue est blanche. Le type a une R5 turbo. On monte dedans et on roule à dix kilomètres heure jusqu'à la place Gambetta. Je sors de la voiture et je fais le tour des cafés de la place. Laura est introuvable. Je dis qu'on ne va pas faire tous les bars de l'arrondissement. Ils s'en vont, je remonte l'avenue à pied. Le froid et les flocons frappent mon visage, je me sens fort ; ou plutôt je sens ma force perdue, mon corps meurtri qui était fait pour une autre vie. J'aurais voulu être mercenaire. Je rêve de corps à corps, de sueur et de poussière, d'armes blanches et de crépitement de mitraillettes. Voilà le résultat : des corps croisés jamais retenus, le sida, le froid, la paresse de sortir de chez soi, le bruit étouffé de mes bottes sur le trottoir couvert de neige.

Le lendemain matin, je descends dans la rue et j'appelle la mère de Laura d'une cabine téléphonique. Laura lui a donné des nouvelles : elle est chez Marc. Je lui téléphone, il dit : « Laura a dormi chez moi, elle m'a appelé hier soir, elle était paumée dans ton quartier, je lui ai laissé les clés parce que je devais sortir. Tu veux lui parler ? »

Il y a un silence assez long, puis la voix de Laura est lente et cassée. Hier soir elle a téléphoné au studio que j'habitais avant, elle a eu le répondeur. Elle est partie de chez sa mère, elle est allée au studio, elle se doutait que je n'habitais plus là et que la pièce devait être vide, sans meubles, même pas un lit, mais elle voulait y dormir. Elle a sonné, sonné, cogné contre le battant. Personne. Elle a essayé de défoncer la porte, les voisins sont sortis dans le couloir : « Il n'habite plus là, il a déménagé le lendemain du Nouvel An. » Elle a erré dans la cité, dans les rues, a traversé l'héliport couvert de neige. Elle est entrée au Sofitel, a demandé une chambre. Ils ont refusé, lui ont dit qu'il fallait payer d'avance. Elle pleurait sans cesse, elle a titubé jusqu'à Balard, elle est montée dans un métro, descendue dans le vingtième, elle ne sait même plus à quelle station. De toute façon elle ne connaissait pas mon adresse. Elle s'est perdue, a téléphoné à sa mère, puis à Marc. Elle a repris le métro et dormi chez lui.

Elle dit : « Je t'aime, je veux te voir.

— T'es libre ce soir ?

— Tu sais très bien que je suis libre, je suis toujours libre.

— Arrête ce numéro de soumission, tu veux. »

Elle m'attend devant la porte de l'immeuble où sa mère a son appartement. La rue Blomet n'est plus comme avant l'été. Je la vois autrement, mais c'est nous qui avons changé ; nous sommes plus graves, plus tristes.

Le plaisir à venir efface tout : nous faisons comme si rien ne s'était passé, comme si aucun mot n'avait été prononcé. Mais, déjà, nos regards se croisent moins facilement, il leur faut la pénombre pour s'affronter.

On entre au Sofitel. Je demande une chambre le plus haut possible. Laura prend sa revanche sur les employés de l'hôtel ; on marche vers l'ascenseur et elle a l'air d'une gamine qui sèche l'école.

Je regarde le lit et je me dis que tout un monde que j'ai fui a couché dedans : ingénieurs, industriels, chefs d'entreprise, représentants de commerce, chargés de missions diverses ; relents de beaujolais et de charcuteries, idées grises, certitudes assassines.

Je commande à dîner. Le garçon frappe, je lui ouvre en slip ; mais ce n'est pas moi qu'il regarde, il pousse le chariot et louche vers Laura allongée torse nu sur le ventre, couverte par le drap jusqu'au bas des reins, ses cheveux longs en bataille, le visage tourné vers lui. Il va vers la porte pour sortir de la chambre et se retourne encore vers elle. Je souris : qui n'a pas rêvé d'emmener une écolière dans un hôtel de luxe pour lui faire l'amour ?

Nous crions nos orgasmes. Après, nous descendons dans le hall de l'hôtel. Nous entrons dans l'ascenseur extérieur : une bulle de plexiglas qui grimpe le long du bâtiment. Nous nous élevons au-dessus du périphérique tendu comme un bandage herniaire qui retient la ville prête à exploser.

Au bar panoramique nous buvons des cocktails bleus en écoutant un orchestre jouer du jazz ringard.

Sandrine, l'ancienne femme de Jean-Marc, s'occupe de la promotion d'un petit théâtre proche de la rue Saint-Denis. Elle me téléphone, m'invite à une représentation : " Le Mort " de Georges Bataille. Drôle d'idée. Marie seule, le mort que l'on devine ; il raconte : l'auberge, la patronne, Pierrot, le nain, l'ivrogne, le vin, le vomi, la merde, le foutre. Je voudrais voir couler de l'urine, mais ce ne sont que des mots.

Après la pièce, je traverse la rue avec Sandrine et nous entrons au Dona Flor. On commande des battida de coco, du vino verde et des feijoada.

On est un peu ivres. Elle me parle du temps où elle vivait avec Jean-Marc. Ils allaient souvent au Carrousel et au Elle et Lui. Elle connaissait un travesti qui s'appelait Lola Chanel. Un soir, Sandrine avait parié avec Jean-Marc qu'elle ferait un strip-tease. Elle a demandé à Lola de trouver une boîte où ce serait possible. Elle a fait le strip avec une robe pas prévue pour, beaucoup trop serrée aux manches, et en plus elle était quasiment à poil dessous. Mais elle a réussi son coup et les gens ont applaudi comme des fous. Après, ils ont bu et bu encore, elle a commencé à flirter avec Lola Chanel et elle est partie avec elle en plantant Jean-Marc dans la boîte. Elle a fait l'amour avec Lola qui jouait les lesbiennes, encore plus femme qu'avec un mec. Lola vivait avec sa mère. A huit heures du matin Sandrine et Lola avalaient des spaghettis, attablées dans la cuisine et la mère de Lola est entrée pour se faire du café. Elle l'appelait de son nom de garçon : Alfredo ou quelque chose du genre ; Sandrine était morte de rire.

Un ou deux mois plus tard, Sandrine n'avait plus d'argent et elle voulait absolument s'acheter des doubles rideaux. Elle en parla par hasard à Lola Chanel avec qui elle dînait. Lola lui dit que c'était facile : elle pouvait lui faire gagner cinq cents balles avec un micheton. Elle lui plairait sûrement, elle n'aurait rien à faire, juste à regarder Lola se faire enculer par le mec. Sandrine refusa : si elle commençait, où s'arrêterait-elle ?

On sort du Dona Flor. Je dépose Sandrine chez elle, à Montmartre, rue Tourlaque. Elle vit seule, mais il y a un type dans sa vie, un écrivain, elle va aller habiter avec lui dans le Marais. Elle me caresse la nuque, je l'embrasse et je frôle ses seins, elle me dit à bientôt et descend de la voiture.

Je roule sur les boulevards extérieurs. Les routes sont toujours enneigées. A la porte d'Aubervilliers, je tourne à droite dans la rue de Crimée, puis je prends la rue de l'Ourcq.

Je passe au-dessus du canal et je regarde l'eau noire contre les berges blanches. A la sortie du pont, une vieille Volkswagen coccinelle déboule à ma gauche de la rue de Thionville. Je freine, mais les roues se bloquent sur l'asphalte couvert de neige. L'avant de ma voiture s'écrase contre l'aile arrière de la coccinelle qui part en tête-à-queue et s'immobilise contre un trottoir.

Pas de blessé, mais les deux voitures sont inutilisables. On remplit un constat. Je rentre à pied, en pataugeant dans la neige boueuse.

L'appartement est vide, trop grand pour moi seul. Samy n'est pas là, il dort certainement chez Marianne ; ils se revoient, font de nouveau l'amour ensemble.

Inscrit sur le compteur du répondeur téléphonique, un nombre rouge : 35. Depuis six heures du soir, Laura a téléphoné trente-cinq fois. Elle voulait me voir ce soir ; je lui avais dit que je n'étais pas libre, elle avait insisté. Les minutes passaient et elle ne voulait pas raccrocher. Elle n'admettait pas que son envie de me voir ne soit pas satisfaite. Je m'étais énervé, j'avais coupé la communication. Je savais qu'elle allait rappeler et rappeler encore. J'avais mis le répondeur en marche et j'étais sorti.

J'écoute des bribes de la voix enregistrée de Laura. Je me sers de l'avance rapide et la bande accélérée émet des sons suraigus.

J'attends. N'importe quoi. Le retour de Samy, un coup de téléphone de plus de Laura. Rien. C'est l'heure de la mort.

Dans mon sommeil, les messages de Laura se mélangent. Des sonneries, des tonalités, les fils de cuivre des lignes téléphoniques qui chauffent, portés au rouge par nos mots d'amour et nos insultes ; ces fils brûlants qui entaillent ma chair quand, dans mon rêve, Laura me ligote, m'écartèle, garrotte ma queue et mes couilles.

La sonnerie du téléphone me réveille. Je pèse une tonne ; l'idée d'avoir à mettre le pied par terre me terrifie. J'en ai mal au ventre. Chaque début de sonnerie me fait une décharge d'adrénaline. Une panique poisseuse m'accompagne jusqu'au téléphone : « Oui ?

— Tu dormais ?

— Je me suis couché tard. J'ai cassé ma bagnole et je suis rentré à pied.

— T'as eu un accident ?

— Oui, un mec qui venait de gauche à un carrefour, et avec la neige j'ai pas pu m'arrêter.

— La voiture est foutue, mais tu n'as rien ?

— Non, j'ai rien.

— Je m'en doutais...

— Pardon ?

— Je veux dire, hier soir, quand tu m'as dit qu'on pourrait pas se voir, je t'ai appelé je sais pas combien de fois...

— Trente-cinq...

— C'est possible, et j'ai pas cessé de penser à toi, et j'ai su qu'il allait t'arriver quelque chose, mais que tu risquais rien.

— Oh, merde ! Tu vas pas commencer à me faire chier à neuf heures du matin avec tes conneries, c'est un nouveau truc ça ? T'es voyante maintenant ? Putain va te faire foutre ! »

Je raccroche, je vais à la cuisine, je prépare du thé. Dans une casserole, le calcaire déposé s'en va par plaques et nage dans l'eau qui chauffe. Samy n'est pas rentré de la nuit ; je l'imagine, tête, bouche et langue entre les cuisses de Marianne. Le téléphone sonne, c'est encore Laura. Elle a changé de ton ; ça n'est plus la petite fille qui parle ; sa voix est autoritaire et cassante, je pense à ses mains de femme mûre.

Elle dit : « Tu devrais te méfier de tes mots et de

132

tes actes. Il y a des domaines dans lesquels tu ne sais rien et où tu es parfaitement incompétent, alors ça n'est pas la peine de prendre des grands airs. Oui, je me doutais qu'il allait t'arriver quelque chose, et non seulement je m'en doutais, mais j'ai tout fait pour qu'il t'arrive quelque chose... Quelque chose de pas grave, de matériel, c'est comme un avertissement. Il faut que tu saches aussi que depuis que tu m'as dit que tu étais séropositif, je fais tout ce que je peux pour qu'il ne t'arrive rien, et pour l'instant la maladie ne progresse pas, que je sache ? Je fais tout ce que je peux, mais je peux aussi arrêter de faire tout ce que je peux, alors s'il te plaît, respecte-moi un minimum et ne me traite pas comme si j'étais la dernière des merdes qui passe après tous les petits minets que t'as envie de te faire. »

Et c'est elle qui raccroche. Je suis sidéré par ces paroles sorties d'un trait comme des évidences. Une peur nouvelle, humide et froide me pénètre la moelle ; des questions sans réponse. Je rappelle Laura, lui dis qu'il ne faut pas prendre les choses comme ça. Je veux en savoir plus, elle ne dit rien. « Qu'est-ce que ça veut dire : je fais tout ce que je peux pour qu'il ne t'arrive rien ? » Elle ne veut pas répondre. Je dis qu'on pourrait se voir. Elle savoure sa victoire : « D'accord, quand ?

— Ce soir ?

— Si tu veux.

— Tu viens chez moi ?

— Je suppose qu'il n'y a toujours qu'un lit. Samy dormira par terre ?

— Il sera peut-être pas là, il revoit Marianne. De toute façon y a un canapé qui se déplie, il pourra dormir dedans.

— J'ai pas envie de venir chez toi, j'aime pas cet appart, je m'y sens mal.

— Je serai chez toi à huit heures et demie ça te va ? »

En entrant chez Laura, j'ai l'impression d'entrer chez moi : elle s'est installée dans mon ancien studio. Les murs et le sol portent mon empreinte : poussière ; sang ; mots ; gestes répétés à l'infini dans l'espoir de fonder des rites ; images des corps, le mien et ceux des autres, emprisonnées dans la glace de la salle de bains ; pisse et merde déversées dans la cuvette des chiottes à heures fixes.

Je suis à l'intérieur d'elle, idéalisé par l'amour qu'elle me porte, et autour d'elle, comme les quatre murs du studio, enlaidi de toutes les faiblesses et de tous les vices d'un passé dont elle était absente. Laura prise en sandwich entre moi et moi.

Mais, cette nuit comme toutes les fois où nous avons fait l'amour, mon sexe bandé, son sexe pénétré réunissent ces deux parties de moi qui traversent le ventre de Laura à la recherche de son âme, tout au bout de son corps.

Le soleil allume les dalles de la piazza di Santa Maria Novella de Florence. J'ai rejoint Omar dans cette ville ; son film va être projeté dans un festival de jeunes cinéastes européens. Il a voulu que je sois invité ; il dit que j'ai écrit le film au moins autant

134

que lui. Des pigeons me frôlent ; leurs battements d'ailes couchent l'herbe autour de la fontaine. Les volets de l'hôtel Minerva sont clos. Un car bleu électrique se détache dans le contre-jour laiteux. Un enfant vietnamien court dans l'océan d'oiseaux atterris sur la pelouse. Son père, assis sur un banc de pierre, se lève et va vers lui. Il le prend dans ses bras, il n'a pas d'âge, on dirait un adolescent ; sur son visage glabre, au-dessus de la lèvre supérieure, une ombre de moustache, comme un gosse.

Laura voulait venir avec moi. J'ai fait semblant de ne pas m'en apercevoir. Dans le train, j'ai rêvé à un voyage d'amoureux ; ce serait si simple. Mais j'oublie mes propres pensées, elles ne m'appartiennent pas.

Une autre place. Un petit homme moustachu veut photographier son bébé dans sa poussette. Il fait des va-et-vient entre le landau et l'endroit d'où il veut prendre la photo. Il redresse le bébé sur son siège, lui parle, lui fait des mimiques, essaie de le faire sourire, arrange son anorak, remonte sa capuche. Il s'apprête à prendre la photo mais n'appuie pas sur le déclencheur, recommence son manège, se remet en place, cadre le bébé et n'appuie toujours pas sur le bouton. On dirait un film comique du temps du muet. Finalement, l'homme va chercher un gros concombre gonflable, le plante entre les jambes du bébé et part en poussant le landau.

Quelques mots d'Omar, la lumière qui s'éteint, les premières images du film, les dernières, la lumière rallumée, les applaudissements.

On finit la nuit au Tenax : un hangar aménagé en

boîte de nuit ; des écrans vidéo, des gros tuyaux de métal brillant. Je bois, je regarde les mômes qui dansent et se mouillent les cheveux dans les lavabos des chiottes.

Je pars avec Giancarlo ; il a l'air complètement ivre. A l'arrière de la voiture, une fille qui travaille à l'organisation du festival se serre contre moi. Elle s'appelle Licia et ressemble un peu à Faye Dunaway ; je me dis que je vais la baiser et en même temps je pense au virus : le dire, ne pas le dire, mettre une capote sans explication, la pénétrer mais ne pas jouir dans sa chatte ? C'est trop compliqué, j'ai sommeil et j'ai trop bu.

Une avenue rectiligne des faubourgs, des immeubles sales, une porte. Giancarlo dit : « J'habite là. » Il y a plusieurs filles dans l'appartement, dont une qui revient de New York. Un type arrive. Licia lui fait des câlins : c'est le mec de Paola, une autre fille qui n'est pas là. Ils étudient ensemble la littérature américaine du vingtième siècle. Le type fait une thèse sur un écrivain existentialiste américain dont j'oublie le nom immédiatement. Il va chercher " Anatomie de la critique "et dit que c'est son livre de chevet.

On se glisse dans les draps froids et humides d'un vieux lit en bois verni. Licia a gardé son slip et un pull. Je viens sur elle, je ne bande pas, je caresse ses seins et je m'endors la tête sur son ventre. Je me réveille un peu plus tard, je m'écarte d'elle et je me rendors.

Licia est sortie du lit plus tôt que moi : elle a du travail au festival. Je vais à la cuisine et Giancarlo me verse du café dans un bol. La toile cirée, la vieille cuisinière, la cafetière en fer-blanc, la pein-

136

ture craquelée du plafond ; je suis à Florence et en même temps dans d'autres cuisines exactement semblables : à Lille, dans un coron où j'ai habité pendant un an ; à Bruxelles, près du jardin zoologique, dans un appartement où j'étais logé pendant le tournage d'un court métrage sur lequel j'étais assistant opérateur.

Sous une pluie fine, je marche vers le centre de la ville. Aux devantures des kiosques, des premières pages de journaux avec des gros titres sur le sida dans la région Toscane. Je retrouve Omar à l'hôtel. Il a décidé d'aller à Rome pour voir une maîtresse ; il va lui faire l'amour dans la nuit et demain ils iront à Ostie pour faire des photos. Il me propose de l'accompagner. Je refuse. Je rentre à Paris.

Laura m'attend à la gare. Elle tient une boule de poils dans les bras. Je dis : « Qu'est-ce que c'est que ça ?

— C'est Maurice.

— Enchanté Maurice. »

Je lui caresse la truffe et il gigote dans tous les sens. Il a les poils dressés sur le crâne façon punk ; il est au chien ce que l'iguanodon était au dinosaure. Je dis :

« Quelle marque ?

— Un labri.

— Labri-bus ?

— Un labri c'est un berger des Pyrénées, idiot ! »

Odeurs de nos sexes, cris de nos orgasmes : Maurice assis au pied du lit est aux premières loges pour les cours d'éducation sexuelle. Il nous regarde avec des yeux ronds et noirs.

La lumière reflétée par les murs de la salle de bains est orange. Je m'essuie avec une serviette-éponge. Laura est debout dans la baignoire, le jet de la douche dirigé sur sa chatte. Elle dit : « Samy est passé ici quand t'étais à Florence...

— C'est pas croyable, vous dites tous les deux que vous pouvez pas vous supporter et dès que je m'en vais, vous vous voyez ! »

Brion est mort. Je ne suis pas allé à l'enterrement ; non que la mort des autres me rappelle la possibilité que la mienne soit proche, mais parce qu'il y avait quelqu'un entre nous : Yvan qui me l'avait présenté et qui ne voulait pas que j'approche Brion de trop près. Chasse gardée : on n'apprivoise pas un mythe en quelques heures.

Brion c'était Tanger, Kerouac, Burroughs, la machine à rêver, les peintures calligraphiées, " Désert dévorant ". Un monde éteint qui m'avait transporté, auquel il survivait. Yvan était au service du mythe, mais était-il plus sincère que moi ? N'attendait-il pas que le mythe le servît ? Moi, comme à mon habitude, je ne m'engageais pas ; je vivais par la bouche de Brion des moments privilégiés.

J'aimais vraiment le vieux gentleman qui buvait du Four Roses et fumait des joints toute la journée. Cancer du côlon, anus artificiel et sac à merde sous sa chemise impeccablement blanche. Brion était monté sur la scène du théâtre de la Bastille à soixante-dix ans pour chanter du rock. Je l'avais filmé.

Puis on avait remplacé le sac à merde par un autre système avec lequel il devait se faire des lavements tous les trois jours. Cela avait transformé sa vie. Mais il ne pouvait plus baiser ni se faire baiser. Son opération : deux médecins, un devant et un derrière qui se serrent la main dans son ventre ; une poignée de main qui coûte cher.

Presque quatre ans plus tôt, nous étions dans un fast-food devant Beaubourg. Nous parlions d'hôpitaux et d'opérations. Brion disait avec son bel accent anglais : « J'ai un ami médecin qui conseille aux malades atteints d'un cancer incurable de se faire injecter des litres et des litres de sang neuf, comme ça tu peux tenir huit ou dix mois... Ils ne l'écoutent pas, ils parcourent le monde, l'Amérique, l'Afrique du Sud, l'Australie, Paris, Londres, Vienne, Zurich, Tokyo, rencontrent tous les charlatans du cancer possibles et imaginables qui ne font rien pour eux, et ils crèvent trois mois plus tard dans des souffrances épouvantables. »

Hamburgers, frites, Coca, son regard clair posé sur moi, cherchant la faille, voulant déceler si j'essayais de prendre le train en route... Il dit encore : « Tu sais dans les hôpitaux anglais, il y a ce Brompton Cocktail, héroïne, cocaïne et morphine mélangées, avec un peu de gin, pour partir en douceur, sur du velours. On le pose sur la table de nuit, le malade peut le prendre ou ne pas le prendre... Celui qui ne le prend pas on le débranche !... A Noël, l'hôpital est plein de vieilles femmes qui meurent en silence et de râles d'hommes qui agonisent. A Pâques, on se réveille seul un beau matin, seul survivant, seul rescapé de l'opération de déblayage d'avant les fêtes... C'est là que Mike est entré dans ma chambre et m'a dit : " The name of the game is : To Survive ! " Trois mois plus tard, Mike mourait d'un cancer à l'estomac... »

Je m'en veux de ne pas être allé à l'enterrement de Brion. Je suis friable, influençable, je me compromets. Je perds ma rage au contact de tous les pseudo-artistes du parisianisme.

Nous sommes chez moi. Samy regarde la télé. Laura tourne en rond. Maurice pisse par terre. Il n'y a toujours qu'un lit. La chambre de Samy est encombrée de cartons. Je tends à Laura un seau en plastique rouge et une serpillière pour qu'elle essuie la pisse de Maurice. J'étouffe, je dis : « J'ai envie d'un mec ! » Laura déplie le canapé-lit du salon : « Tape-toi qui tu veux, moi je dors là ! »

Samy doit choisir : mon lit ou le canapé du salon avec Laura. Évidemment, il choisit Laura. Ils se serrent l'un contre l'autre, se caressent un peu. Il lui touche la chatte, elle lui touche la queue. Il veut qu'elle enlève sa culotte, elle refuse. Si Samy pense que c'est pour lui signifier qu'elle ne veut pas aller plus loin, il se trompe : Laura adore faire l'amour en gardant son slip.

Je me réveille d'une humeur massacrante. Samy et Laura sont encore au lit ; Maurice a pissé et chié sur la moquette du salon. Je secoue Laura, elle ouvre les yeux, je dis : « J'aimerais bien que tu te lèves et que tu nettoies les saloperies de ton clébard, au petit déjeuner c'est très agréable ! »

Samy grogne et sort des draps. Il fait un numéro

de pute virtuose : il est nu, il bande à moitié, s'étire en se cambrant, me frôle et va vers ma chambre en ondulant. Je regarde son cul et Laura surprend ce regard ; si elle pouvait, elle gazerait tous les pédés de la planète.

Samy s'est recouché dans mon lit. Je m'allonge à ses côtés, pose mon bras gauche sur ses épaules. Laura rince la serpillière dans l'évier.

Les bruits de robinet ont cessé. Laura pousse la porte de ma chambre ; elle tient Maurice dans ses bras ; elle pleure doucement, murmure : « C'est trop dégueulasse... » Son visage disparaît.

Je la trouve dans l'entrée en train de feuilleter mon carnet d'adresses. Elle le jette par terre, enfile son blouson. La porte d'entrée claque.

Je retourne dans ma chambre. Je serre le corps de Samy dans mes bras. Pas le moindre geste en retour, il est parfaitement immobile. J'étreins une statue de chair chaude.

Je reçois un coup de fil de Carol. Elle me dit que Laura lui a téléphoné et qu'elles ont parlé pendant près de deux heures ; voilà pourquoi Laura avait feuilleté mon carnet d'adresses. Carol dit : « Elle voulait me rencontrer, j'ai refusé. Tu as trouvé une nouvelle spectatrice ? Des nouvelles créatures ? D'autres sources d'inspiration ? En ce qui me concerne je n'ai plus de temps à perdre, je vous laisse la fiction. Surtout évite de m'appeler, je n'ai aucune envie de te voir. »

J'ai à peine raccroché que le téléphone sonne de nouveau ; c'est Laura qui me dit qu'elle vient de parler à Carol : « Ça fait déjà deux nanas que tu fous en l'air, mais tu devrais te pendre mon vieux de rendre les gens malheureux comme ça... Et moi j'ai pas du tout l'intention de souffrir en silence. Je ne suis pas Carol ! »

Samy a acheté un lit et aménagé sa chambre ; il dort dedans. Je fixe le plafond, le jour est levé et la lumière passe entre les lames du volet roulant. Je n'ai pas fermé l'œil : un gramme de cocaïne est dissous dans mon sang. Je n'ai plus de calmants ni de somnifères.

Je titube jusqu'à la pharmacie, les yeux brûlés par le ciel blanc. J'achète du Dolsom en vente sans ordonnance. J'en avale quatre avec une tasse de thé. Le téléphone sonne. Le répondeur est branché, je ne décroche pas. Je monte le volume d'écoute : c'est la voix de Laura. Elle a un ton que je ne lui connais pas. J'écoute, tétanisé par la drogue :

« J'ai pris une décision... Alors, premièrement tu vas déménager, deuxièmement tu vas faire une croix sur Samy, troisièmement tu pourras plus jamais regarder un mec de ta vie, quatrièmement je te quitte, et cinquièmement tu seras seul, tout seul... Bref, moralité je ne souhaite plus ton bonheur. / Signal de fin /. »

Je me suis déshabillé dans la salle de bains. J'ai regardé ma peau en reflet dans la glace ; toutes les parties visibles de mon corps. Je cherchais d'autres boutons roses et j'en ai trouvé un, sur le triceps de mon bras droit. Celui de mon bras gauche a encore grossi ; il est violet foncé. Je m'allonge ; les comprimés commencent à faire de l'effet. Je m'endors.

Pendant mon sommeil, Samy est parti travailler et Laura a téléphoné sans cesse. A mon réveil, le compteur indique onze messages en chiffres rouges. Je les écoute :

« J'ai oublié d'ajouter une chose, c'est qu'il y a une solution à tout ça, mais il faut que ça soit toi qui la trouves, mon cher... et t'as intérêt à le faire, surtout pour toi... /Signal de fin/. »

« Ce qui est dommage, c'est que t'es vraiment en train de foutre ta vie en l'air... Tu t'en rends pas compte, c'est pas seulement l'instant qu'est foutu en l'air, c'est tout ce que tu vas vivre après, parce que ça va te rester... Tu ne m'auras plus, mais t'auras personne d'autre, parce que jamais plus personne ne viendra vers toi... T'es pas conscient de tout ça. C'est ta déchéance, tu l'auras voulu... /Signal de fin/. »

« La dernière chose que j'ajouterai, c'est que tu me fais de la peine parce que tu deviens pas beau, c'est vrai, tu vieillis, bref tu deviens moche et puis tu deviens... je sais pas... faible ! sans intérêt... C'est pour que je ne t'aime plus que tu te laisses aller comme ça ? ... Je crois que c'est réussi. Pourquoi tu te défends pas ? ... /Signal de fin/. »

« Je suis dure de bon matin quand même ! J'ai la haine de la fatalité. Qu'au bout de huit mois on en arrive là, ça prouve que t'as vraiment foutu la merde... T'es pédé et tu le resteras toujours. Tu traîneras ça toute ta vie, jusqu'à ta mort. A cinquante ans, si tu vis encore, tu seras une vieille pédale. Les gens sont pas faits pour vivre comme ça, ou alors ceux qui sont comme ça, ils ont forcément des choses... qui leur arrivent, quoi... Le monde est fait de telle façon que ceux qui souillent et qui détruisent sont punis. Punis par qui ? ... par l'intermédiaire de gens comme moi, par les maladies, par pas mal de choses... Et toi tu t'enfonces, tu comprends toujours pas, c'est ça le malheur, et moins tu comprendras plus t'iras vers la mort... Et t'en rajoutes : avec le message que t'as mis sur ton répondeur, on croirait vraiment que tu vis en couple avec un mec... /Signal de fin/. »

« J'espère que t'es là et que tu peux profiter de ce que je te dis en direct. Mais dis-toi bien que les choses n'arrivent pas par hasard... et si t'en es là où tu es en ce moment, c'est que ça devait se passer comme ça... Ta déchéance ! ... /Signal de fin/. »

« Tout ce que je fais là, c'est vraiment parce que je hais les pédés, je les hais, je les hais, je les hais ! ... /Signal de fin/. »

« Si t'es là tu devrais répondre, ce serait dans ton intérêt. Peut-être que t'as eu pas mal de chance jusqu'à maintenant, mais ça va tourner vite, très vite, très très vite... Normal ! ... Tu vas te ramasser, et de ne pas te défendre, ça va pas améliorer ton cas... T'es peut-être déjà mort, remarque ! ... Bon, si tu réponds pas je considère vraiment que t'es déjà mort... Tu vois c'est une horreur de pousser les gens à la méchanceté, t'as un don pour ça... Alors qu'est-ce que tu fais ? T'es en train de baiser à cette heure-ci ? Avec un beau garçon ! Bien dégueu ! ... Hum ! ... Tu mets trop ta vie en jeu, tu vas pas gagner... Tu vas pas gagner ! ... /Signal de fin/. »

Laura a pris une voix aiguë de petite fille : « Allô, allô, c'est Carol, allô... allô, écoute j'ai envie de te sucer... allô... ha ! ha ! ha !... allô, allô... /Signal de fin/. »

144

« Allô, allô, ici c'est le jeu de la vie... Votre destin est entre vos mains très cher... T'as le choix : soit tu gagnes la vie, soit tu gagnes le précipice de la mort, c'est toi qui vois... Tout ce que je peux te dire, c'est que la mort est sur ton visage, alors fais vite, fais très vite parce que moi j'ai très peur de ce que je fais, très très peur... et ne crois pas que ce soit du chantage, mais la mort est sur ton visage, je la vois... Je t'expliquerai tout sur toi, parce que c'est vraiment vital... et ta chute ne m'est pas indifférente, parce qu'elle entraîne la mienne... /Signal de fin/. »

Après une nuit de drogue, les messages téléphoniques sont une autre drogue : les mots survolant la ville d'un arrondissement à l'autre, les tonalités stridentes des fins de messages, les menaces. Et si Laura avait raison ? Elle ose me dire ce que personne ne me dit. Mes amis me courtisent, me rassurent ; elle voit mes faiblesses et me les crache au visage. Je l'ai trahie ; elle a cru à l'amour, au premier amour de sa vie, je ne cherchais qu'une rédemption, des moments de calme et de sécurité.

Je sombre. Je porte la mort et elle m'appuie sur les épaules. Je bois la tasse. Je téléphone ; longtemps, à n'importe qui. Puis à ma mère. Elle ne reconnaît pas ma voix. Je lui dis que je veux fuir mon appartement et ce téléphone ; surtout ce téléphone qui décide de la vie et de la mort, qui annonce les ravages de la maladie, la multiplication du virus. Je ne vais pas bien ; je glisse sur une mauvaise pente : Laura le sait, elle me l'a dit, elle a menacé de me laisser tomber. Et si elle le faisait vraiment ? Elle m'écoute. Je dis : « Qui m'écoute ? Toi tu m'écoutes ?

— Viens déjeuner à la maison, ça te fera du bien de prendre l'air et de penser à autre chose. »

Le ruban asphalté est blanc : le soleil a séché le sel déposé sur les routes pour faire fondre la neige. J'ai mal aux yeux, je mets des Vuarnet. Je roule toujours très vite ; c'est une bataille avec le temps. Les roues arrière de mon Alfa dérapent dans les virages en dévers de la descente qui traverse le bois de Fausses-Reposes. Entre les troncs c'est blanc et lisse. Vingt ans plus tôt, je jouais dans le bois avec William. Nous avions appuyé nos vélos contre des arbres. Un garçon s'est approché : il devait avoir dix-huit ou dix-neuf ans, mais pour nous il n'avait pas d'âge. Il était doux, il nous avait dit que son père fabriquait des slips chez Petit-Bateau. Il voulait savoir quelles marques de slips nous portions. Étions-nous d'accord pour le lui dire ? Oui bien sûr, mais nous ne le savions pas. Alors il fallut regarder les étiquettes : le garçon ouvrit nos braguettes et baissa nos pantalons et nos slips pour en voir la marque. Je portais un Éminence.

Parler de quoi ? Faire semblant d'attendre de beaux événements libérateurs, des œuvres d'art de la vie. Ma mère avait été une très belle femme. A soixante-six ans, elle avait encore " beaucoup d'allure " ; mais pour qui, pour quel public, pour quel amour, pour quelle exigence intérieure ?

La grande maison est vide. Vide comme toujours, comme depuis sa construction, comme depuis mon enfance. Et pourtant ma mère est chaleureuse. Voilà : c'est un vide chaleureux, une gaieté grave.

Ma mère dit : « Mais qu'est-ce que tu trouves à cette fille pour te mettre dans des états pareils ?

— Tu préférerais que je sois avec un mec ?

— Ça ne me regarde pas. On t'a toujours laissé libre ! »

Après tout, la terre de l'esprit est peut-être plate comme l'œcumène des anciens géographes ; en son centre, non pas Jérusalem, mais Laura, son amour, un virus, les fils qui me retiennent à la vie, inextricablement emmêlés ; tout autour des " terrae incognitae " : vices obscurs, soleils dérobés, espoirs sans lendemain.

J'avais fui mon appartement sachant que mon absence ne durerait que quelques heures, que j'ouvrirais la porte, que je courrais jusqu'au répondeur pour lire le chiffre rouge et entendre la voix qui déciderait la haine ou l'amour, le calme ou la tempête : ma météorologie personnelle.

Pendant que je déjeunais avec ma mère, Laura avait appelé dix fois. Je m'assois et j'écoute ; elle imite une voix grave de garçon :

« Allô, allô, ça fait une heure que c'est occupé ! ... /Signal de fin/. »

Puis sa voix normale :

« Allô, si t'es là réponds-moi parce que j'ai vraiment envie de me calmer, je viens d'avoir ta mère au téléphone qui m'a dit que tu allais déjeuner chez elle, alors c'est que tu dois encore être là, si t'es pas chez elle... Sois gentil, réponds-moi... Allô ! ... /Signal de fin/. »

« Allô, réponds, j'ai vraiment l'impression que t'es mort, je commence à m'inquiéter, ça devait pas arriver si tôt. Bon, je vais appeler ta mère et lui dire que t'es mort, ça lui fera peut-être plaisir... Allô ! ... Allô, allô, allô... Allô, allô, allô, allô... Alors qui déjeune chez qui et qui ne déjeune pas chez qui ? ... T'as ramené un petit Chinois de ton resto de Belleville ou quoi ? ... A moins que tu te sois fait égorger... Hum, toi égorgé ! ... par un pédé dans la rue... Réponds, c'est pour toi, on ne restera pas une heure au téléphone, puisque c'est ça qui te fait peur... Quoique non, ça doit pas être ça qui te fait peur, fais attention, je t'en supplie, fais gaffe, il se passe des choses très bizarres en ce moment et t'es pas sur la bonne pente, t'es vraiment mal placé... Ça me tue qu'il y ait des gens comme toi, aussi faibles, aussi nuls. Mais tu gagneras pas, même si t'as envie de travailler tu vas faire que de la merde... De toute façon je pense que t'as déjà tout dit : t'as fait la lumière de quelques films, t'as écrit un scénario... T'as plus rien à faire, parce que les masturbations de pédés, excuse-moi mais y a pas beaucoup à dire là-dessus... Bon tu me réponds oui ou merde, parce que ma méchanceté monte, mais monte, monte, et ça me fait de la peine pour toi, ça me donne envie de pleurer. J'aime pas être méchante avec toi, tu me fais pitié et y a rien de plus affreux que la pitié, t'es faible et je peux en profiter. Tu peux rien affronter, à part ton boulot évidemment, et ça c'est nul... Moins tu réponds plus t'es faible ! ... /Signal de fin/. »

« Le pire c'est que tant que t'auras pas répondu, je téléphonerai, donc ta ligne va être occupée toute la journée, toute la nuit, demain, après-demain, jusqu'à ce que je t'ai, alors si Scorcese ou la Metro

Goldwyn t'appellent pour travailler avec eux, c'est dommage ! Réécoute mon premier message, ça va se passer exactement comme je te l'ai dit. Tu vas être surpris quand ça va arriver. Tu es... veule mon très cher ami... réveille-toi, réveille-toi, défends-toi... Plus t'es indifférent, plus je suis méchante, normal... Avant-hier soir, t'es venu chez moi et j'aurais vraiment préféré que tu viennes pas, plutôt que de venir et d'être lamentable, incapable de faire quelque chose. T'as réveillé ma haine. T'es foutu de toute façon, quoi que tu fasses : soit tu crèves dans les six mois, soit tu vas vivre une vie infernale parce que je vais te la rendre infernale... soit tu choisis le calme et la tranquillité, ce qui veut dire l'amour, très cher, avec un grand A, et tu verras que tout se passera bien, ton boulot, ta santé, tout... /Signal de fin/. »

La voix se casse, va vers les pleurs : « Je t'en supplie réponds-moi, tu me fais peur... oh !... tu me fais peur... J'ai peur et t'es pas là, tu veux pas être là... Ne me laisse pas dans la peur, ne me force pas à être méchante... Ne me force pas... /Signal de fin/. »

Elle hurle maintenant : « Je vais venir foutre le feu à cet appart, et tous les appartements que t'habiteras avec Samy j'y mettrai le feu... Mais putain, t'as vraiment envie de crever ! ... T'es une salope... une salope... une espèce de putain de pédale, réponds-moi parce que je te jure je vais faire un massacre, un massacre, un massacre ! ... Anticipation ! ... Tu veux vraiment que je m'en prenne aux gens que t'aimes. Il n'y a pas que toi qui vas mourir... Je vais faire du mal partout, tout autour de toi, c'est toute ta famille qui crèvera, alors je t'en supplie, réponds, réponds, arrête tout ça, ça devient une horreur... réponds... réponds, parce que c'est plus moi qui agis... /Signal de fin/. »

« Est-ce que tu as déjà entendu parler du feu du diable ?... /Signal de fin/. »

Je dîne avec Samy au Pancho Villa rue de Romainville ; bière mexicaine, tacos, enchiladas, mezcal. Le restaurant fait quatre mètres de long et deux de large ; un comptoir, des tabourets hauts, des sauces brunes et des haricots rouges dans des plats en fer-blanc recouverts de papier d'aluminium qui mijotent sur des plaques électriques. Une petite dame à la voix très aiguë s'agite derrière le comptoir. Elle change la cassette dans le lecteur déglingué et c'est le chant de Chavela Vargas qui m'emporte vers des noms de villes inconnues, Oaxaca, Durango, le soleil vertical, la poussière blanche, un Colt 45 caché sous mon oreiller dans une chambre d'hôtel d'El Paso.

C'est toujours le même chant universel, celui de Piaf, d'Oum Kalsoum, du tango ou du flamenco ; les mots et les sons de la douleur et de la nostalgie arrachés à la réalité, mais purs et lancinants jusqu'au sacré. La souffrance n'est pas découragement. Les cris de ces chants portent les peuples vers l'avant ; ils leur insufflent des énergies vitales.

Nous rentrons et il me semble que tout va de soi : vivre avec Samy, dîner avec lui, se coucher, se

150

caresser, faire l'amour. Mais Samy a vingt ans, il ne veut pas de loi ; rien n'est jamais acquis. Je suis en manque ; je mendie une nuit, une caresse, sa peau mate et douce. Je me prends soir après soir au piège que je voulais éviter à tout prix.

Samy me dit : « Si tu veux qu'on dorme ensemble, c'est toi qui viens dans mon lit. » Le téléphone sonne, c'est la mère de Laura ; elle est au bord de la crise de nerfs : « Il n'y a que toi qui puisses faire quelque chose. Elle est revenue chez moi, elle ne dort pas, elle pleure tout le temps, elle crie, elle vomit, elle lance la vaisselle contre les murs, j'en peux plus, j'ai du travail, je peux pas rester là toute la journée pour la surveiller, elle dit qu'il suffirait d'un mot de toi pour qu'elle aille mieux.

— Moi aussi j'ai du travail et j'en ai marre d'avoir ma ligne téléphonique tout le temps occupée et quarante messages de Laura le soir quand je rentre chez moi.

— Séparez-vous, dis-lui que c'est fini une bonne fois pour toutes. » J'entends un cri de Laura, assourdi : « Non, tais-toi ! » Elle arrache le combiné des mains de sa mère : « Non, c'est pas fini, dis-moi que c'est pas fini !

— J'ai rien dit, c'est ta mère qu'a parlé de ça. »

Maintenant c'est la voix de sa mère qui est assourdie : « Et toi va donc avec un garçon normal qui aime les filles et pas avec un pédé qui passe ses journées à se faire enculer par des Arabes ! » Je hurle : « Parce qu'elle se croit " normale " cette espèce de punaise hystérique du showbiz ? Et toi t'es normale peut-être ? » Samy se lève : « Faites chier tous les deux, j'ai envie de dormir merde ! » Il claque la porte de sa chambre.

Je ne veux pas que Samy s'endorme sans moi.

J'accepte la proposition de Laura pour abréger la conversation : nous déjeunerons ensemble demain avec sa mère et nous essaierons de parler calmement.

Laura m'attend près de son école de cinéma, dans un café de la rue Faidherbe. Je me gare, une roue frotte contre le bord du trottoir. J'ouvre ma portière, Laura sort du café, traverse la rue enneigée, avance vers moi.

Faubourg Saint-Antoine, Bastille, rue de Rivoli, nous ne parlons pas, nous sommes anéantis ; trop de mots, la ville, la neige, les mêmes gestes toujours recommencés.

Nous avons rendez-vous avec la mère de Laura dans un café de la place du Châtelet. Discussion inutile, phrases sans fin. « Tu vois bien qu'il ne changera jamais, quitte-le.

— De quoi j'me mêle ? Je l'aime comme il est, j' veux juste qu'il fasse un petit effort... Tu peux essayer de faire un effort ? »

Je n'ouvre plus la bouche et je les regarde s'engueuler. Le ton monte, Laura insulte sa mère qui se lève, jette un billet de cent francs sur la table et s'en va en disant : « Ne viens pas me demander encore quelque chose à propos de ce mec, j'ai autre chose à faire que de perdre mon temps avec vos conneries ! »

On commande des gâteaux au chocolat écœurants et mauvais. Je bois deux cafés et je me mets à trembler. On sort, c'est l'après-midi gris clair, le ciel nous appuie sur le crâne comme un couvercle de fonte et on ne sait plus quoi faire.

Samy râle : il ne se passe rien dans sa vie. Il voudrait de l'exception ; il pense à son père, aux braquages. Je lui dis qu'il faut choisir. Il en a marre du métro, deux heures tous les jours pour aller à Shaman Vidéo dans le quinzième arrondissement ; marre du paternalisme de ceux qui l'emploient bien commode pour demander quinze heures de travail par jour mal payées ; marre de dîner en face de moi sur la table ronde et noire en regardant la télé. Je dis : « Y a un an, tu classais des photos dans des boîtes pour deux mille francs par mois ! »

De temps en temps, il revoit Serge qui lui répète : « Pourquoi est-ce que tu fais ce boulot d'esclave ? T'es de la graine de star, si tu le voulais vraiment je pourrais te faire devenir quelqu'un. » Je lui demande s'il continue à tomber avec délectation dans les pièges des pédés en chasse. Il dit : « Non, non, t'as raison » avec un air d'enfant pris en faute. Et là c'est moi qui en ai marre de jouer au sage : « Je suis pas ton père, merde. »

Samy sort. Il va traîner rue de Lappe ou rue de la Roquette, boit du mezcal au Zorro jusqu'à ne plus tenir debout, se bat avec des skins, revient avec les vêtements déchirés et du sang séché sous le nez, dégueule dans la cuvette des chiottes, me réveille au milieu de la nuit, se couche dans mon lit et s'endort en ronflant. Le matin, quand le réveil sonne, il faut que je lui répète dix fois : « Samy lève-toi, tu vas être en retard ! » pour qu'il sorte du lit.

Je rentre tard. Samy pile de la coke sur une glace avec une lame de rasoir. Il a les yeux brillants. Il a été chez le coiffeur, il a les cheveux rasés sur les côtés, un peu plus longs sur le dessus du crâne. Il m'embrasse, dit : « T'as été te faire sucer dans un parking ?

— Je dînais avec Bertrand. »

Il fait deux lignes, en sniffe une, me tend la paille, j'aspire la coke, il dit : « Moi je suis retourné chez André... C'était pas mal ! »

Je lui demande des détails, combien de filles il a sautées, s'il a frappé Monsieur André ? Il ne veut rien dire. Il vient derrière moi, se colle contre mes fesses, je sens qu'il bande. Il me pousse vers ma chambre : « J'ai envie de te baiser, enlève ton fute. »

Je suis nu, je déboutonne son treillis, je baisse son slip. Je me mets à genoux sur le lit, dos plat, bras tendus, paumes contre le matelas ; position de chienne. Samy est derrière moi, il crache dans sa main, enduit sa queue de salive ; je crache dans la mienne, mouille le trou de mon cul. Je ne me suis pas fait enculer depuis deux ans. La dernière fois c'était par Kader à El Esnam, dans les décombres d'une ville ravagée. Je dis : « Mets une capote.

— J'en ai pas.

— Prends-en une dans la salle de bains.

— Non.

— Tu sais ce que tu fais ?

— Je te dis que j'en veux pas. » Il y a un éclatement blanc dans mes yeux fermés. Ce môme est cinglé ; ou il m'aime ; ou juste le risque, un appel du vide, un défi à l'habitude.

154

Je crie mon plaisir. Je suis femelle. Je me retourne et je vois ses yeux à demi ouverts. J'attrape ses épaules puis ses reins, je tire son corps plus profond en moi. Je me branle. Nous jouissons.

Je dois retrouver Laura en fin d'après-midi à l'aéroport de Genève. Elle a pris le train, je la rejoins en avion ; je ne pouvais pas quitter Paris ce matin. Je l'attends pendant près d'une heure du côté français : elle est du côté suisse.

Elle me dit qu'elle a failli rater le train. Le taxi qu'elle avait commandé n'est pas venu. Elle a erré dans des avenues d'Issy-les-Moulineaux à six heures du matin avec son sac de voyage et Maurice en laisse. Elle a fait du stop et elle a trouvé un type qui l'a déposée gare de Lyon.

L'autocar roule vers Avoriaz. Des producteurs et des journalistes ont monté dans la station une chaîne de télévision locale qui doit émettre pendant la saison d'hiver. On m'a demandé de concevoir la lumière du plateau· où auront lieu des interviews, des informations et des jeux. Jaime a été engagé comme chef de plateau, c'est lui qui a proposé mon nom. Je dois remplacer un opérateur qui a été congédié au bout de deux jours.

Je voudrais retrouver l'impression que j'avais eue en rencontrant Laura : me sentir bien avec une fille, avec une femme, avec une image de la féminité différente de celle que Carol a laissée en moi, faite de gémissements, de tristesse et de maladresse physique. J'ai pensé que nous devions partir de Paris. Dans le car nous nous caressons, mais plus nous approchons d'Avoriaz plus Laura semble s'éloigner ; elle se recroqueville sur elle-même, devient transparente. Nous sommes pris dans des embouteillages. La nuit tombe.

Le téléphérique monte vers la station. Un traîneau tiré par un cheval nous emmène entre les immeubles piqués dans la neige comme des vaisseaux spatiaux bon marché atterris par accident ; il nous dépose devant les locaux de la télévision. Je porte les sacs de voyage. Laura tient Maurice dans ses bras ; elle le pose dans la neige fraîche et il s'y enfonce jusqu'au ventre, se roule dedans.

J'entre sur le plateau. Jaime est là, un peu étonné de la présence de Laura. Il me dit que le régisseur a oublié de nous réserver un studio et qu'il va me prêter le sien. Il ira dormir chez une copine, il ne sait pas encore laquelle, il en a déjà deux et il a l'impression qu'il est en train de tomber amoureux d'une. Il dit : « L'autre c'est pour la baise, c'est une bonne salope. »

Formica, plastique, studio vert et blanc dans une HLM des neiges ; Maurice chie sur un journal dans la salle de bains. Le soir nous dînons dans un restaurant avec Jaime ; de la viande cuite sur des ardoises chauffées.

Malgré la tempête de neige trouée par les halos des lampadaires, la nuit est morne. Mais nous faisons l'amour et c'est bon, comme s'il y avait un principe de plaisir infaillible, prenant sa source en dehors de nous.

156

Le lendemain matin je vais travailler sur le plateau. Laura m'y retrouve vers midi. Nous allons louer des chaussures et des skis. Le soleil est blanc ; Didier, un électricien du plateau, nous accompagne sur les pistes. Nous allons trop vite pour Laura qui reste bloquée au milieu de la pente. Je me retourne vers l'amont et je la vois minuscule et sombre, en contre-jour. Nous l'attendons dans un café au bas de la piste. Elle est furieuse, plonge ses lèvres dans une tasse de chocolat. Je vais travailler sur le plateau, elle se promène avec Maurice. Je la retrouve dans le studio vert et blanc.

Le soir, une fille me drague dans un buffet organisé par la chaîne de télé ; elle est maquilleuse ; il n'y a aucun geste entre Laura et moi, à peine un regard de temps en temps, la fille ne peut pas comprendre que nous sommes ensemble. Elle se colle contre moi. Maurice joue avec le yorkshire de sa sœur. Laura envoie des coups d'œil assassins, me dit à l'oreille : « Elles sont aussi vulgaires l'une que l'autre ! » et soudain elle s'approche de la maquilleuse et elle lui parle doucement. Puis elle se met à lui caresser le bras et la joue. La fille a peur : elle prend Laura pour une lesbienne. Elle s'éloigne en entraînant sa sœur.

La standardiste me dit que Samy m'a téléphoné vers vingt heures. Laura blêmit, elle serre les poings et ses ongles s'enfoncent dans ses paumes. Quand nous marchons vers le studio, elle ne peut plus se retenir : « Pourquoi Samy a appelé, il peut pas rester deux jours sans te parler ? Il a l'intention de rappliquer ici ? » La neige assourdit ses cris.

Dans le lit, Laura me parle, pose des questions, je ne veux pas répondre. Je ne veux pas lui faire l'amour. Elle se jette sur moi, déchire mon tee-shirt, je ne bouge pas, j'ai peur de mes gestes, j'ai envie de la tuer.

Le lendemain, je termine la lumière du plateau. Les producteurs s'étonnent du peu de temps que j'ai mis. Le soir nous allons dans une boîte de nuit avec Jaime ; pénombre, glaces, métal, je bois des gin-tonic et on parle pour ne rien dire, simplement pour avoir l'impression d'exister. Le corps de Laura est assis entre nous, mais elle s'est échappée.

Il faut bien finir par s'allonger entre les draps glacés. Laura ne peut pas dormir, elle se remet à parler. Je lui dis de se taire mais elle ne veut pas me laisser dormir. Elle ne veut pas rester seule les yeux ouverts. Elle nous regarde, mais c'est un " nous " qui s'absente, pâlit, se dérobe.

Alors je ne me contrôle plus : je la gifle, la frappe sur le corps, la jette hors du lit. Elle roule à terre, je m'approche, je vais la massacrer, elle recule, s'accroupit au pied d'un mur, se protège le visage avec ses mains. Maurice pisse sur la moquette.

Mais je vois Laura basculer à mes yeux : elle a tellement peur qu'elle perd son pouvoir sur moi. Nous sommes deux bêtes blessées à bout de forces. Dans les draps déchirés nous finirons bien par trouver le sommeil.

Nous mettons nos affaires dans nos sacs. Nous ne parlons pas. Nous prenons un petit déjeuner avec Jaime. Laura porte des lunettes de soleil pour cacher ses yeux rouges et ses cernes.

158

Je pose ma tasse de thé, elle enlève ses lunettes, ses yeux sont pleins de larmes. Elle me gifle de toutes ses forces. Jaime dit : « T'es folle ! » et Laura : « Ça c'est pour la nuit que tu m'as fait passer ! »

Nous allons en traîneau jusqu'au parking des taxis. Deux électriciens qui travaillaient avec moi sur le plateau rentrent à Paris. Nous roulons vers Genève. Je vais prendre l'avion mais Laura a son billet de retour par le train.

Nous buvons un verre au bar de l'aéroport. Au moment de nous séparer, Laura dit qu'elle veut rentrer avec moi en avion. Je ne supporte pas l'idée qu'elle fasse un caprice : « Ne recommence pas à m'emmerder, prends ton train et fous-nous la paix ! » Elle se lève brusquement, bouscule la table, un verre se renverse. Elle va vers le comptoir de Swissair en traînant Maurice terrorisé au bout de sa laisse. Je la rejoins, agrippe son épaule, l'emmène à l'écart du comptoir : « T'as un billet de train pour le retour, tu vas prendre ce train, de toute façon t'as pas d'argent pour l'avion et moi non plus alors ça suffit !

— Vas-y frappe-moi, recommence comme la nuit dernière, défonce-moi la gueule, prends ton pied ! »

Elle m'échappe, lâche la laisse de Maurice, court vers le bar, se retourne vers moi, hurle : « Ça te suffit pas ce que t'as fait de moi ? »

Sa voix résonne dans le hall : « Qu'est-ce que tu veux de plus ? », le sol clair est lisse et brillant, une mer de glace à perte de vue, des têtes se tournent vers nous. Laura crie encore : « Je peux plus avoir de gosses à cause de toi, je pourrai plus jamais en avoir, ça suffit pas ? », les baies vitrées filtrent la lumière du dehors, le visage de Laura prend une teinte ambrée, à la table du bar les deux électriciens essaient de ne pas croiser mon regard, je suis blanc de rage et de peur, elle n'a pas le droit de parler de ça. Elle se fige, cesse de crier : « T'as les jetons, hein ? Tu te fous de ce qui peut m'arriver, mais t'as les jetons qu'on sache ce que t'as fait !

— Tais-toi et calme-toi. Y a des places libres dans l'avion ?

— Change pas de sujet, espèce de lâche. Tu veux me traiter comme une merde ? J' te jure que la terre entière va savoir ce que t'as fait ! »

Et Laura se met à pleurer, à hurler ses pleurs, elle regarde autour d'elle, elle suffoque, elle court vers la sortie, crie : « La terre entière ! »

Je m'assois, les deux électriciens regardent leur verre, je dis : « C'est de pire en pire... Didier tu peux me prêter cinq cents balles pour que je lui achète une place d'avion ? » Didier me tend les billets, je les mets dans ma poche, je marche vers la sortie.

Après les portes automatiques, le chemin est entouré de hauts grillages, le sol est rouge foncé, le soleil brille. Je ne vois pas Laura mais au bout d'une cinquantaine de mètres, je trouve son blouson par terre, son pull un peu plus loin. J'accélère, le chemin tourne à droite. Elle est là, après le virage, assise par terre, contre le grillage. Elle s'étouffe dans ses pleurs. Je m'accroupis à ses pieds, son visage est trempé contre le bleu du ciel et les dessins géométriques du fil de fer. J'essuie ses larmes et je la relève doucement. Je dis : « Viens, on va acheter un billet d'avion. » Je la soutiens ; on avance à pas lents et maladroits dans le no man's land entre la lumière et l'ombre. Je dis encore :

« Pourquoi est-ce que tu dis que tu peux plus avoir de gosses ?

— Tu sais très bien pourquoi.

— Tu crois que t'es séropositive, mais t'en es pas sûre ?

— J'ai fait le test... C'est positif mais je voulais pas te le dire. »

Un immeuble de plomb s'effondre sur moi. Les mots n'ont plus de sens. Je dis, comme un réflexe : « Merde, c'est pas possible, tu le sais depuis combien de temps ? »

Paris. Le taxi s'arrête ; Laura en descend, je la suis, on s'embrasse, elle est appuyée contre la carrosserie blanche, on se dit au revoir tendrement, elle marche vers les immeubles gris-vert, je remonte dans le taxi qui démarre.

On se revoit le lendemain dans un café proche de la place de l'Alma. On dit qu'on regrette. Je la frôle, quelques caresses du bout de mes doigts sur son cou, ses mains, ses seins. Elle a pris une décision : s'éloigner, arrêter la chute ; c'est déjà trop tard, mais avant que ce soit pire que trop tard, avant que même les souvenirs des très bons moments se soient effacés.

On se tourne le dos. Elle descend vers le pont de l'Alma ; je remonte l'avenue Marceau.

- - -

Samy est allé à Toulouse. Il a montré à son père des cassettes de films sur lesquels il avait travaillé.

Son père a emprunté la Porsche de son patron et ils ont fait le tour de la ville ; il lui a dit : « C'est bien, continue, je suis fier de toi. »

Je traverse à bout de forces des jours vides ; visage blême, cernes bleutés, nerfs à nu, l'âme salie. Laura a dix-huit ans, son corps est blessé à mort. Je porte un fardeau plus lourd que celui de la menace de ma propre mort. Pour la première fois de ma vie, un vrai crime me colle à la peau.

Samy ne trouve plus dans mes yeux l'éclat qu'il cherche. Je pressens qu'il va s'éloigner de moi. Quand Omar me téléphone et me propose de jouer avec Samy dans un film qu'il va tourner, je vois l'occasion de ralentir ce processus. Samy accepte pour l'argent ; ou peut-être par narcissisme.

Le film doit durer cinq ou six minutes et illustrer un roman pour une émission de télévision. Il y a des scènes érotiques et passionnelles à trois personnages ; deux garçons : Samy et moi ; une fille : Karine Sarlat, une jeune comédienne avec qui on a tous les deux envie de coucher dès qu'on la voit.

Le tournage dure trois jours ; séduction, corps frôlés, baisers, caresses, déchirements. Je suis nu sur Karine, la caméra tourne, je ne peux pas m'empêcher de bander. Mais mon amour pour Samy revient comme une lame de fond.

On se sépare en se promettant qu'on se reverra. Karine me dit : « Tu me dois une nuit d'amour ! » Samy est vexé de ne pas avoir été le destinataire de ce message. Je lui dis : « Tu n'es qu'un petit coq stupide ! »

Je vais avec Jaime dans une soirée rue de Longchamp où tout le monde a pris de l'extasy. On nous vend une pilule à l'entrée. Il y a une trentaine de personnes qui marchent dans le grand appartement sans meubles, dont quelques techniciens de la vidéo que je connais, des comédiens et deux chanteurs à la mode. Des particules accélérées dans un cyclotron.

Mais leurs mouvements se ralentissent peu à peu ; les gens se touchent : filles et garçons, filles ensemble, garçons ensemble. Rien de sexuel, des frôlements et des envies de contact. Je regarde Jaime et je lui demande si la drogue lui fait de l'effet : « Que dalle ! » Un type se déshabille, va chercher des pinceaux et des tubes de gouache. Il se peint le torse et le visage. D'autres reviennent de la cuisine avec des glaçons qu'ils se passent sur les joues en disant : « C'est beau, c'est tellement beau ! » Nous voilà en pleines années soixante-dix. Sauf qu'avec l'extasy, on ne peut pas faire l'amour puisque les garçons n'arrivent pas à bander : années psychédéliques revisitées sida et safe-sex !

Jaime me dit : « Cet été, il faut que tu viennes en Espagne. Je suis né près d'Alicante, j'ai tous mes copains là-bas, on aura ce qu'on veut, filles, motos, défonce... » Je préfère quand même les années soixante-dix de Jaime à celles des branchés de la rue de Longchamp.

Je ne sens toujours pas l'effet de la pilule ; je me mets à boire tout ce que je trouve : bière, vin rouge, whisky, vodka ; je termine par du Ricard pur dont Jaime m'enlève la bouteille des mains. Une demi-heure plus tard je suis à genoux devant la cuvette des chiottes et je vomis pendant le reste de la nuit.

Jaime me ramène chez moi. Évidemment Samy n'est pas là, il dort chez Marianne. Je suis malade comme un chien pendant les trois jours qui suivent.

Quand il a su que j'allais revoir Karine, Samy est accouru. Nous roulons au hasard sur les bords de la Marne. Le soir tombe : c'est l'heure entre chien et loup, " quand l'homme ne peut distinguer le chien du loup ", dit un vieux texte hébraïque. Je pense à Laura qui, le jour où je l'ai vue pour la première fois, a prononcé ces mots. Ensemble, nous ne savons plus distinguer la lumière de l'obscurité, l'animal domestique de la bête sauvage.

Nous dînons dans un restaurant près de l'eau où une véranda moderne a été rajoutée au-devant d'une vieille maison entourée de platanes. Nous buvons du vin rouge frais, nous rions, nous parlons fort ; des mots obscènes et provocants qui font se tourner vers nous des visages dégoûtés. Mais l'érotisme qui nous unit nous donne un sentiment de toute-puissance.

Karine est belle : longs cheveux noirs, lèvres sensuelles, seins qui pointent sous son tee-shirt. Samy s'exalte en parlant ; il veut rejoindre un groupe d'alchimistes dans un château près de

Dieppe et participer à leurs festins celtes où l'on se couvre de peaux de bêtes. Le château a été acheté par un membre du groupe ; l'oratoire et le laboratoire y sont installés. Les alchimistes font de l'élevage sur les terres qui entourent le château et de la poterie vendue par un petit magasin dans un village des environs.

Plus tard, nous sortons de la guinguette et nous poussons des hurlements dans la rue. Samy me plaque sur le capot de la voiture, m'embrasse à pleine bouche ; nous roulons à terre, sur le bitume, devant les roues. Karine s'est allongée à l'arrière de la voiture, elle a les pieds contre une glace latérale ; Samy vient sur elle. Je m'assois au volant et je démarre. Je roule très vite ; les lumières de Paris se rapprochent et la nuit s'éclaircit.

Nous sommes chez moi. On met les matelas de nos deux lits côte à côte dans la chambre de Samy. On se déshabille et on s'allonge, Karine entre nous deux. Mais Samy se relève ; il va dans la salle de bains, prend un rasoir et commence à se raser les poils des aisselles et du pubis : « C'est le premier stade de la purification, avant de commencer l'œuvre au noir... » J'échange avec Karine un regard inquiet. Samy va à la cuisine, en revient avec un couteau. Il se plante devant la glace de la salle de bains, jambes écartées, buste très droit ; puis il se taillade méthodiquement le torse, les bras et les cuisses avec le couteau. Il prend une bouteille d'alcool à 90° et verse du liquide sur les sillons rouges creusés dans sa chair. Il dit : « Fais-le, c'est pas du bidon... C'est trop bon ! » Samy bande ; j'ai envie de vomir, je retourne dans la chambre et je m'allonge à côté de Karine. On éclate de rire, elle dit : « Arrête-le !

— Je peux pas voir ça. » Samy vient s'allonger aussi. On ne fait pas l'amour. On se caresse un peu et on s'endort.

Le lendemain matin, je suis réveillé par des bruits dans l'entrée ; je me souviens tout à coup que c'est le jour de la femme de ménage. Je ne bouge pas et fais semblant de dormir. La porte de la chambre de Samy où nous dormons est ouverte ; entre mes cils presque joints, je vois la silhouette plus large que haute de la femme de ménage s'y encadrer. Elle regarde les deux matelas, les trois corps et le sang sur les draps avec un air horrifié, puis s'enfuit comme si elle avait vu le diable.

Samy et Karine dorment encore. Je me fais du thé ; la femme de ménage a disparu pour de bon. Je vais dans le salon. Il y a un message sur le répondeur :

« C'est Laura, juste un mot pour te dire que toi aussi tu me poursuis. Ce matin j'ouvre le journal et je vois ta gueule dedans, avec celle de cette salope de Karine Sarlat ! Ça va au moins me donner la satisfaction de mettre le journal par terre pour que Maurice pisse dessus !... Alors t'es acteur maintenant ? C'est à cause des scènes de plumard avec elle que t'as changé de métier ? Elle est mieux que moi, elle a un boulot, du fric, elle est pas jalouse ? Tu la baises bien ? Tu lui as dit que t'étais séropositif ? » Karine entre dans le salon, je coupe le répondeur brutalement. Je ne sais pas si elle a entendu la dernière phrase de Laura, mais elle me regarde comme si c'était déjà trop tard pour qu'il se passe quelque chose entre nous.

Quand Karine est partie, je téléphone à Laura. Elle n'est pas là, j'entends sa voix sur son répondeur : pour une fois c'est moi qui laisse un message. Je lui dis de ne pas souffrir sans raison, qu'il ne s'est rien passé entre Karine et moi ; je lui dis que j'ai envie de la voir, qu'elle pourrait venir dormir chez moi ce soir.

Laura ne m'a pas répondu. J'attends Samy qui a dit qu'il rentrait pour dîner avec moi. A la télé, sur un vieux document rayé, Piaf chante " Les Amants d'un jour " :

" Et quand j'ai fermé la porte sur eux.
Y avait tant de soleil au fond de leurs yeux
Que ça m'a fait mal, que ça m'a fait mal... "

Samy n'est toujours pas là. Je regarde par la fenêtre mais il ne vient pas. Je sors de l'appartement, je prends l'ascenseur, je traverse le parking souterrain et je monte dans ma voiture ; béton et néons.

D'autres murs : ceux des immeubles de la place des Fêtes. L'asphalte mouillé brille, je descends la rue de Belleville. J'entre au Lao-Siam. Le patron me dit bonsoir ; on dirait que sa main est en acier, il pourrait me broyer les doigts sans effort. Je l'imagine en héros d'un film de karaté tourné à Hong Kong ; je pense aux films avec Jackie Chan que j'allais voir dans une banlieue populaire de Tunis.

A la table voisine, deux femmes rient aux éclats.

J'ai l'impression de les avoir déjà vues. L'une des deux raconte qu'elle s'est fait arrêter en voiture par des CRS pour un contrôle de sécurité. Elle était avec une amie ; elles mangeaient des poulets frits. Un CRS demanda les papiers de la voiture ; la conductrice les lui tendit, couverts de graisse de poulet. Ça lui a donné l'idée de préparer une blague pour un prochain contrôle : « Bonjour madame. Vos papiers s'il vous plaît. Vous transportez quelque chose dans votre coffre ?

— Oui, deux poulets et une bombe. »

Les CRS ouvrent le coffre l'arme au poing : à l'intérieur, deux poulets rôtis et une bombe d'équitation. Les deux femmes éclatent de rire.

Plus tard, je marche sur les traces sans cesse effacées des passagers du sexe. Une demi-lune voilée de nuages éclaire les toits des péniches. Poussière et graviers confondus. Sur quelques centaines de mètres parcourus vers l'horizon d'un désir immédiat, je suis libéré des éreintements et des pouvoirs. Je me sens seigneur et maître.

Trois Harley Davidson sont garées en face de l'entrée de mon parking, devant le petit bar arabe. Je vois des silhouettes en cuir et treillis, crânes rasés, accoudées au comptoir. Je gare ma voiture et je monte dans l'appartement.

Il y a des messages de Laura sur le répondeur. J'ai sommeil et j'hésite à les écouter. Finalement je rembobine la bande et je la fais défiler :

« J'ai eu ton message, j'ai envie de croire ce que tu me dis, ce serait trop beau qu'il ne se soit rien passé entre Karine et toi, et j'ai aussi très envie de te voir ce soir, et c'est cette envie-là que je ne veux plus avoir. Et il y a autre chose qu'il faudrait que je te dise et je sais pas si j'aurai le courage... Je sais pas non plus si je t'enverrai la lettre que je t'ai écrite, j'aurais voulu que tu sois près de moi au moins une fois encore... mais je sais que t'en as pas vraiment envie, même si tu m'as téléphoné ce matin pour me dire de venir chez toi... /Signal de fin/. »

« Voilà, je rappelle et je parle, je parle, mais je crois que je peux encore me le permettre parce que demain je voudrais me lever et ne plus jamais faire ton numéro... Si tu veux plus qu'on soit ensemble, je t'en voudrai pas et je le comprendrai. Je penserai aux bons moments qu'on a passés ensemble. Je suis peut-être pas une fille pour toi, il te faudrait une fille plus libre, comme Karine, avec un boulot et... enfin une autre fille.../Signal de fin/. »

« Je voudrais entendre ta voix une dernière fois, je reste sur l'envie de faire l'amour avec toi, je sais que ça n'arrivera plus et j'ai mal... T'es là, je suis sûre que t'es là, sinon tu m'aurais pas proposé de venir chez toi... /Signal de fin/. »

« Je vais avoir envie d'accepter ta proposition de venir chez toi.../Signal de fin/. »

« Si tu veux toujours je crois que je vais venir... Alors réponds-moi, je voudrais pas arriver si tu dois partir.../Signal de fin/. »

Sur le message suivant pas de mots, des reniflements, Laura commence à pleurer. Puis, mêlé aux sanglots :

« Allô, allô, allôôô... Réponds-moi, je t'en supplie, il faut trouver une solution... On peut faire quelque chose tous les deux, on va pas tout laisser comme ça, on peut pas, on peut pas... J'ai besoin de t'aimer, tu peux pas me laisser seule ce soir, tu peux pas... Dis-moi qu'on se verra demain et que tout ira bien, je veux pas faire le sacrifice de mon amour, on se quittera plus jamais, on sera toujours ensemble, même si on se voit pas beaucoup, qu'on est loin l'un de l'autre, on sera toujours unis. Sans toi ma vie est foutue, me laisse pas avec mon envie de crever, je sais qu'on peut faire autrement, me laisse pas sans réponse... Tu veux plus maintenant?... Où t'es parti? T'es plus là?... Il veut plus me répondre!... /Signal de fin/. »

J'entends des cris dans la rue. J'arrête le répondeur, je m'approche de la fenêtre. Je vois les trois types rasés en treillis qui entourent un vieil Arabe ivre mort, adossé contre le mur vert clair, à la sortie du petit bar. Il y a un quatrième type avec les trois rasés ; je me dis que je rêve : je reconnais Samy. Il insulte l'Arabe avec les autres. Un des types sort un couteau de la poche de son treillis ; la lame se déplie automatiquement. Le type attrape l'Arabe par les revers de sa veste et le secoue en approchant la lame de son visage. La tête de l'Arabe cogne contre une pancarte où est inscrit " Chambres meublées, gaz électricité ". Le type fait glisser la lame le long du torse de l'Arabe jusqu'à sa braguette. J'ouvre la fenêtre. J'entends le type qui dit : « Alors crouilla, je vais te couper les couilles et te les faire bouffer... C'est bien comme ça que tu faisais aux Francaouis à Sidi Bel Abbès ? » Le vieux est tétanisé, sa cuite disparaît avec sa peur, il répète : « Non, non... » Les autres rasés rigolent. Samy parle au type qui tient le couteau pour le

170

calmer. « Laisse-le ce vieux bique, y a mieux à faire non ? » Le patron du café sort sur le pas de la porte, dit quelques mots en arabe au vieux, le rasé referme son couteau, le vieux rentre dans le café et disparaît au fond de la salle.

Les trois types montent sur leur Harley et démarrent les moteurs. Samy serre la main à deux d'entre eux et fait une accolade à celui qui tenait le couteau. Les motos s'éloignent. Samy traverse la rue et rentre dans l'immeuble. Je referme la fenêtre et je vais au répondeur. Je tourne le bouton de lecture, de nouveau la voix de Laura, elle ne pleure plus, elle s'est calmée :

« La dernière chose que je voudrais te dire c'est que je ne viendrai pas chez toi ce soir parce que même si on était encore ensemble, j'aurais plus le droit de le faire... et autre chose, je voudrais qu'à cette minute, tu sois en route pour venir chez moi et que ce soit pour ça que tu ne me réponds pas. Ç'aurait été mon plus grand rêve... Bon, eh bien, adieu !... Non, je vais pas dire adieu... Au revoir, je te souhaite d'être très très heureux comme moi je vais essayer de l'être sans toi... /Signal de fin/. »

Samy s'affale sur le canapé, à moitié ivre, méprisant, les yeux dans le vague, absorbés par le mur blanc. Je dis : « T'as des copains sympathiques.

— Pardon ?

— Je dis que tes copains fachos ont l'air sympathiques.

— C'est pas des fafs, c'est des alchimistes !

— C'est amusant ! Tu te souviens du nom que tu portes ? Du nom de ton père ? »

Samy marmonne une réponse incompréhensible, va dans sa chambre et claque la porte.

Je téléphone à Laura ; je la réveille. Je suis agressif malgré moi : « T'es complètement cinglée ? Je t'appelle pour te dire de venir chez moi et tu me laisses des messages en me demandant de ne pas te laisser seule, ça va la tête ?

— Tu me réveilles à cette heure-ci uniquement pour me dire des méchancetés ? ... Vas-y dis-le-moi que tu m'veux plus, dis-le-moi, dis-moi qu'on arrête, que tu veux plus me voir, que tu m'aimes pas, même si tu sais pas, dis-le-moi, je t'en supplie, j'ai besoin que tu me le dises, même si tu ne le penses pas...

— Et merde, c'est ça : disparais et cesse de me faire chier, je veux plus jamais t'entendre ni te voir ! » Je raccroche. Trente secondes plus tard le téléphone sonne ; j'écoute les premiers mots de Laura : « T'as pas le droit de dire ça ! Tu peux pas me laisser comme ça ! ... », et je crie : « Ça suffit ! » J'écrase le combiné sur son socle, je débranche la prise du téléphone et je coupe le répondeur. J'avale des Tranxène et je me couche.

Le lendemain matin, je vais à l'hôpital pour une prise de sang. On me fait des examens tous les trois mois. Le virus se multiplie tranquillement ; les lymphocytes T4 agents des défenses immunitaires diminuent lentement. J'ai de la chance ; j'aurais pu tomber sur une forme plus foudroyante de la maladie.

Quand je sors, Laura est en bas de l'escalier de l'hôpital, appuyée contre une colonne de pierre qui soutient le portique de l'entrée. Elle porte un manteau long bleu marine et des lunettes noires.

C'est le premier jour de soleil du printemps. Je passe devant elle en disant « Qu'est-ce que tu fous là, toi ? » et sans m'arrêter. Elle me suit : « Je savais où te trouver. Jusqu'à hier soir tu me disais tout ce que tu faisais non ? » Je ne la regarde pas, je marche vite vers ma voiture. « Et alors ?

— Que dit la science ? Tu crèves à petit feu ?

— Ça va, merci...

— T'inquiète pas, maintenant que je vais m'occuper de ton cas, ça va aller nettement plus vite.

— C'est-à-dire ?

— C'est-à-dire que tu vas payer pour ce que t'as fait. Je t'ai déjà dit que je pouvais arrêter tout ce que je faisais pour toi et que je pouvais aussi accélérer ta mort. Tu veux pas y croire, mais tu vas être forcé d'y croire parce que tu vas le voir de tes propres yeux. Tu vas voir la ruine de ton corps. T'as foutu ma vie en l'air, tu m'as refilé le sida, je pourrai plus jamais aimer quelqu'un d'autre alors on va crever ensemble. La dernière fois, c'était des menaces que j'ai pas mises à exécution mais cette fois-ci je te jure que je vais le faire. »

Je vacille. J'ai mal au cœur. J'ai vu des milliards d'étoiles blanches quand l'infirmière a enfoncé l'aiguille dans la veine à la pliure de mon coude. Elle m'a donné un sucre imprégné d'alcool de menthe pour me ramener sur terre. Tout ça n'est qu'un mauvais rêve. Mais Laura dit : « Ouvre-moi. » Machinalement je monte dans la voiture et j'ouvre la portière de droite. Elle s'assoit à côté de moi, dit : « Maintenant on va chez toi, tu vas me baiser une dernière fois.

— Quoi ?

— Tu vas m'emmener chez toi et mettre ta queue dans mon ventre une dernière fois. C'est la seule chose qui marchait entre nous, pas vrai ? Alors je veux pas rester sur la mauvaise impression d'Avoriaz où t'arrivais même plus à me baiser tellement tu pensais aux mecs ! »

Je roule, mais pas vers chez moi, vers le bout du quinzième arrondissement. Laura dit : « Où vas-tu ?

— On va chez toi, je préfère. Chez moi y a Samy.

— Il travaille plus ?

— Pas aujourd'hui. »

Je me gare en double file devant la grille de la cité. Je dis : « Maintenant tu descends !

— Et toi ?

— Je rentre chez moi !

— Je ne bougerai pas.

— C'est ce qu'on va voir ! » J'ouvre la portière de droite et je pousse Laura dehors. Elle hurle, donne des coups de pied dans la carrosserie, je referme la porte et je démarre.

Quand j'arrive chez moi, Samy dort encore. Il y a sept messages sur le répondeur. Je ne les écoute pas. Le téléphone sonne, c'est Laura : « T'as écouté mes messages ?

— Non.

— Tu devrais, c'est très instructif ! Bon, je vais venir chez toi, je vais sonner et tu vas m'ouvrir.

— Ah bon...

— Je vais te résumer ce que j'ai dit à ton répondeur : c'est que tu m'as poussée à bout, tu m'as fait mal et ce mal je vais te le rendre parce que j'en veux pas, je veux pas qu'il rentre en moi et c'est ça qui me rend méchante. J'ai qu'une envie c'est

174

d'être méchante avec toi, de te faire mal, alors je vais m'occuper de ta santé puisque t'as refusé mon amour et il y a aussi une chose que tu dois savoir c'est que je connais pas mal de gens autour de toi, tes amis, tes relations, les productions qui t'emploient et un coup de fil c'est tellement facile à passer ! Y a sûrement des gens qui seraient ravis de savoir que tu vas bientôt crever du sida et que t'as refilé le virus à ta petite copine parce que tu l'as pas prévenue que t'étais séropositif la première fois que tu l'as baisée... » Je dis à Laura que je l'attends chez moi.

Je redescends dans le parking. Je monte dans ma voiture. La porte en tôle bascule et, en haut de la rampe, la lumière blanche du dehors rencontre la pénombre de l'intérieur. Je suis au centre de ce choc, incapable de me défendre, la nuque dans le noir, les yeux éblouis. Laura avait peut-être naïvement voulu faire le bien, me faire du bien. Dans son supplice, elle s'est mise à confondre la douleur et le mal. Quant à moi je crois n'être plus relié à la vie que par le fil de nos souffrances.

Je roule sur les boulevards extérieurs ; Porte d'Aubervilliers, les entrepôts Ney ; tout près, la rue de Crimée et le parking 2000 où je répétais au troisième sous-sol avec mon groupe de rock, les doigts engourdis par le froid de l'hiver ou le corps trempé par l'humidité de l'été. Des beaux souvenirs de môme déchu.

Je m'arrête devant une cabine téléphonique et j'appelle ma mère. J'ai un cerveau d'enfant dans un corps vieilli, je lui dis tout en bloc : la contamination de Laura, son amour bafoué à ses yeux, son chantage, qu'elle va tout raconter à ceux qui m'entourent ; et surtout qu'elle peut accélérer la

175

progression de ma maladie comme elle l'a ralentie jusqu'à présent. Ma mère n'en revient pas : « Pas toi, pas avec les études que tu as faites et l'esprit logique que tu as ! Tu ne peux pas croire à des conneries pareilles ! » J'essaye de lui expliquer qu'il n'y a pas à croire ou à ne pas croire, c'est entré en moi et je suis sans défense. Elle me dit de venir la voir.

Mon père est dans son bureau, dans l'aile droite de la maison. Voix calme, posée : « A un moment ou à un autre, tu devras cesser de céder au chantage quelles qu'en soient les conséquences... Je suis bien placé pour le savoir... » Je pense à cette nuit où j'étais rentré tard ; j'avais dix-huit ans, j'avais ouvert la porte d'entrée de cette maison et j'avais buté sur des plantes vertes tombées à terre, des meubles renversés, de la vaisselle brisée. Ma mère était à la montagne, mon père et sa maîtresse dans la maison ; ils s'étaient battus ; ils portaient le même prénom : Claude ; il essayait de dormir dans une chambre ; elle somnolait sur une banquette du salon. J'avais remis les meubles debout, nettoyé les dégâts. Elle s'était réveillée, m'avait demandé de la conduire à l'hôpital ; elle prétendait qu'elle avait le bras cassé. Mon père se déplaçait difficilement : on venait de l'opérer pour un claquage du tendon d'Achille. Il était quatre heures du matin, j'avais fait monter la femme dans la R 16 de mon père, j'avais roulé dans Versailles désert et je l'avais déposée au service des urgences de l'hôpital Richaud. Elle avait tout essayé pour le garder : travailler avec lui, téléphoner à ma mère, faire de moi son allié puis dire à mon père qu'elle avait engagé des types pour me flinguer. Il avait été pris au piège ; des mois, presque des années ; et il avait décidé, dit-il, ne ne plus céder, elle avait su qu'elle allait le perdre, ils s'étaient battus.

Le téléphone sonne. Ma mère répond. C'est Laura qui lui dit qu'elle va me faire un procès parce que je lui ai transmis le virus du sida. C'est un gouffre sans fond ; c'est le cauchemar qui revenait souvent dans mon enfance : un cauchemar sans image, seulement l'impression d'être au centre d'un cercle dont le diamètre diminue peu à peu, et le cercle en se rétrécissant m'étouffe. Ma mère dit à Laura : « Tu as raison, fais ce que tu veux ! »

Je téléphone chez moi. C'est Samy qui répond : « Laura vient d'arriver avec un sac, elle range ses affaires dans l'armoire, elle dit qu'elle s'installe ici, que c'est d'accord avec toi. » Je lui dis de ne pas la laisser seule dans l'appartement, qu'elle est capable de tout casser. Puis je dis : « Attends-moi, j'arrive. »

Je demande à mon père de venir avec moi, je n'aurai pas la force de la mettre dehors. Il conduit, je suis affalé à la place du mort. Nous entrons dans l'appartement. Je me dis qu'il a peut-être une chance de convaincre Laura ; elle l'adore autant qu'elle déteste ma mère. Il commence à lui parler ; Samy s'en mêle, ceinture Laura et la pousse sur le palier, mon père les sépare, entraîne Laura dans un coin du salon et lui parle doucement. Je suis assis sur le canapé noir comme une larve sans volonté, je ne dis pas un mot.

Laura a remis ses affaires dans son sac de voyage. Nous sommes montés dans la voiture de mon père. Nous roulons vers le quinzième arrondissement.

Nous nous embrassons, elle descend de la voiture, elle est décomposée, mais un sourire de défi traverse ses lèvres, je sais que rien n'est fini. Elle sait que je sais. J'ai envie de la baiser à mort. Elle marche vers les immeubles. Nous démarrons. Sa silhouette disparaît derrière les grillages et un monticule couvert de pelouse.

Je dîne avec mes parents ; décontraction simulée. Ma mère dit que je devrais dormir chez eux ; je refuse. Je monte dans ma voiture, je roule vers Paris couvert d'une brume orangée de lumière et de pollution.

J'appuie sur le bouton de la sonnette en dessous duquel est encore inscrit mon nom. Laura ouvre : « Je savais que tu viendrais. » Ce sont presque nos seuls mots. Ensuite ce sont des bruits d'étoffes frottées et de corps caressés. Les dialogues de nos orgasmes.

Je me rhabille. Je ne dormirai pas chez Laura. Les mêmes gestes sans cesse répétés recommencent : marcher jusqu'à la voiture, ouvrir la portière, démarrer le moteur, rouler dans la nuit, croiser des phares scalpels.

Samy n'est pas dans l'appartement. J'allume la lampe de mon bureau, je prends une feuille de papier et un stylo ; j'écris à Laura :

« En partant de chez toi, j'ai roulé sur le boulevard périphérique, j'en suis sorti à la porte de la Chapelle. Je me suis arrêté à un feu rouge. Et là, devant ma voiture, quatre jeunes ont traversé. En vrac ; deux garçons et deux filles ; ils n'avaient pas vingt ans. Je les ai regardés s'éloigner. Au carrefour suivant, le feu est passé au vert. Ils ont dû courir pour éviter les voitures ; alors chaque garçon a saisi la main d'une fille pour l'entraîner avec lui. Ce geste-là : une main qui se referme sur une autre main, m'a fait incroyablement mal ; plus que tu ne peux le penser. C'était, résumé en quelques secondes, tout ce que tu attends et que je ne peux pas te donner. Tout ce qu'exigent tes vingt ans.

« J'ai recherché cette sensation, pendant des années, derrière des centaines de nuit, auprès de centaines de corps. Je ne veux pas de ça pour toi. Je veux que tu trouves. Une main qui se referme sur la tienne, les deux gosses qui traversent l'amour. Si ce n'est pas avec moi, ce sera avec un autre que moi.

« Je ne veux pas parler d'oubli au sens où tu emploies ce mot : radical, absolu et un peu naïf, mais je ne veux plus te faire de mal.

« Je ne te demande qu'une chose : s'il est vrai que tu peux m'aider à vivre, et quelle qu'en soit la méthode, fais-le, parce que j'ai peur et que je ne mérite pas de mourir. Pas maintenant. Pas comme ça.

« Je t'embrasse aussi fort que je le peux. »

Je marche dans Paris et je me dis que c'est la seule ville que je connaisse où je ne sais pas lever les yeux vers ce qui m'entoure. Je voudrais voir mieux, être ému ; mon regard est horizontal ou dirigé vers le sol, à peine impressionné par le gris des trottoirs. Il se détourne parfois sur le côté, pour suivre un visage ou une silhouette qui m'échappent et c'est un éternel recommencement.

Pour certains regards, certains gestes dont je sais pourtant que la sincérité n'existe que pendant les quelques secondes où ils ont lieu, je pourrais attendre cent ans. Comme pour l'humanité entière, l'absurdité de mes actes ne prend un sens que parce que je suis imprégné de la certitude de mon immortalité ; mais je sais également que le temps m'est compté, plus qu'à d'autres.

Je dîne avec Marc et nous comparons nos lassitudes, nos élans brisés. Notre amitié résiste au temps : seize ans. Il me parle du nouveau disque qu'il enregistre. Maria l'a quitté ; des filles défilent dans son lit.

Je pars pour l'Afrique mais c'est encore une fuite ; je vais tourner un reportage à Abidjan. J'ai pris Samy comme assistant. Le producteur et le régisseur voyagent avec nous. Nous changeons d'avion à l'aéroport de Madrid, trois heures d'attente. J'ai les yeux à moitié fermés. Je vois une silhouette connue ; beauté du visage et du corps mais démarche un peu raide, un peu trop rapide : Éric. Il avance entre les sièges de plastique mauve sans me voir. Il n'a pas changé depuis notre rupture dans les projecteurs des bateaux-mouches. Il est toujours ce projectile naïvement lancé à la recherche du succès. Je l'appelle, il me tombe dans les bras, me reproche de ne jamais lui téléphoner et de ne pas répondre aux messages qu'il laisse sur mon répondeur. Il a des regards et des gestes d'amour, comme

180

si nous ne nous étions jamais quittés, comme si le temps s'était arrêté. Je lui dis que ce n'est plus le moment : « Je t'ai laissé assez d'occasions de revenir. » Samy nous regarde avec un air amusé.

Le taxi orange fonce sur le boulevard Giscard-d'Estaing vers le centre ville, feux rouges brûlés, coups de klaxons. A Abidjan, les chauffeurs de taxi sont tellement nerveux qu'on les appelle " cafés noirs ". Alpha Blondy a chanté le sang qui coule toutes les nuits sur l'artère qui va vers le Plateau : " Boulevard Giscard-d'Estaing, boulevard de la mort... ".

Nous sommes logés à l'hôtel Wafou. C'est luxueux ; les chambres sont dans des paillotes sur pilotis au-dessus de la lagune. Samy et moi sommes dans la même, deux grands lits côte à côte.

Je dois tourner un reportage sur le gnama-gnama. C'est une danse, une sorte de capoeira, de kung-fu chorégraphié pratiqué par les loubards d'Abidjan. Une bande d'un quartier rencontre une bande d'un autre quartier et ils dansent face à face au lieu de se battre.

J'ai rendez-vous avec Siriki à la terrasse d'un hôtel de Cocody. Il est petit, jeune, le front dégarni. Il est malin, parle peu et doucement. Il a déjà travaillé avec des Européens sur des tournages publicitaires. Il dit au producteur : « Je suis plus cher que les autres mais vous pouvez me demander n'importe quoi, je le trouverai ! » Le producteur hésite, je lui dis de l'engager.

Le lendemain Siriki m'a déjà organisé une entre-
vue avec deux chefs de bande de Treichville et
d'Adjamé. Nous nous retrouvons dans un "maquis"
proche du Wafou. Nous nous mettons d'accord
pour organiser une rencontre entre les deux bandes
trois jours plus tard, à la gare routière de Treichville. Ils danseront le gnama-gnama, je filmerai.

En attendant, je filme la ville, la misère contre la
richesse, les toits de tôle ondulée des bidonvilles
sous la tour de l'hôtel Ivoire. J'interviewe les chefs
de bande, des danseurs, des jeunes voyous qui
parlent entre eux l'argot nouchi. Ils disent la
violence, les immigrés pauvres du Burkina-Faso
qui volent pour survivre et que les gens du quartier
punissent eux-mêmes en leur enfonçant de très
longs clous dans le crâne dont ils plantent les
extrémités dans des poteaux électriques en bois.

C'est le début de la saison des pluies, je roule sous
des trombes d'eau dans une vieille Datsun noire
très longue, louée par la production du film. Samy
est à côté de moi ; il parle peu, regarde le ciel
sombre.
Un obstacle invisible s'installe entre nous ; Samy
a changé ; moi aussi peut-être. Il travaille moins
bien qu'avant ; je veux lui apprendre des choses de
son métier, il me semble qu'il s'en moque. La nuit,
nous entrons sous les draps des grands lits
jumeaux, un baiser sur la joue, quelquefois simplement « bonne nuit ! ». Samy feint d'ignorer que j'ai
envie de lui, comme s'il voulait me signifier qu'il
est là pour travailler, et non parce qu'il est ma
putain.

Les deux bandes de danseurs se retrouvent à la gare routière de Treichville. Muscles, couteaux, machettes, nunchakus, lunettes de soleil profilées ; tout un attirail qu'ils agitent devant l'objectif de ma caméra. Ils paradent, certains sourient mais je me demande si ce n'est pas avec l'intention de m'égorger dans la minute qui suit. Je ne parle qu'aux deux chefs de bande, Bono et Max. Siriki m'aide à mettre les danseurs en place ; je suis le seul Blanc au milieu des violences de leurs corps noirs. J'aime cette impression : savoir que si je fais un geste déplacé ou si je dis un mot de trop, l'équilibre fragile peut se rompre et qu'ils dévasteront le quartier. Le producteur est terrorisé, il reste enfermé dans la cabine du groupe électrogène. Les danseurs de Treichville se mettent torse nu, ceux d'Adjamé restent habillés. Ils se préparent face à face ; je fais tourner la caméra. Ils dansent, coups de pieds et coups de poings qui frôlent l'adversaire sans le toucher, visages tendus, mentons levés, beauté absolue.

Le soir, Samy drague une fille dans une boîte de nuit de Treichville. Nous la ramenons dans la paillote du Wafou. Je me couche pendant que Samy la baise dans le salon. J'ai fermé la porte de communication mais j'entends quand même leurs râles. Je pense à Laura, aux paroxysmes de nos nuits et je me branle. Je vais dans la salle de bains, j'essuie le sperme sur mon ventre et j'entends la fille crier dans le salon. Je me recouche, les hurlements continuent, elle se dispute avec Samy.

J'ai envie de dormir mais le bruit m'en empêche. Je me relève, enfile un slip et ouvre la porte du salon. La fille s'arrête un instant puis recommence à crier. Samy lui dit de s'en aller, elle refuse de partir tant qu'il ne lui aura pas donné plus d'argent. Je les calme ; elle me dit qu'il ne veut pas lui donner le prix convenu ; Samy dit qu'il lui a déjà donné mais qu'elle veut plus. Elle hurle de nouveau, prend un verre sur la table basse, le broie dans sa main. Elle ouvre le poing, des morceaux de verre tombent par terre, son sang coule sur la moquette. Je me mets aussi à crier : « Ça suffit maintenant ! » Je vais chercher un billet de deux cents francs français et le tends à la fille. Elle le prend, son sang tache le papier. J'ouvre la porte de la paillote, dis : « Dehors espèce de cinglée ! », attrape la fille aux épaules et la pousse sur le ponton.

Je claque la porte, passe devant Samy et dis : « T'es trop con toi, elle baisait bien au moins ?

— Très pro !

— T'as mis une capote ?

— Non.

— Bravo, les filles d'Abidjan c'est des mines à sida.

— T'es bien placé pour parler de ça, toi ! »

Samy se couche. Le lendemain il se lève tôt et range le matériel de prises de vues pour le voyage en avion. Nous repartons avec nos images volées à la ville. J'ai vu Abidjan dans le viseur d'une caméra et j'ai perdu Samy encore un peu plus.

De l'aéroport j'appelle Laura. J'ai l'impression de répéter les mêmes gestes qu'un an plus tôt, quand je revenais de Casablanca. Je lui dis que je suis épuisé ; des images et de la lumière, du virus, de nous. Je voudrais une trêve, un peu de tranquillité. Sa voix est calme, un peu rauque : « Je viens de savoir pourquoi je t'aime et comment t'aimer. »

Elle dit aussi que depuis une semaine elle est tout le temps avec un garçon de son école ; il lui plaît ; elle pense qu'elle l'attire beaucoup. Mais au moment où tout devrait basculer, elle ne sait plus quoi faire ; elle voit nos corps pendant l'amour. Elle ne peut pas lui dire qu'elle est séropositive, elle a peur de le contaminer.

Elle aussi a envie de choses simples, d'abréger la souffrance. Mais tout ne peut pas s'arrêter comme ça ; il y a cette force vague qui nous lie et nous a fait surmonter tous les déchirements. Comment l'appeler ?.

Samy dort rarement à l'appartement. Il me donne des rendez-vous auxquels il ne vient pas. Je téléphone à Marianne. Il retourne chez elle mais, certains soirs, elle ne sait pas non plus où il est. Notre rivalité a disparu depuis longtemps ; elle me parle de sa vie, elle voudrait que son journal lui laisse un peu de temps pour écrire le roman qu'elle a commencé. Je dis : « Samy a beaucoup changé », et elle : « Il m'échappe aussi. » Je lui dis qu'à Abidjan il travaillait mal, que son esprit était ailleurs. « J'ai essayé de lui parler mais ça ne sert à rien. Par contre il a fini par me dire que son père était harki. » L'éclat de rire de Marianne me coupe la parole : « Qu'est-ce que c'est que ces bobards ? Son père est espagnol, comme sa mère ! Il est malin ce petit con, il savait qu'un père arabe ça te ferait craquer ! Et harki en plus pour se coller sur le dos une mauvaise conscience en béton armé ! »

Je propose à Marianne qu'un soir nous dînions tous les trois pour dire les choses, prononcer des mots, les sortir de nous-mêmes. Elle dit qu'un type qu'elle n'aime pas est venu plusieurs fois chercher Samy. « Pour une fois c'est pas un pédé.

— Il s'appelle Pierre, il a une Harley et il se balade avec une bande de débiles rasés ?

— Oui.

— Samy ne t'a pas dit qu'il s'intéressait à l'alchimie ! »

Quand l'après-midi s'achève, je sors de chez moi avec ma caméra vidéo. Je cherche les immeubles surmontés d'une enseigne publicitaire lumineuse qui bordent le boulevard périphérique. Je les filme, avec les grandes lettres de néon contre le ciel qui s'assombrit. Puis je pénètre dedans, je monte au dernier étage, je trouve le moyen d'aller sur le toit et là je filme la ville qui se prépare à la nuit. Je me penche au-dessus du vide et je cadre l'abîme.

Ensuite, quand l'heure est venue, je quitte les cimes et je rejoins les profondeurs, les souterrains, les parkings du vice.

Quelquefois, je n'ai plus besoin de sortir, les nuits fauves viennent à moi. Je suis seul avec le whisky, les cigarettes et la cocaïne ; seul avec mon corps, ses vêtements et ce qu'il produit de liqueurs et d'excréments. Je me fais à moi-même ce que me font les hommes dans les sous-sols de la ville; avec des liens, du cuir et de l'acier.

Je décide d'aller tout au fond; de voir l'aube : l'heure glauque, l'heure de la mort. Par la fenêtre je filme le mur d'en face, le plâtre sale et sombre, lézardé, éclaté par endroits et laissant voir quelques briques rouge foncé. Peu de peintres ont peint l'aube. Je pense à Géricault et surtout au Caravage.

Et le jour entre, gris et dur, très vite bruyant; camion à ordures, livraisons au Prisunic. Personne ne me voit ainsi harnaché, meurtri, souillé. Je ne regrette pas grand-chose, sauf que l'état provoqué par la cocaïne ne dure pas éternellement et que, même alors, je ne puisse pas atteindre une efficacité totale, permanente, impudique.

Je retrouve Marianne et Samy dans un restaurant du boulevard de Belleville. Il fait beau, nous dînons dehors. Évidemment nous faisons comme si tout était facile et sans importance. Je renonce à parler à Samy de nos relations dégradées. Je regarde un corps de zèbre peint sous des néons verts et bleus : l'enseigne d'un ancien cinéma transformé en salle de concerts.

Nous marchons sur le terre-plein central du boulevard. Des artistes africains y exposent des peintures sur tissu. L'un d'eux a fait une œuvre à digérer. Il a découpé un thon; la tête est laquée, la grande arête clouée au fond d'une caisse en bois posée verticalement; des lambeaux de papier sont accrochés un peu partout autour ; des petits morceaux de thon sont découpés, prêts à être cuits sur un réchaud à gaz.

Nous nous séparons et la chute continue.

Avec l'été vient une sorte de sérénité qui n'est sans doute qu'une capitulation. Je dis oui à tout, simplement parce que l'idée de dire non me fait croire la mort plus proche. Je vais au plus simple : l'absence de conflits.

Je passe trois ou quatre nuits par semaine avec Laura, chez elle ou chez moi. Elle semble heureuse ; elle fait comme si ça pouvait durer éternellement. Elle me montre les premières pages d'un scénario qu'elle veut écrire, me demande mon avis.

J'étais chef opérateur et, à force de dire oui, je suis devenu réalisateur de clips malgré moi. En théorie c'est un progrès, mais je reçois des ordres de petits chefs du showbiz que je méprise.

Un producteur de disques que je connais me demande de rencontrer Mimi, le chanteur d'un groupe punk dissous. Mimi vient d'enregistrer un album, nous écrivons ensemble le scénario d'un clip pour une de ses chansons.

Je suis influençable et poreux, une véritable éponge. Blue-jean moulant, rangers, ceintures cloutées, cheveux d'ange blond et gueule de brute, Mimi sait qu'il n'aura pas de mal à me séduire. Je me laisse glisser dans son jeu. Il prend de l'héroïne : je l'accompagne dans ses galères chez des dealers arabes de la rue Oberkampf ou de l'avenue Parmentier. Je sniffe du brown avec lui. Je lui prête de l'argent pour sa came. Il lui arrive de m'arnaquer en me refilant des médicaments écrasés et en gardant l'héroïne pour lui ; je ne dis rien.

Nous tournons le clip aux Grands Moulins de Pantin. Interdiction de fumer à cause des poussières en suspension qui peuvent exploser à tous moments. Laura travaille comme assistante sur le clip ; Elsa, la copine de Mimi, joue le rôle principal. Effectivement nous risquons la catastrophe ; mais c'est plutôt l'implosion de nos cerveaux jaloux qui est à redouter. Le troisième jour, le tournage s'achève à la fin de la nuit ; nous sommes épuisés ; des gamins de dix ans qui font de la figuration gratuite, entassés derrière des fils de fer barbelés, demandent désespérément des croissants et du chocolat chaud. Nous nous séparons et, dans mon lit, je me serre contre le corps de Laura pour me protéger de l'aube qui se lève.

FR3 participe au financement du clip : le montage se fait à Lille, dans une régie de la station Nord-Picardie. Il n'y a qu'une seule chambre libre à l'hôtel Carlton, et je dors dans le même lit que Mimi. Je crois qu'il attend que je le caresse, mais je suis pétrifié de lassitude.

Nous revenons à Paris avec la bande vidéo du clip terminé. Je revois Mimi assez souvent. Laura et Elsa ont des longues conversations au téléphone. Laura dit que j'aime les garçons ; Elsa est prise de panique à l'idée que je lui vole Mimi. Elle dit : « Si j'apprends qu'il s'est passé quelque chose entre eux, je fais ma valise dans les dix minutes qui suivent ! »

Je vais chercher Mimi chez lui, dans son petit studio rouge et noir impeccablement rangé. Elsa est sortie. On va acheter de la came rue Arthur-Groussier et on la sniffe dans la voiture. On marche vers la République ; Paris est chaud et moite. Nos regards échangés et les gestes esquissés ne sont même plus équivoques. On entre au Gibus ; un groupe de rock voué à l'échec déchire l'air enfumé. On ressort, on marche encore, des nuages ont voilé les étoiles. On entre chez moi ; on se refait des lignes de brown ; je mets " Let it bleed " sur la platine et Mimi chante les paroles de " Gimme Shelter " en même temps que la voix de Jagger : « Love, sister, It's just a kiss away... » On s'allonge sur le tapis noir et blanc, Mimi pose sa tête sur mes cuisses et je lui caresse le visage et les lèvres. Mais ce sont des images du film " Gimme Shelter " qui reviennent à ma mémoire ; le 7 décembre 1969, concert gratuit à l'Altamont Speedway ; Jefferson Airplane est balayé par une meute déchaînée ; après eux, les Rolling Stones, pour la première fois, vont trouver leurs maîtres ; le public ne succombe pas aux charmes de Mick Jagger ; Meredith Hunter lève son pistolet et avance vers la scène pour tirer sur le chanteur ; un Hell's Angel du service d'ordre le voit et le poignarde. C'est la mort annoncée des années " Peace and Love ".

Je regarde Mimi et je dis : « Rentre chez toi, Elsa t'attend, après ce sera trop tard. » Il se lève lourdement et disparaît dans le couloir sombre.

Le lendemain, Laura me téléphone. Elsa lui a dit que Mimi avait passé une partie de la nuit avec moi et qu'elle était certaine qu'il s'était passé quelque chose entre nous. Je dis à Laura que j'aurais pu faire l'amour avec Mimi, mais que je l'ai convaincu de rejoindre Elsa ; elle refuse de me croire : « Je pensais te sauver du mal que tu vis, mais t'es pervers, t'es vicieux et tu le seras toute ta vie. Tu prends les gens quand t'en as envie et tu les jettes après, on peut pas être aimé quand on vit comme ça ! Ta vie est plutôt ratée, alors reste dans tes petits amours merdiques avec tes petits mecs qui te sauteront ou que tu sauteras une fois de temps en temps. Même si t'as un désir pour les mecs, un désir pour qui que ce soit, si tu le voulais tu pourrais le faire cesser. Moi, c'est ce que je vais faire : je vais mettre fin à mon désir pour toi. Je vais y arriver, ce sera peut-être dur, ce sera peut-être long, mais je ne resterai pas comme ça... J'espère que tu ne seras pas mort avant d'avoir vu que j'ai changé ! »

Je bois du thé. Les derniers mots du " Condamné à mort " chanté par Marc Ogeret résonnent encore :

" Il paraît qu'à côté vit un épileptique,
La prison dort debout au noir d'un chant des morts,
Si des marins sur l'eau voient s'avancer les ports,
Mes dormeurs vont s'enfuir vers une autre
                                    [Amérique. "

J'entends une clé ouvrir la serrure de la porte d'entrée. Je lève les yeux et Samy est devant moi, un vieux casque noir en forme de bol à la main. Il n'a pas dormi là ; il dit : « Je prends des affaires, je pars en Normandie.

— T'as une moto ?

— Regarde dehors. »

Je vais dans le salon, j'ouvre une fenêtre et je vois une Harley Davidson garée sur le trottoir. « C'est le visa d'entrée chez les alchimistes ?

— Elle est belle.

— Où t'as trouvé le fric ?

— Je me suis débrouillé.

— Je te signale que ça fait quatre mois que t'as pas payé ta part du loyer. »

Le visage de Samy se ferme ; pendant un instant je pense : « Un visage de tueur ».

Samy enfourne des vêtements dans un sac à dos, sort de sa chambre, me bouscule dans le couloir.

« Tu reviens quand ?

— Je sais pas, on se retrouve au château et après on va à un congrès d'alchimie en Belgique. » La porte d'entrée claque.

J'entre dans la chambre de Samy et je fouille dans ses affaires. Je finis par trouver des photos du château des alchimistes ; d'autres de types rasés en treillis qui s'entraînent au tir sur des cibles de formes humaines et jouent à la guerre dans la campagne. Je reconnais Pierre parmi eux et un des entraîneurs de rugby de Samy.

Je trouve aussi un livre intitulé " Les Frères d'Héliopolis ", signé par Pierre Aton, qui mêle aux indications opératoires du Grand Œuvre hermétique des propos charmants : reprise des croisades de l'Occident contre l'Islam fanatique, non-mélange culturel et sexuel des races, guerre perma-

192

nente jusqu'à la disparition des médias, des communistes, des francs-maçons et des sectes.

Deux jours plus tard, Samy revient transformé. Il a perdu l'arrogance qui collait à la peau de son visage. Je lui demande ce qu'il a fait en Belgique ; il ne répond pas. Il pose son sac à dos dans sa chambre, dit qu'il va dormir chez Marianne. J'ai l'impression qu'il va chez elle comme s'il voulait disparaître entre ses jambes, s'engloutir dans son sexe. Dans le couloir, il appuie sur le bouton d'appel de l'ascenseur, il tourne la tête vers moi et dit : « Si t'entends parler d'un boulot à l'étranger, dis-le-moi, ça m'intéresse. »

Laura a arrêté son école de cinéma. Elle prétend que ses grands-parents ne peuvent plus payer les frais de scolarité ; je crois plutôt qu'elle s'est fait mettre à la porte et qu'elle n'ose pas me le dire.

Elle voit souvent Elsa qui lui dit que Mimi est le meilleur coup de Paris. Mimi recommence à se shooter, je me demande comment il arrive encore à bander pour faire l'amour à Elsa.

Elsa lui dit que Mimi la caresse, l'embrasse, qu'ils se promènent main dans la main dans la rue ; elle ne comprend pas pourquoi Laura reste avec moi qui n'ai jamais le moindre geste tendre : « Un pédé sera toujours un pédé ! »

J'accepte un reportage au Pakistan pour une chaîne de télévision. Je dois aller filmer les cimetières à bateaux de Karachi où viennent mourir les cargos et les pétroliers qui ne sont plus rentables. Ils s'échouent sur le rivage et des hordes d'ouvriers faméliques découpent leur coque au chalumeau pour qu'on en récupère l'acier.

Deux jours avant le départ, je prétexte des ennuis de santé et je propose Samy pour me remplacer. Je ne dis pas que c'est le premier reportage de Samy comme cameraman ; le producteur me fait confiance. Samy est fou de joie. Quand il me dit merci et qu'il m'embrasse sur les deux joues, il est redevenu le môme tendre et un peu fou de mon souvenir.

Laura est dans un hôtel de Trouville avec Elsa et Mimi. Elle me téléphone : « C'est pas la peine de venir, on repart, on se rappellera bientôt... Au fait, ne te fais pas trop d'illusions au sujet de Mimi.

— C'est-à-dire ?

— Il te doit de l'argent ?

— Je lui en ai prêté pour sa came.

— Elsa prétend qu'il dit : " C'est pas la peine que je lui rende son fric, il a le sida, il va bientôt crever ! "

— Vous êtes vraiment deux punaises absolues ! »

194

Je raccroche. Le téléphone sonne, c'est Laura, je raccroche encore et je branche le répondeur.

Je me fais couler un bain, je tourne en rond dans l'appartement. Je mets un disque sur la platine. Le chant de Billy Idol remplit la pièce : " White Wedding ". De temps en temps j'augmente le volume du son du répondeur et j'entends la voix de Laura : « T'es ridicule et je le suis autant que toi, alors arrête, réponds-moi, ça va mal finir encore une fois... Toi t'es le roi et moi je suis qu'une merde, je suis dans un studio à ton nom, j'ai pas de boulot, pas de thunes, une mère cinglée, un père qui a même dû oublier que j'existais, je suis malade, je vais crever avant d'avoir vécu, avant d'avoir été quelqu'un et toi t'as tout ce que tu veux, tes petits machins, ta bagnole, tes cinquante mille coups de téléphone par jour, des gens à tes pieds... Je t'envie de pouvoir raccrocher au nez des gens et les insulter. Toi, tu sais que même si tu m'insultes je serai toujours là quand t'auras envie de me voir et de me baiser... En fait tu veux pas qu'on se calme, ça te plaît toute cette merde, tu dois être en train de prendre ton pied en te disant : " Elle a pas changé, elle est toujours aussi conne, aussi nulle, aussi moche ", j'imagine ta tête quand tu te dis ça, mais tant que tu me redonneras pas confiance et que tu m'enverras le passé à la gueule, je pourrai pas changer... Et tu t'éloignes de plus en plus même si tu me baises une fois de temps en temps... Et moi je suis foutue depuis beaucoup plus longtemps que ça... Encore une fois t'as gagné, j'ai froid et j'ai mal... J'ai dix-neuf ans et hier soir j'avais envie de crever, et t'étais pas là évidemment, y avait qu'Elsa et Mimi pour m'aider. Tu seras jamais là quand j'aurai besoin de toi... J'ai besoin de toi ! Il faut que je te le gueule comment ? Je crie, je hurle pour que tu écoutes mon souffle, ma respiration, pour que tu me regardes, que tu t'intéresses à ma gueule, à mon sang. Je suis en train de me vider... Moi je veux crever et toi tu sais pas vivre. »

Sables mouvants, fleuves de boue, je m'enfonce peu à peu ; je suis prêt à me raccrocher à n'importe quelle bouée. Je n'ai jamais su me laisser aller tout à fait, lâcher prise, mourir et renaître ailleurs, même sous l'emprise de la drogue ou d'une souffrance excessive.

J'ai laissé mon répondeur sous le flot des mots de Laura. Je suis assis à une table dans un café arabe de Barbès. Le juke-box diffuse une chanson de Farid El Atrache. Je regarde un garçon brun, jeune et mince qui a l'air à la fois perdu et amusé. Il a les cheveux courts rasés sur le côté et plus longs sur le dessus du crâne. Il porte un jean, des baskets blanches impeccablement propres et un blouson noir en nylon ; un sac à dos rouge est posé à côté de sa chaise. Il me regarde aussi et ses yeux sont fixes. Je me lève pour sortir et il me fait signe de venir m'asseoir à sa table. Je dis mon prénom, il dit : « Moi, c'est Tillio, je suis italien d'origine. » Je souris et je dis : « Si tu mens déjà, ça commence mal !

— OK, je m'appelle Jamel. »

Nous marchons, boulevard de la Chapelle, rue Philippe de Girard, rue Jessaint et puis la Goutte d'Or. Il a plu, les trottoirs sont brillants, nous parlons sous la lune. Jamel a dix-sept ans, il arrive du Havre, demain il ira à l'enterrement de son frère à Béthune ; les hôtels sont trop chers, il cherche un endroit où dormir. Je lui dis qu'il peut venir chez moi. Avant il veut me montrer les graffitis peints sur les murs du quartier ; il en connaît tous les auteurs, ce sont ses copains. Je dis : « Tu fais partie du mouvement ? » Il est excité comme un jeune chien : « Tu connais les B.Boys ?

— Vaguement, j'avais envie de tourner un reportage sur les zoulous.

— Il faut que tu le fasses, y se passe des trucs incroyables en ce moment dans la rue. »

Et Jamel se met à rapper quelques phrases :

« Je suis Jam le rapper solitaire
Soldat d'Allah contre la guerre
Je demande au prince qui nous tient
De rendre à la rue ce qui lui appartient. »

Il me montre la boucle de sa ceinture où est écrit JAM en grosses lettres de bronze : « C'est mon nom dans le mouvement.

— " Jam " ça veut dire confiture !

— Ça veut dire aussi la foule... L'armée de la rue !

— Tu fais partie de quelle bande ?

— Aucune, je les connais toutes, mais moi je suis seul... Jam le solitaire !

— Sois gentil : épargne-moi le cirque, soldat de Dieu, " Allah Akbar ! " et compagnie ! »

Je sens Jamel perdu dans une confusion totale, se raccrochant à quelques points fixes pour ne pas sombrer ; cette confusion des gamins de la rue où le collage de petits morceaux de principes a remplacé l'idéologie : une pincée d'islam distillée par la famille et des imams hystériques qui expliquent à leurs fidèles que c'est Allah qui a fait exploser la navette spatiale américaine parce qu'il ne veut pas que l'homme s'approche trop près de lui, une pincée d'américanisation avec des mots de code et des surnoms en langue anglaise, le Coca-Cola et la musique de Run DMC ou de Public Enemy dans les oreilles toute la journée ; un peu de bonne conscience planétaire, de non-violence et d'antiracisme, mais des agressions répétées la nuit dans le RER et les trains de banlieue ; tagger son surnom partout comme un cri, un SOS, l'inscrire sur les métros, les camions, sur tout ce qui bouge et qui le fait voyager, être hors-la-loi, faire ce qui est interdit, mais appeler désespérément la société pour qu'elle vous remarque, rêver d'en faire partie, de devenir artiste, d'enregistrer des disques de rap ou d'exposer dans des galeries chic des grandes toiles couvertes de graffitis.

Dans l'ascenseur qui monte vers mon appartement, Jamel sort un feutre de la poche de son blouson et inscrit son tag : JAM, sur une paroi de la cabine, en grandes lettres déliées et sinueuses, presque illisibles.

Jamel fouille dans mes disques, allume la télé, met M6 et regarde les clips. Il doit se lever tôt pour aller à Béthune. Je dis : « Ne t'inquiète pas, je t'emmènerai. » Il est surpris, me trouve un comportement bizarre, puis il est fou de joie et m'embrasse sur la joue. Il ouvre un paquet de brown et fait deux lignes sur la table ; il en sniffe une et me tend la paille faite d'un ticket de métro roulé ; je prends ma ligne. Je me dis que la confusion continue : Jamel ne boit pas d'alcool parce que c'est interdit, mais pour ce qui est des joints et de l'héroïne, pas de problème. Allah a dû donner son accord.

La drogue diffuse dans mon corps. On va dans ma chambre. Je me déshabille et je m'allonge. Jamel ouvre son sac à dos et en sort une batte de base-ball et ses affaires de toilette. Je dis : « Qu'est-ce que c'est que ça ?

— Pour me défendre... Et pour chasser les skins.

— Tout seul ?

— Je t'ai dit : Jam le solitaire... Chasseur de skins ! »

Jamel se déshabille aussi. Il a un corps sec et musclé. Il s'allonge à côté de moi sans aucune gêne. J'éteins la lumière et nous parlons encore, des mots vagues dans l'obscurité de la chambre et la vacuité de la drogue. Je le questionne sur Chérif, son frère mort qu'il doit enterrer le lendemain, mais il refuse de répondre. Il s'approche de moi et je sens sa peau douce contre mes cuisses. Il se blottit contre moi et il s'endort. J'essaye de m'écarter de lui pour trouver le sommeil, mais à chaque fois il m'étreint plus fort, comme s'il sortait d'un cauchemar. Je finis par le réveiller et je dis : « Laisse-moi un peu de place ! »

Nous nous sommes levés à cinq heures. Nous roulons sur l'autoroute du Nord, aube grise, brouillard, poids lourds lancés comme des projectiles furieux. Je n'ai même pas écouté les messages de Laura enregistrés sur le répondeur.

Jamel se met à me parler de Chérif... Il s'est vidé

de son sang, tout simplement. France, son amante, l'a longtemps cherché dans les rues de Béthune. Chez Rosa, dans d'autres bars, chez d'autres femmes. Elle ne l'a trouvé qu'à l'aube, nu, exsangue, assis contre un train de marchandises sur une voie de garage, les jambes tendues sur le gravier du ballast, les mains attachées à l'acier du wagon ; une flaque rouge s'étalait autour de lui ; entre les jambes de Chérif il y avait une plaie large et sombre, une bouillie de chair, de poils et de sang. C'était à l'aube d'un jeudi que France avait trempé le bout de ses doigts dans le sang de Chérif.

Pendant que Jamel me parle, je me dis que j'ai toujours pensé que le jeudi était rouge. J'ai attribué une couleur à chaque jour ; à cause des impressions chaque semaine renouvelées mais toujours identiques que m'ont laissées les journées de mon enfance ; le lundi est vert clair, le mardi jaune, le mercredi vert foncé, le jeudi rouge, le vendredi gris clair, le samedi gris foncé et le dimanche blanc.

Je ralentis au péage, Jamel se tait. Je redémarre et il dit : « Tu sais ce qu'ils lui ont fait ?... Ils l'ont attaché au wagon, ils l'ont déshabillé, ils lui ont enfoncé son slip dans la bouche pour l'empêcher de crier et ils lui ont coupé la bite et les couilles. Il a perdu son sang, il s'est évanoui. Ils ont enlevé le slip de sa bouche et ils lui ont enfoncé sa bite et ses couilles à la place. Ils ont pissé sur lui et ils sont partis. Tu peux croire que ça existe des gens comme ça ? » J'ai la nausée et je repense à ce que m'avait dit Kheira devant le Sanglier joyeux : « Tu seras poursuivi par le sang arabe, par cette image de mon fils, Mounir, avec son sexe coupé dans la bouche. »

Jamel aimait Chérif. Quand ils se retrouvaient à

Paris, ils allaient écouter des groupes de rock ensemble. Ils achetaient de la came place de Clichy et ils se l'envoyaient dans les veines, enfermés dans les chiottes de la salle de concert, emportés par la musique qui passait les murs. Jamel aimait voir les yeux de Chérif se voiler et des gouttes de sueur perler sur son front.

Chérif lui avait parlé de France, une femme mariée ; il lui donnait des détails sur la manière dont ils faisaient l'amour et ça faisait bander Jamel.

Je téléphone à Laura d'une station-service.

« Où es-tu ?

— Sur l'autoroute du Nord.

— Seul ?

— Oui.

— Je vais dîner avec Marc ce soir. Il vient me chercher à neuf heures et... peut-être qu'il va devenir mon nouveau fiancé. Je dis pas ça pour te rendre jalouse, oh ! pardon, jaloux ! Je dis ça parce qu'il est seul lui aussi, depuis que Maria l'a quitté et qu'il a besoin d'être avec quelqu'un. »

Je me retourne et je vois Jamel qui prend des paquets de biscuits dans les rayons et les cache dans son blouson. J'ai envie de rire. Laura dit : « Tu as jusqu'à dimanche pour revenir. »

Comme les pestiférés de l'épidémie de 1188, comme les criminels condamnés à mort et exécutés à Béthune en 1818 ou en 1909, Chérif va être enseveli par la confrérie des Charitables.

Quinze des vingt-trois Charitables élus pour deux ans parmi les citoyens honorables de la ville le conduisent au cimetière. Ils se sont retrouvés tôt ce matin devant le commissariat ; le cercueil contenant le corps de Chérif était à l'intérieur, posé sur une grande table, dans la pièce où l'on entretient le matériel. La veille, on avait acheminé le cercueil de Lille, où avait eu lieu l'autopsie. France avait réclamé le corps. Elle avait demandé à un ami d'enfance, prévôt de la confrérie, de faire à Chérif un enterrement décent, puisque les Charitables ne tiennent jamais compte de la confession religieuse des morts, ni des fautes qu'ils ont pu commettre pendant leur vie.

Six Charitables soulèvent le cercueil, glissent des bâtons dessous et le portent vers le cimetière. Les autres marchent derrière eux, battus par un vent du nord glacé. Ils traversent Béthune en grande pompe, habits noirs, gants blancs et bicornes, ombres droites parmi les ombres furtives du dimanche matin. Nous les suivons, Jamel pleure contre moi.

Un peu avant l'entrée du cimetière, le cortège est rejoint par des jeunes Arabes et trois policiers ; l'inspecteur Mangin est avec eux. Les policiers ne font pas attention à Jamel et à moi ; il fait froid, il est tôt, ils ont sommeil, nous sommes mélangés à un groupe qui n'a pour eux aucune véritable identité, seulement composé d'une masse vague et sans surprise : un jeune Arabe est mort, ceux de sa race viennent au cimetière.

Les Charitables portent le cercueil à la tombe ; les fossoyeurs l'enterrent. Deux employés des pompes funèbres déposent la seule gerbe que l'on ait envoyée ; c'est un grand bouquet de fleurs de jasmin. Celle qui l'a offert se tient très droite au-dessus du trou rectangulaire. Jamel me souffle : « C'est elle, c'est France. » Elle a une quarantaine d'années, blonde, cheveux longs, silhouette élancée, des traits durs, son menton surtout. Où a-t-elle trouvé tout ce jasmin ? Elle s'est trompée de peu : c'est en Tunisie que les garçons portent le soir des brins de jasmin glissés derrière le lobe de l'oreille ; Chérif était algérien, il avait vingt ans.

Des rayons de soleil traversent la brume. Je ferme les yeux et je vois France assise au bord d'un lit dans une chambre de l'hôtel du Départ. Chérif est debout devant elle, nu, les fesses durcies, tout son corps tendu vers les lèvres de France qui glissent sur sa queue. On allume l'enseigne de l'hôtel et France éloigne sa bouche du sexe de Chérif ; elle garde les yeux baissés, attend, ne dit rien, puis, presque en riant : « Tu as la plus belle queue du monde ! » Laura m'avait dit presque la même chose : « Quand on a un mec avec une queue comme la tienne, on le laisse pas partir. Tu as la plus belle queue du monde ! » Nous étions donc deux à avoir " la plus belle queue du monde ", et il est fort probable que nous n'étions pas les seuls ! Après l'amour, Chérif, en sueur, regarde par la fenêtre la nuit ébauchée ; son souffle embue le carreau. A Paris je suis debout devant la même nuit commençante ; je me sens vidé, vieilli, épuisé. J'attends. Mais quoi ? De rencontrer Jamel, de quitter Laura, d'être décomposé par un virus ?

J'ouvre les yeux : Chérif est mort, son sexe est mort, offert à la terre. Nous marchons vers la sortie du cimetière. France rejoint Mangin, se plante devant lui : « Vous pourriez au moins faire semblant de chercher qui l'a tué, inspecteur ! », et elle continue son chemin. Je passe mon bras droit autour des épaules de Jamel et nous suivons France.

Nous avançons sur la grande place, frôlons le beffroi ; je lève les yeux vers son sommet piqué dans le ciel blanc. France s'engage dans la rue du Carillon, elle ouvre son magasin de vêtements ; une employée la rejoint. Nous hésitons, puis nous entrons. Nos regards se croisent, elle voit Jamel à mes côtés et mes yeux sur lui, j'ai l'impression qu'elle a tout compris des corps solaires. Jamel dit : « Je suis le frère de Chérif. »

Nous marchons vers l'autre magasin de France : le Frip'Mod boulevard Victor-Hugo. Jamel grelotte. Rue du Carillon, France vend des vêtements chers à des clientes bourgeoises ; au Frip'Mod ce sont des jeunes qui viennent acheter du surplus américain, des jeans, des joggings, des treillis, des blousons de cuir. Elle aime les voir essayer les vêtements. Elle dit : « C'est là que j'ai connu Chérif, il était venu acheter un jean. » Jamel tremble toujours de froid, je lui dis : « Je t'offre un pull. »

Jamel regarde son image dans le miroir en pied. France dit : « Il te va bien, prends-le. » Jamel saisit le bas du pull et le tire au-dessus de sa tête ; son tee-shirt accroché à la laine est remonté aussi, dénudant son torse. France prend le corps en pleine figure, la peau brune, le torse qui ressemble à celui de Chérif, mais plus mince, un peu plus allongé. Une larme coule sur la joue de France ; elle fait un petit geste rapide pour la faire disparaître, mais j'ai vu cette larme et Jamel aussi, à travers les mailles du tricot qu'il enlève. Je veux payer le pull, mais

France refuse. Elle voudrait parler avec nous ; elle nous demande de rester à Béthune ce soir.

Nous entrons dans la maison de France. François Beck, son mari, est médecin généraliste ; il est parti en visites. D'un coup d'œil, Jamel fait le tour de ce qu'il pourrait prendre en partant qui ait de la valeur et qui ne soit pas trop encombrant. France dit : « Ce soir je vais tout lui raconter. » Tout, c'est-à-dire quoi ? Que ne sait déjà François Beck ? Elle s'approche de moi, m'entraîne loin de Jamel, dit : « Quand ils s'en vont, ils nous laissent différents, n'est-ce pas ? » Je comprends mal cette femme, je dis : « Oui, sans doute. » Jamel a disparu, j'ai peur qu'il ne soit en train de se remplir les poches, elle continue : « Ce mercredi-là, j'avais rendez-vous avec lui, j'ai fermé le magasin, il n'était pas là, je l'ai attendu, je ressentais le poids exact du temps, vous comprenez ?... J'avais peur, je sentais des démons autour de moi, prêts à se battre. Des démons chauds, rouges et noirs, contre des démons du Nord, bleu pâle... » Le bruit d'une porte claquée interrompt France.

François Beck entre dans la pièce. Tout de suite après lui, c'est Jamel qui réapparaît ; il tient à la main un scalpel pris dans une armoire du cabinet. Beck dit : « France tu me dégoûtes. »

Un bédouin peut-il trouver la paix ? Jamel sait qu'il sera animé d'un mouvement constant qui s'achèvera par un corps déserté, abandonné, exsangue comme celui de Chérif. Alors il ouvre la surface lisse de son avant-bras avec le scalpel ; il trace sur sa peau un sillon où le rouge comble presque immédiatement la dépression creusée dans l'épiderme. Quelques gouttes de sang tombent sur la moquette beige et je pense à Samy qui avait taillé son corps devant Karine et moi.

Jamel et Samy se rencontrent dans le sang. Je dis : « Ton frère a été tué quel jour ? » Jamel me donne la date ; la nuit de mercredi à jeudi il y a deux semaines. Ce jour-là Samy était avec les alchimistes. Il les avait retrouvés au château de leur confrérie, sur la côte, près de Dieppe. Ils devaient aller en moto à Anvers pour y retrouver d'autres soi-disant alchimistes, c'est-à-dire très probablement d'autres groupuscules d'extrême droite. La route de la Belgique avait pu passer par Béthune et les alchimistes avaient pu martyriser Chérif. Samy témoin et peut-être acteur de ce meurtre ; comme par hasard, il m'était revenu d'Anvers différent, moins arrogant, avec le désir d'aller travailler hors de France.

Je ne peux chasser cette image de mes yeux : Samy et les frères d'Héliopolis qui frappent Chérif, l'attachent au wagon de marchandises, lui coupent les organes génitaux et le regardent se vider de son sang.

Je crois que Jamel le bédouin pense à un air chaud plein de poussière sèche. Ici il n'y a que le froid et l'humidité. Dans mon corps, le poison s'insinue partout comme cette humidité du Nord ; je dis à France que je dois téléphoner, je compose le numéro de Laura et sa voix me rassure.

Nous sommes revenus à Paris. J'ai laissé un double de mes clés à Jamel. Il traîne dans les rues de la ville à l'affût de quelque chose à voler. Je roule vers la Porte de Sèvres. Laura m'attend.

Nous faisons l'amour. Elle est calme. Samy est très loin, elle croit que je suis vaincu, que je ne pense plus aux garçons, qu'elle a gagné. Enfin.

Le lendemain, je la quitte et il se met à pleuvoir. Je rentre chez moi. Je prends le courrier dans la boîte ; il y a une lettre du Pakistan, je ne l'ouvre pas. Jamel dort encore ; je me déshabille et je m'allonge à ses côtés. Il grogne et se blottit dans mes bras. Ce soir si Laura m'appelle, je ne répondrai pas.

Jamel me parle. Il dit Le Havre, la famille, les coups, l'enfance martyre, les foyers, les fugues, l'insoumission, la rébellion, la prison avec sursis.

Il regarde une photo de Samy, demande qui c'est. Instantanément, j'ai devant les yeux cette image de Chérif agonisant, entouré des frères d'Héliopolis et parmi eux Samy. Je dis : « C'est un copain. Il est au Pakistan. »

J'ouvre la lettre de Samy. Il parle de tout sauf de nous. Pas un mot non plus des alchimistes fascistes. Il dit qu'il filme des hommes armés de chalumeaux qui découpent les tôles des cargos échoués ; des chômeurs en moins pour quelques roupies. Les navires foncent vers la plage, moteurs à pleine puissance ; ils s'échouent près du rivage. A marée basse on peut travailler dessus, une légion de charognards. Les ouvriers ont trouvé un type amnésique caché dans la buanderie d'un méthanier ; il ne parle pas, il ne dit même pas son nom. Samy a une petite amie ; elle s'appelle Indira. Il habite chez elle, mais il en a déjà marre, elle veut qu'il l'emmène à Paris ; il ne la baise plus que le matin, presque par réflexe.

Laura téléphone mais c'est pour me dire qu'elle part quelques jours chez ses grands-parents ; le répondeur enregistre son message. Pendant les quatre jours qui suivent, je reste avec Jamel ; je ne réponds plus au téléphone, j'annule mes rendez-vous. Il me parle et ne comprend pas que je m'intéresse à ce qu'il dit. Il me donne des minutes apaisées. Il me dit ce qu'il n'a jamais dit à personne ; ses mots dévoilent des étendues de malheur à perte de vue. Je pleure en cachette dans un coin de l'appartement ; je pleure de connaître la minutieuse absurdité du destin de Jamel.

Après la cinquième nuit, Jamel s'en va : « Je veux déployer mes ailes. » Cinq nuits, quatre jours, retirés dans l'appartement blanc comme pour se protéger de la ville. Le moindre déplacement m'est devenu un supplice. Aujourd'hui c'est l'heure d'hiver.

Je crois être soulagé par le départ de Jamel. Je voulais qu'il cesse de tourner autour de moi, de lire mon journal à voix haute par-dessus mon épaule, d'enlever le casque de mes oreilles pour savoir ce que j'écoutais. J'aurais voulu qu'il comprenne tout de ma vie en quelques secondes, alors que moi j'avais été obligé de l'interroger sur son passé, de poser plusieurs fois les mêmes questions, de l'aider à repousser la nausée qui accompagne certains mots.

Il s'éloigne, j'éclate en sanglots. Jamel ne sait pas ce qu'il a fait : il m'a rendu les larmes ; c'est son plus beau cadeau. Je ne peux plus les arrêter. Lui, marche vers Le Havre qui, comme la haine, commence par un « h ». Je voudrais que par mes larmes il existe un peu plus. Pourquoi l'ai-je laissé partir ? On aurait pu marcher, se promener, regarder la ville, mais comme toujours j'ai préféré dire : « Il faut que je travaille. » Mes larmes, le contact de la peau de Jamel m'ont-ils lavé des souillures des nuits fauves ?

Mais je pleure autant sur moi-même que sur Jamel qui s'en va en traînant le sac de clous de sa destinée. Aurai-je le courage de prendre ma voiture, de rouler vers Le Havre plus vite que le train et de l'attendre à la gare ? Après, ce sera trop tard, je ne connais ni son nom ni son adresse : Jamel, Le Havre, SDF, sans domicile fixe. Il perdra le bout de papier où j'ai noté mon adresse et mon numéro de téléphone, ou il l'oubliera dans la poche arrière de son jean qu'il mettra dans une machine à laver automatique.

Il est quinze heures trente. Je pleure toujours. Le téléphone sonne. C'est Jamel, il s'est perdu, il est près de la gare du Nord, il ne sait plus, il n'a pas trouvé la gare Saint-Lazare. Il dit : « T'as une drôle de voix, je t'ai réveillé ?

— Non, je travaillais. Tu veux que je vienne ?

— Oui s'il te plaît, j'ai besoin de toi. »

Jamel est là, dans les auréoles de mon pare-brise ; grand, mince, instable, devant une brasserie de la rue Lafayette, bousculé par la ville. Il monte dans ma voiture, je démarre. Je m'arrête un peu plus loin, devant la gare du Nord. Je serre ses mains dans les miennes. Il dit : « Quand je t'ai vu arriver, j'ai soufflé... Je t'ai dérangé ? » Je lui dis que j'ai pleuré, que je ne pouvais pas m'arrêter.

Je roule lentement. Il murmure : « Tu sais, c'est pas facile à dire, mais c'est... c'est la première fois qu'on pleure pour moi... enfin, je sais, c'est pas que pour moi, tu as pleuré pour toi aussi, pour toi et moi... mais c'est quand même la première fois. »

Jamel est au Havre, Laura à Paris. Samy est revenu de Karachi ; il est passé chercher ses affaires, il a laissé son lit. Marianne a déménagé ; elle habite à Montmartre ; il s'est installé chez elle.

J'ai rendez-vous à l'hôpital Tarnier. Les médecins sont trois derrière la petite table en Formica sur laquelle est posé mon dossier médical. Ils parlent entre eux de l'évolution de ma formule sanguine. Aujourd'hui j'ai trois boutons mauves en plus sur le bras droit et mes lymphocytes T4 sont tombés à 218/mm^3. Ils décident de me prescrire de l'AZT : douze comprimés par jour ; deux toutes les quatre heures ; la nuit, je devrai me réveiller pour les prendre.

Pendant les premiers jours, je suis malade comme un chien : nausées, douleurs aux reins et aux muscles, anxiété et apathie mélangées. Ça passe peu à peu, mais je ne supporte plus ni l'alcool ni la drogue. J'arrête de prendre de la cocaïne.

Jamel me téléphone. Il est à Paris ; il voudrait venir chez moi. La nuit dernière, il a dormi chez un pédé qui l'a dragué place des Innocents. Le matin, en partant, il a menacé le type qui a eu peur et lui a donné de l'argent, un blouson de cuir, un walkman et des cassettes.

Jamel arrive chez moi avec un jeune mec du Havre : « Je l'ai rencontré place de Clichy. » Le mec a des cheveux blonds décolorés droits sur la tête. On s'assoit autour de la table noire. Le blond sort un pistolet de son blouson et tout ce qu'il faut pour se préparer un shoot : insuline, citron, petite cuillère, coton, paquet de brown. Je prends le pistolet, c'est un Walter PPK ; je vise un présentateur qui s'agite sur l'écran de la télévision. Je ne tremble pas.

Jamel et le blond se piquent avec la même seringue. Ils me la proposent. Je refuse. Je vais dans ma chambre. Jamel me rejoint. Je dis : « Je croyais que tu te shootais jamais.

— C'est rien, un petit pète de temps en temps !

— J'aimerais bien que ton petit copain blondinet transporte sa came et son flingue ailleurs ! »

Le punk décoloré est parti. Laura téléphone ; je lui dis que je ne suis pas seul et que je ne peux pas la voir ce soir. Elle raccroche au milieu d'une phrase sans dire au revoir. Jamel se couche à côté de moi. Nous bandons tous les deux, mais nous ne faisons pas l'amour. Nous nous endormons.

Un coup de sonnette me réveille. Je regarde la pendule, il est neuf heures et demie. Je décroche le combiné de l'interphone : c'est une employée des postes qui apporte une lettre recommandée. J'appuie sur le bouton noir qui commande l'ouverture de la porte.

J'attends la postière, mais c'est Laura qui sort de l'ascenseur, tenant Maurice en laisse. Je refuse de la laisser entrer. Elle insiste, elle veut me parler. Je lui dis de m'attendre et je referme la porte. J'enfile un pantalon de jogging, un blouson et des baskets, j'ouvre la porte et j'entraîne Laura vers l'ascenseur.

La lumière est forte. Le soleil brille. On entre dans un café. Elle boit un thé et moi un crème. Elle pose sa tasse et lève les yeux vers moi ; elle a des hoquets nerveux, commence à pleurer. « J'ai peur. J'ai été faire des analyses, mon immunité est mauvaise, mes T4 ont baissé.

— Où t'as été pour les analyses ?

— Chez ma gynéco.

— Pour les T4 ?

— Elle a envoyé le sang à l'institut Pasteur. » Je ne sais pas pourquoi, mais j'ai l'impression que Laura ment, qu'elle répète des mots qu'elle m'a entendu dire ou qu'elle a lus dans des journaux. Tout à coup, elle dit : « Si tu veux me quitter, quitte-moi, mais ne méprise pas, je t'en prie... J'y peux rien, j'ai pas décidé, j'ai pas choisi de t'aimer. » Je me passe la main dans les cheveux et je soupire : « Y a des choses qui sont en train de changer. » Elle sort un sachet en papier de son sac et dit : « J'avais amené des croissants pour ton mec ! » Je me lève en bousculant la table, les tasses se renversent. Elle s'agrippe à moi, je la repousse.

Je sors du café et je l'entends crier : « Je les déteste les mecs, je les déteste et je veux plus aimer ! »

J'entre dans ma chambre. Jamel dort sous la couette, une jambe découverte. Je vais dans le salon, je regarde par la fenêtre : Laura est assise sur les marches de l'entrée de l'immeuble d'en face. Elle sort un cahier d'écolier de son sac.

Je ressors pour acheter du pain et un journal. Elle écrit sur son cahier. Au moment d'entrer dans l'immeuble, j'hésite, je traverse la rue et je dis à Laura : « Tu ne vas pas rester là toute la journée ? Ça sert à rien...

— Je m'en fous, je t'attends. »

Jamel s'est levé. Il est en blue-jean, torse nu. Il se penche pour voir la rue sous le store à moitié baissé. Il dit : « C'est elle ? La petite demoiselle en face ? On dirait une gamine.

— Elle a deux ans de plus que toi. »

J'imagine ce que Laura écrit ; quelque chose comme :

« J'ai froid. Je veux qu'il m'emmène. Et l'autre est là-haut, corps nu au-dessus du sien. Corps à la place du mien. Si au moins je pouvais ne plus rien sentir, ne plus regarder ces trois fenêtres, m'en aller... »

Plus tard, elle sonne. Je n'ouvre pas. Elle entre avec d'autres locataires. Je l'attends devant la porte de l'ascenseur. Je lui demande de partir, elle refuse, elle va vers l'appartement : « Ça suffit, tu m'ouvres, on parlera à l'intérieur !

— Fous le camp, je ne veux plus jamais te voir ni t'entendre !

— Je resterai devant ta porte jusqu'à ce que tu me fasses entrer. »

Je plaque Laura contre le mur et je glisse la clé dans la serrure. Elle essaye d'entrer. Je la repousse ; elle s'accroche au chambranle de la porte ouverte. Je lui fais lâcher prise, je claque la porte, elle reste dehors.

Elle se met à crier dans le couloir. Jamel s'est habillé, il a enfilé un blouson. Il ne me voit pas ; il est assis, il regarde la table noire ; il est tendu vers l'intérieur de lui-même comme s'il faisait des efforts immenses pour ne rien dire et s'abstraire de la scène. Laura frappe contre la porte : coups de pied, coups de poing, de laisse du chien. Elle hurle : « Ma vie est foutue... Ce pédé m'a filé le sida, je peux plus avoir de gosses et il me jette dehors... Je suis là comme une chienne pendant qu'il se fait enculer derrière cette porte. »

J'ouvre, je regarde Laura sans bouger, elle est à genoux dans le couloir, la voisine d'en face sort de chez elle : « Faites-la arrêter Bon Dieu... Moi je m'en fous, mais les autres vont appeler les flics... Chez nous ce genre de scènes ça se passe à l'intérieur, pas dans le couloir ! » Je vais vers Laura, je la traîne vers l'ascenseur, elle hurle en résistant.

Un autre voisin sort, il prend Laura dans ses bras et l'emmène lentement vers la porte de son appartement : « Vous allez venir un moment chez moi pour vous calmer. » Laura se retourne vers moi : « Salaud, tu veux me laisser crever, tu préfères te faire enculer par un Arabe ? »

Jamel apparaît sur le seuil, il dit sans crier : « Qu'est-ce que ça peut te foutre ? L'Arabe il t'emmerde et toi tu te casses. Il veut pas de toi, tu comprends ça ? » Je dis à Jamel de rentrer, je vais vers Laura, la dégage de l'étreinte du voisin, la prends par les épaules, l'entraîne vers mon appartement.

Jamel est dans ma chambre, assis au bord du lit, elle va vers lui, il dit : « Ne me parle pas. Je n'existe pas, OK ? »

Laura va dans le salon. Elle s'assoit dans le canapé. Je fais des aller et retour de l'un à l'autre. Jamel finit par venir dans le salon. Je demande à Laura de s'excuser. « Qu'est-ce que j'ai dit ? » Jamel est debout à l'écart, il dit sans la regarder : « Tu sais pas parler, tu te trompes de mots... Il veut pas de toi, tu te barres c'est tout !

— Et toi, tu sais parler ?

— Je sais dire ce que je veux dire. »

Ils me regardent tous les deux, je ne dis rien. Jamel s'énerve : « Pourquoi tu dis des choses comme ça " l'Arabe ", " sale Arabe " ?

— Je suis pas raciste, c'est pas vrai, je suis pas raciste... Tu sais très bien toi que c'est pas vrai, putain mais dis quelque chose, t'es tellement lâche que t'as peur de nous perdre tous les deux. C'est à cause de toi qu'on est là à s'envoyer toutes ces saloperies ! »

C'est vrai que je ne veux pas choisir. Jamel lui dit : « Tu me connais pas, tu sais rien de ma vie, tu savais que j'étais un enfant martyr ?

— Ce mec il m'a foutue en l'air, j'ai le sida, je pourrai plus jamais aimer personne.

— T'en trouveras un autre... »

Je ne peux pas m'empêcher de rire ; c'est un truc d'enfant, pour m'échapper. Laura dit : « Marre-toi, c'est pas vrai que tu m'as filé le sida ?

— T'es tellement menteuse qu'on peut même pas croire le contraire de ce que tu dis.

— Tu lui as dit à ton mec que t'es séropositif ou tu lui as fait le même coup qu'à moi ? » Jamel répond plus vite que moi : « Je m'en fous ! », et moi : « On baise pas ensemble.

— Bien sûr !... C'est pas toi qu'as parlé d'Arabe, par hasard ? Hier quand je t'ai appelé, t'as pas dit : " Non, je peux pas te voir ce soir, j'ai un pensionnaire. " ? Et quand je t'ai dit que j'avais envie d'aller au hammam avec toi, t'as pas dit : " Ah oui, c'est une bonne idée je vais y aller avec ' mon petit Arabe '... " ?

— J'ai pas dit ça comme ça.

— Ça te fout la honte, hein, que Jamel sache que t'as parlé comme une petite folle parisienne ! » Jamel se dresse brusquement : « C'est pas cool, je veux pas entendre ça », et à moi : « Toi non plus t'es pas cool ! » Il devient dingue, fonce vers la sortie, donne un coup de poing à toute force dans la porte du salon.

Je le suis ; je le rattrape dans l'escalier. Il se prend la tête dans les mains : « Je veux plus entendre des trucs comme ça. Personne a le droit de me faire ça.

— Elle dit n'importe quoi, fais-moi confiance, il faut pas casser ce qu'il y a entre nous.

— Personne a jamais fait ce que t'as fait pour moi, personne a jamais pleuré pour moi, mais là c'est trop, je peux pas entendre ce que j'ai entendu. »

On regarde sa main, plusieurs articulations sont bleues et enflées ; ça saigne un peu. Je dis : « T'as mal ?

— C'est rien, je préfère avoir tapé dans une porte que sur sa gueule ou sur la tienne ! »

On remonte dans l'appartement. Laura est assise par terre sous une fenêtre ; Maurice est terrorisé, il essaie de s'enfuir. Je vais dans la salle de bains avec Jamel, je lui donne une compresse et de l'alcool, il soigne sa main. Laura nous rejoint, elle veut lui faire un pansement ; il refuse puis se laisse faire. Je vais dans le salon ; je regarde le trou qu'a fait le poing de Jamel dans la porte.

Dans la cuisine, je prépare du thé pour Laura. Elle a froid. Je vais lui chercher un pull, je passe devant Jamel, il dit : « Elle est pas méchante la pitchounette, elle est trop amoureuse. »

Je donne le pull à Laura qui grelotte dans la cuisine, elle dit : « Il est mignon, je l'aime bien. »

On décide de sortir. On monte dans ma voiture. Je veux aller aux Champs-Élysées pour trouver une banque ouverte. Les quais sont bouchés, je fais demi-tour et je prends le périphérique. C'est pire, on avance au pas. Jamel s'énerve ; il n'arrête pas de dire : « C'est samedi, je veux faire la fête ! »

Les banques sont fermées. Jamel dit que l'argent ne manque pas, qu'il y en a partout, à prendre facilement. J'ai faim, je vais acheter un sandwich. Quand je reviens à la voiture, Jamel n'est plus là. « T'es contente ? Qu'est-ce qu'il a dit ?

— Rien, il est parti par là... »

Je démarre lentement. Laura dit : « Tu vas pas le chercher ? Il a pris cette rue-là, à droite.

— Je le retrouverai pas... Y a des mots qu'il faut pas dire à ce genre de mecs.

— Tu te sers de lui, ça me dégoûte.

— Tu trouves dégoûtant d'être heureux pendant quelques minutes ?

— Il a pas besoin de toi, tu peux rien faire pour lui. Y a que ça qui t'excite dans la vie : faire des câlins à des petits voyous ? »

On roule. Elle le voit. Je gare la voiture en double file. J'appelle Jamel, il continue de marcher, je le rejoins, il ne veut pas me parler, je pose ma main sur son épaule, il s'arrête, dit qu'il a très envie de me frapper.

Laura sort de la voiture : « Ça va durer long-temps ? Je fais quoi moi ? » Jamel avance vers elle : « Tu vas pas recommencer, tu nous laisses parler, merde ! »

Je parle avec Jamel en marchant ; les mots tournent en rond. On repasse devant la voiture, Laura en jaillit, crie, fait mine de s'en aller, revient. Jamel dit : « Il faut bien que ça s'arrête un jour, alors c'est maintenant... Passe-moi dix balles que j'achète des clopes. »

On entre dans un tabac, il est plus calme. « Je sais pas... Je sais plus, laisse-moi. » Il s'éloigne, je dis : « Appelle-moi ce soir.

— Non... Je sais pas.

— Promets-moi que t'appelleras.

— Je peux pas promettre, parce que je tiens toujours mes promesses et que je sais pas si j'aurai envie de t'appeler.

— Promets-moi !

— Je te promets pas, mais je me forcerai à te téléphoner. »

Jamel est parti. Je monte dans la voiture, je dis à Laura : « Je t'emmène où ?

— Je vais avec toi.

— Non... Je te ramène chez toi.

— Je n'irai pas chez moi. »

On roule sur les quais, devant les tours de Beaugrenelle. Je lui dis que je ne lui pardonnerai pas ce qu'elle a fait aujourd'hui, et elle : « Alors c'est fini, tu ne veux plus de moi... » Elle pleure, elle suffoque, hurle, tape du pied sur le plancher, donne des coups de poing sur le tableau de bord. Je ne fais rien : j'aimerais être capable de tout arrêter en la prenant dans mes bras, mais je ne peux pas, c'est plus fort que moi ; je fais comme si elle jouait la comédie. Peut-être bien qu'elle joue.

La grille de la cité est ouverte, je vais en voiture jusqu'au pied de la tour. Je traîne Laura de force vers les ascenseurs. Elle se tasse en pleurs contre la glace du fond de la cabine ; les gens font semblant de ne rien voir, ils parlent à leurs enfants comme si nous n'existions pas.

On entre dans le studio. On se redit les mêmes mots, puis je me tais, elle parle sans arrêt, je dis seulement que je vais partir ; elle veut m'en empê-cher, se met devant la porte, je ne veux pas la frapper, je retourne dans la pièce ; elle en profite pour fermer la porte à clé de l'intérieur. Elle avance vers moi, le trousseau à la main : « Emmène-moi.

— Non. » Elle va dans la cuisine, ouvre la fenê-tre, tient les clés au-dessus du vide : « Si tu ne m'emmènes pas, je les jette. » Je reste loin d'elle, je ne dis rien, puis : « Donne-moi ces clés. » Elle balance des coups de pied dans les chaises et la table de la cuisine. Un bol plein de chocolat s'écrase par terre. Je vais m'allonger sur le lit : « Donne-moi ces clés, ouvre la porte, laisse-moi sortir. »

Je prends un couteau pour démonter la serrure. « Tu n'y arriveras pas, j'ai fermé à double tour. » Laura tourne autour de moi, elle va tranquillement dans la cuisine. « Tu sais bien que je ne jetterai pas la clé... » Le temps que je comprenne, le trousseau est au pied de la tour, dix-sept étages plus bas.

Je cherche un double des clés, je fais semblant plutôt. Laura dit : « Il y a un double dans le studio.

— Donne-le-moi.

— Je ne sais pas où il est, il faut que je le cherche. »

Je fouille machinalement. Elle est allongée sur le lit, elle bondit tout à coup, renverse la grande table blanche : machine à écrire, papiers, stylos, appareil photo, cendriers se mélangent sur le sol. Je cherche distraitement le double des clés dans le fatras des objets. Laura arrache les rideaux, décroche les sous-verre du mur et les jette par terre au milieu de la pièce. Elle crie, mais peu à peu ce n'est plus à moi qu'elle s'adresse ; elle parle de moi à la troisième personne. Elle dit qu'elle veut mourir, mais elle ne veut pas qu'on pense qu'elle est morte folle, alors elle se met à ranger tout ce qu'elle vient de jeter par terre.

Je suis allongé sur le lit ; je ne bouge plus ; elle parle toute seule : « Ma maman va le savoir qu'il n'a pas voulu m'aider... Je vais écrire une longue lettre... Même là-haut je continuerai de l'aimer... Il m'a laissé crever. Je ne suis plus rien... »

Je m'assois au bord du lit. Je prends son carnet d'adresses : je me demande qui appeler. Un de ses copains de l'immeuble ?

Je téléphone à Marc : « Il faudrait que tu me donnes un coup de main, je suis chez Laura et ça va pas du tout... » Laura entend mes mots, elle fonce sur le téléphone et réussit à couper la communication. Je rappelle Marc, je lui explique que je suis enfermé, que les clés sont passées par la fenêtre, qu'il faut qu'il monte et que je lui dirai quoi faire à travers la porte. Pendant que je parle, Laura me frappe à coups de balai. Je me protège des coups et le manche se casse contre mon avant-bras. Laura se met à quatre pattes ; elle veut couper le fil du téléphone avec ses dents.

Je pourrais éclater de rire, mais pour la première fois, je ne me contrôle plus : je lui prends les poignets et je la traîne jusqu'au lit en grognant comme une bête. Ma violence la terrifie, elle hurle encore plus, semble étouffer, arrache ses vêtements.

Elle s'est un peu calmée. J'essaie de lui enlever son pantalon entortillé autour de ses chevilles et de ses chaussures. Elle se recule : « Ne me touche pas ! » Je réussis à enlever le pantalon. Elle se met debout, cherche un bout de verre par terre pour s'ouvrir les veines, je la repousse vers le lit, sa tête heurte le mur en crépi ; elle a une éraflure au front.

« Il y a un double et je sais où il est, je vais te le donner... »
Je téléphone à sa mère, elle n'est pas chez elle, je laisse un message.
« Donne-moi le double, habille-toi, on s'en va.
— Je veux ranger avant.
— Non, donne-moi le double tout de suite. »
Elle va dans la cuisine, prend le double des clés

sous le buffet. Je vais ouvrir la porte. Elle enfile un tee-shirt et un jean. Je dis : « Maintenant je m'en vais.

— Attends-moi !

— Je m'en vais seul.

— Non !... Tu m'as dit de m'habiller et qu'on s'en allait ensemble...

— J'ai changé d'avis, pour une fois c'est moi qui ai menti. »

Je sors. Elle s'accroche à moi, je la repousse. J'avance dans le couloir vers les ascenseurs. Elle hurle. Je la pousse plus violemment, ma main heurte ses lèvres, elle y voit la marque d'un malheur ultime ; elle tombe à genoux. Je me penche vers elle, prends son visage entre mes mains, embrasse rapidement sa bouche : « Pardon, je ne voulais pas te faire mal, je m'en vais, c'est tout. »

Elle court vers le studio, entre, claque la porte. Je descends deux étages en courant aussi, remonte, viens écouter derrière la porte.

J'appelle l'ascenseur, je descends, je sors du côté où Laura a jeté la clé. Dans les allées, des gens regardent vers le haut de la tour : Laura est à la fenêtre, elle crie qu'elle va mourir. D'autres fenêtres s'ouvrent. Je cherche les clés dans l'herbe, je ne les trouve pas. Laura me voit, dit : « C'est lui, là, c'est lui ! », et elle se penche vers le vide. Les gens crient, je cherche toujours les clés, je ne crois pas à son suicide.

Mais peu à peu j'ai peur : si elle sautait vraiment pendant que je suis penché vers le sol ? Un type avec sa femme et des gosses crie : « Non, ne fais pas ça, ne saute pas !... Non, ne saute pas ! »

Je remonte au dix-septième ; les voisins sont

222

derrière sa porte, elle refuse de leur ouvrir. Le barbu fonctionnaire violoniste dit : « Ah, vous tombez bien, vous ! »

Je parle doucement : « Laura, ouvre-moi... » Je répète toujours la même phrase, c'est long, elle dit : « C'est fini, tout est fini, il n'a pas voulu m'aider...

— Laura je ne peux pas t'aider si tu m'ouvres pas. »

Elle ouvre, j'entre, je referme cette porte maudite.

« Pourquoi t'es là ? T'as eu peur ? Ma vie est foutue, tu m'as foutue... Il n'y a que toi et tu me laisses, je veux crever. »

Je suis calme, de nouveau : « Alors saute, vas-y saute, fais-le ! » Je l'entraîne vers la fenêtre de la cuisine : « Vas-y, saute !

— Tu m'as pas aidée, tu pouvais m'emmener.

— Je ne veux pas... Je ne veux pas finir cette journée avec toi. » Elle se penche brusquement par-dessus la rambarde, vers le vide. Je l'attrape par la ceinture. « Tu vois que tu me retiens. Tu le crois maintenant, que je peux sauter ? »

Le téléphone sonne, je décroche, c'est la mère de Laura : « Je croyais que ça allait mieux en ce moment.

— Je croyais aussi. » Je convaincs Laura de lui parler.

« Il n'y a que lui qui puisse faire quelque chose et il refuse de m'aider. »

Le ton monte très vite. Laura appuie sur le bouton du haut-parleur extérieur, j'entends ce que dit sa mère : « Non, tu ne peux pas vivre pour ce garçon, c'est pour toi que tu dois vivre. »

Laura l'insulte et raccroche. « Même elle... Même elle, elle me laisse tomber. » Je suis allongé sur le lit et j'éclate de rire. « Tu ne m'aimes pas, même pas un tout petit peu, rien, tu m'aimeras jamais. »

Elle rappelle sa mère. « Je n'en peux plus de la vie, il n'y a que lui et il refuse de m'aider. Il rit, il arrive à rire de tout ça !

— Depuis que tu connais ce garçon tu n'es plus la même, tout le monde le dit, tu deviens moche, tu es triste, éteinte. Tu as tout pour réussir, mais travaille, fais n'importe quoi, occupe-toi, cesse de ne penser qu'à lui.

— Je cherche. Même caissière dans un grand magasin, je trouve pas !

— Tu ne peux pas trouver ! Tout le monde sent que t'es mal dans ta peau, personne ne te fera confiance... Ce garçon n'est pas normal, il ne te donnera jamais ce dont tu as besoin. Tu n'as pas la force de résister, il va te détruire.

— Je sais très bien que j'ai pas la force, mais je l'aime. Tu sais ce que c'est ? C'est la première fois que ça m'arrive et ça m'arrivera plus jamais.

— Ne dis donc pas de bêtises !

— Tout le monde me laisse tomber. Mon père s'est barré, c'est tout juste s'il se souvient qu'il m'a faite. Même toi, depuis que j'ai ce studio, tu te débarrasses de moi.

— Je voudrais que tu apprennes à être indépendante, à te débrouiller seule.

— T'es trop conne, merde ! »

On sonne, c'est le gardien de l'immeuble. Il est avec une grande fille brune, il dit : « Ça va ?

— Pas trop, non. » Il entre dans le studio, jette un coup d'œil sur le carnage. Il s'approche de

224

Laura, pose la main sur son épaule ; je me dis qu'il est plus tendre que moi. « Faut pas se mettre dans des états pareils, Laura.

— Il veut me quitter.

— C'est des choses qu'arrivent, c'est pas une raison. »

Il m'entraîne un peu à l'écart : « Les flics sont là, qu'est-ce que je leur dis ?

— Je sais pas.

— Y a pas besoin d'eux ?

— Non.

— Je leur dis de repartir.

— Faut s'excuser de les avoir fait venir pour rien.

— C'est la fille qu'est là qui leur a téléphoné. Elle est de la police, elle habite dans l'aile en face, elle a vu Laura qui voulait se jeter par la fenêtre, alors elle a appelé ses collègues.

— Elle a bien fait.

— Bon, alors je vais leur dire de partir. »

Je vois la silhouette de Marc dans la porte d'entrée. Il fait quelques pas dans le studio, embrasse Laura. Je lui dis que ça va mieux, il repart.

« Habille-toi Laura, on sort d'ici.

— Je veux ranger un peu. » Elle ramasse des morceaux de verre, des objets, sanglote : « Mon beau cendrier... »

« On y va tout de suite, habille-toi. »

Encore la sonnette : ce sont les flics. « Qu'est-ce qui ne va pas monsieur ? » J'explique, je m'excuse de les avoir dérangés pour rien. Ils me demandent mes papiers, ceux de Laura, prennent quelques notes.

« Vous voulez qu'on vous emmène à l'hôpital, mademoiselle ?

— Non !

— Ce serait la meilleure chose à faire.

— Si elle ne veut pas, on ne peut pas l'emmener de force. »

Ils s'en vont, je referme cette porte encore une fois.

On sort du studio, on descend. Laura tient Maurice en laisse, il a l'air d'être devenu fou. La grille de la cité a été refermée ; le gardien me donne la clé. Laura s'assoit au bord d'un talus, elle pleure, des garçons passent devant elle ; celui qui pousse une moto bleue dit : « Ça va pas Laura ? » Je la fais monter dans la voiture, j'ouvre la grille, je rapporte la clé au gardien.

La nuit est tombée, je prends le périphérique extérieur, vers le sud. Il y a un bouchon. J'ai décidé d'aller chez moi, mais je ne sais pas si je supporterai la fin de la soirée avec Laura. Elle dit soudain : « Ça va mal se passer, je le sens. » Elle est brisée, vidée, j'ai mal à la tête. « Je t'emmène chez ta mère. »

« Je voudrais que tu me dises si tu m'aimes, ne serait-ce qu'un tout petit peu.

— Oui, je crois que je t'aime un peu.

— Tu peux pas savoir le bien que ça me fait d'entendre ça. C'est la première fois que tu me le dis.

— Je vais te dire autre chose, Laura. Si à cause

226

de toi je ne revois pas Jamel, s'il ne me rappelle pas ce soir, ce sera fini entre nous.

— Il rappellera.

— Il ne fallait pas casser ça, c'était important ce qui se passait avec lui.

— Je n'avais pas compris, il fallait me le dire.

— Te le dire ? Tu n'as même pas supporté qu'il existe !

— Si j'avais su que c'était si important pour toi, je serais jamais venue chez toi ce matin.

— Tu mens, ça aurait été pire... Si tant est que ce soit possible... Samy ne m'a jamais donné ce que Jamel me donnait vingt fois par jour.

— Samy s'est toujours foutu de ta gueule, je te l'ai dit.

— Ça t'arrangeait bien de le dire. Je savais très bien ce que je faisais avec Samy.

— Il s'est quand même bien foutu de ta gueule... Moi je te donne tout et tu me jettes. Je comprends rien, je suis mignonne, je sais plus.

— J'avais besoin de Jamel.

— Il t'appellera, il a besoin de toi lui aussi. »

Je me gare rue Blomet, je recule pour laisser passer un aveugle sur le passage pour piétons. Laura appuie sur le bouton de l'interphone. Sa mère est là, je suis soulagé ; Laura lui dit qu'elle voudrait passer la nuit chez elle. Je vais chercher le chien dans la voiture. Laura veut acheter un livre à la librairie d'en face. Elle me demande de le choisir ; un livre que je voudrais qu'elle lise, quelque chose qui vienne de moi. Je ne sais pas, je n'ai aucune idée, je lui tends un bouquin de Paul Bowles presque au hasard. Elle l'achète.

Je l'embrasse sur les joues, sur les lèvres furtivement. Elle marche vers l'entrée de l'immeuble, moi vers ma voiture, on se fait des signes de la main.

Il y a des embouteillages partout ; je mets plus d'une heure à rentrer chez moi. Il y a un message de Jamel sur le répondeur. Il dit qu'il rappellera. Je ne sais même plus si j'ai envie de le voir. Je me fais couler un bain.

Le téléphone sonne : c'est lui ; il est content de sa journée. Il dit : « Qu'est-ce que tu fais ? » Je devrais lui crier de venir tout de suite, qu'on va passer la soirée ensemble, mais je dis seulement : « Je ne sais pas et toi ? » Il a envie de faire la fête avec moi. Il est à Saint-Michel, il veut venir chez moi. « Tu viens comment ?
— T'occupe pas de la marque du vélo !
— Mais...
— Mais quoi ?
— Rien.
— Si, t'as dit " mais " !
— Je t'attends. Tu seras là dans combien de temps ? » Son ton change, il devient froid, cassant : « Je ne sais pas. » Il raccroche.

La baignoire est pleine. J'entre lentement dans l'eau brûlante. Je ne sais pas si Jamel viendra. Je ferme les yeux. J'ai mal pour Laura.

La sonnerie de l'interphone ; c'est Jamel. Il est ravi, un peu ivre ; il dit : « J'ai réfléchi, t'as raison, il faut pas casser ce qu'il y a entre nous ! » Il me saute au cou.

Il me montre le butin de sa journée : une sacoche en cuir, une paire de lunettes de soleil, quatre cents francs et un appareil photo. Il me tend l'appareil : « Tiens, c'est pour toi, cadeau ! »

Il me demande de venir avec lui à une fête organisée dans une ancienne usine de produits chimiques désaffectée : une zoulou-party avec des danseurs, des rappers, des types qui feront des graffitis. « Y aura des têtes du mouvement, même des types qu'ont bossé à New York, je vais peut-être chanter. » Je dis à Jamel que je n'irai pas avec lui, que je n'en peux plus de cette journée qui ne s'achèvera jamais. « C'est pas grave, à tout à l'heure. »

Il prend son sac à dos et la batte de base-ball.

« Au cas où les skins débarquent... Ils seront bien accueillis ! »

Jamel est offert à la rue, ma fatigue est dépassée. J'ai mis ma caméra vidéo sur un pied et je me filme nu. Je me branle devant l'objectif, mais cette nudité n'est pas triomphante, je crois que mon corps s'avachit, dépose les armes. Il est taché de points marron ; trop de mélanine.

Le téléphone sonne. Ça n'aura donc pas de fin. C'est la mère de Laura qui me supplie de venir tout de suite ; Laura est en train de tout casser dans son appartement, elle pleure, elle crie, elle donne des coups, elle étouffe : « Il faut que tu viennes et qu'on l'emmène dans un service, elle devient folle.

— Ça fait longtemps qu'elle est devenue folle ! »

Périphérique, ruban orange et noir. Porte de Versailles, rue Blomet. J'appuie sur le bouton de l'interphone, la mère de Laura me répond et m'ou-

vre la porte. Elle me dit qu'elle a téléphoné aux
services de psychiatrie de tous les hôpitaux de Paris
et qu'il n'y a de place nulle part ; trois semaines
d'attente pour les cas urgents ! Elle a trouvé une
clinique à Vincennes, " un endroit très bien où vont
beaucoup de gens du spectacle ".

Laura se calme en me voyant, mais ça ne dure
pas quand elle comprend que je suis venu pour
l'emmener à la clinique. Elle veut me frapper, je
l'immobilise. Sa mère enfourne des vêtements dans
un sac. Soudain, Laura baisse les bras ; elle devient
docile, prend un vieil ours en peluche et le serre
contre sa joue. Elle me suit jusqu'au palier. Sa
mère ferme la porte, nous montons dans l'ascenseur. Pendant la descente Laura se colle contre moi,
frotte son sexe sur le mien. « Tu pourrais tout
arranger si tu voulais, il suffirait que tu me baises,
tout de suite... » Sa mère fait semblant de ne pas
entendre, elle regarde ailleurs. On sort de l'ascenseur, on marche vers ma voiture, Laura est toujours
contre moi, elle caresse ma braguette : « Allez,
emmène-moi chez toi, tu vas voir tout va s'arranger, tu vas me faire jouir... Je veux ta queue, donne-
la-moi... Maman, tu peux pas savoir comment il
m'a fait jouir ! Je suis sûre que personne t'a jamais
fait jouir comme ça ! » Sa mère murmure quelques
mots que je n'entends pas. Je fais un effort terrible
pour entraîner Laura vers la voiture et ne pas lui
dire : « Oui, je t'emmène chez moi et on va jouir
comme jamais. »

Elle m'échappe, court, s'allonge sur l'asphalte au
milieu de la rue ; une voiture freine brutalement,
s'immobilise à deux mètres d'elle. Je m'accroupis,
je la relève, elle se débat, je la traîne jusqu'à ma
voiture et la pousse à l'intérieur de force. Elle

230

frappe contre le toit et les vitres ; sa mère essaie de contenir ses coups.

De nouveau Laura se calme. Elle est comme une enfant, le visage contre la peluche élimée de l'ours. Elle est étrangère à son sort.

Les rues de Vincennes sont désertes. Je me gare devant un grand mur blanc. On entre dans la clinique ; un poste de garde dans un petit pavillon, une maison dix-neuvième dans un parc, plus loin un bâtiment plus moderne. Laura est admise, on nous emmène vers le bâtiment moderne. Deuxième étage, un service fermé. On dépose les affaires de Laura dans une petite chambre et on attend le médecin de garde. Dans le couloir je vois des têtes de zombis sur des corps éreintés, toxicomanes, suicidés, schizophrènes, dépressifs. Je ne dis rien mais je pense : « Mon Dieu, c'est pas vrai, on va pas laisser Laura dans cet enfer. »

Le médecin arrive. Après avoir parlé seul avec Laura, il dit qu'il va la mettre dans le service ouvert du premier étage. Je regarde sa mère, nous sommes soulagés. On descend les affaires dans une autre chambre. Le médecin parle avec la mère de Laura ; ensuite, il demande à me parler seul. Je lui raconte : un an et demi, le sexe, l'amour, les crises, les chantages. Je dis que je suis séropositif, que je l'ai peut-être contaminée ; c'est ce qu'elle prétend, mais je ne sais pas si elle dit la vérité. Je demande au médecin de lui faire un test sans l'avertir.

J'embrasse Laura sur les joues ; elle pose son visage au creux de mon épaule, murmure : « Je t'en prie, ne tente pas de t'éloigner pour me sauver. »

Je roule vers le quinzième arrondissement. J'ai l'impression d'avoir conduit un animal à l'abattoir. J'ai faim, je propose à la mère de Laura de manger quelque chose dans une brasserie de l'avenue de La Motte-Picquet. On parle du passé ; elle raconte l'Algérie qu'elle a connue, l'orangeraie de son père entre Oran et Tlemcen, la guerre, le départ, Marseille, la rencontre avec le père de Laura qui descend d'une grande famille républicaine espagnole, l'accident de la naissance de Laura, le divorce, la montée à Paris, un chanteur célèbre dont elle devient la maîtresse, le showbiz, l'aventure avec le patron de l'agence de publicité où elle travaille dont elle ne veut surtout pas que Laura soit au courant. « Ça risquerait de tout foutre en l'air avec le caractère qu'elle a ! » Je paye l'addition et on se sépare.

Je sors du périphérique à la Porte de Bagnolet. Je n'ai même pas envie d'aller me coucher ; je vais rejoindre Jamel. Je prends la direction de l'usine désaffectée où a lieu la zoulou-party. Je veux descendre la rue David-d'Angers, mais elle est barrée à la place Rhin-et-Danube par des cars de police. Des gens courent en tous sens et des gyrophares d'ambulances balayent les façades. Je fais demi-tour et je rentre chez moi.

Je tourne à droite à l'angle de l'avenue Gambetta et de la rue Pelleport et je croise un groupe de Harley Davidson qui démarrent. Je suis presque certain d'avoir reconnu Pierre Aton sur une des motos.

Je gare ma voiture dans le parking souterrain. Je prends l'ascenseur et je débouche dans le couloir du deuxième étage. J'appuie sur le bouton de la minuterie, je sors mes clés, mais je vois que la porte de mon appartement est entrouverte. Une sueur glacée m'inonde le dos. Il me faut une arme : je serre le trousseau dans mon poing fermé en laissant dépasser une clé entre mes doigts. Je pousse la porte et j'entre lentement.

L'appartement est entièrement saccagé ; meubles retournés, placards vidés, livres déchirés, canapé éventré, entrailles des instruments de musique répandues sur le sol, ma caméra vidéo dans la cuvette des chiottes recouverte de merde, sur un mur blanc du salon trois mots rouges : pédé, arabe, sida. Je referme la porte d'entrée.

Jamel est dans la salle de bains, par terre, sur le ventre, recroquevillé sur le carrelage, vêtements arrachés, slip aux chevilles, le cul plein de sang. Je lui touche l'épaule, il écarte ma main ; je veux le relever mais il refuse de croiser mon regard. Il dit : « Ils cherchent Samy. » J'essaie de savoir ce qui s'est passé rue David-d'Angers, mais Jamel n'ouvre plus la bouche.

Il se rhabille, enlève sa ceinture sur la boucle de laquelle est inscrit JAM, la jette par terre dans ma chambre, titube jusqu'à l'entrée. Au moment où il pose la main sur la poignée de la porte, on frappe contre le battant, une voix crie : « Police ! » Jamel s'arrête net et recule dans le couloir. J'ouvre, trois hommes sont là, les deux premiers l'arme au poing ; le troisième tient un bout de papier et un sac à dos rouge ; il me montre le papier où est inscrit mon nom et mon adresse ; je le reconnais ; je l'avais écrit pour Jamel et j'avais eu peur qu'il le perde au Havre. « C'est bien vous ?

— Oui.

— Qui a écrit ça ?

— Moi. »

Il me montre le sac à dos : « Et ça ?

— Je l'ai perdu hier. »

Les deux flics armés me plaquent contre le mur, le plus jeune pose le canon de son pistolet sur ma tempe : « Pas de salades s'il te plaît ! » Le troisième fouille l'appartement, il entre dans le salon. J'entends : « Putain, y a eu un ouragan ici !

— Je me suis engueulé avec ma copine. » Le canon remue contre ma tempe : « Où est le propriétaire de ce sac ? » J'attends qu'ils frappent, mais ils lèvent les yeux vers le couloir où s'avance Jamel qui dit : « Vous énervez pas, je suis là. » Un flic palpe Jamel, dit : « Tes papiers ? » Jamel sort un passeport de la poche arrière de son jean : « AbdelKader Douadi, Algérien en situation irrégulière, je vous suis !

— Tu causes bien toi ! »

Je dis : « Qu'est-ce qu'il a fait ? Vous pouvez pas l'embarquer comme ça !

— Il faut te demander la permission ? » Le flic montre le carnage dans le salon : « Occupe-toi de tes fesses, apparemment ça va te donner du travail ! » Ils sortent. La porte claque. Je vais à la fenêtre ; je vois Jamel, les mains attachées derrière le dos par des menottes, qui traverse la rue entre deux flics. Il se retourne, me voit à la fenêtre, sourit, monte dans la voiture noire et blanche. Bruit de moteur, sirène, gyrophare, la nuque de Jamel dans la glace arrière. Évidemment c'est l'aube.

Rien dans les journaux du jour. J'appelle Samy ; je le préviens que Pierre Aton, le cherche. Il dit :

« Ils n'ont pas la nouvelle adresse de Marianne et ils ne savent rien sur elle. »

Le lendemain, je lis tous les articles sur la zoulou-party achevée dans le sang. Les skins sont venus comme l'avait prévu Jamel ; bagarre générale, cou-teaux, barres de fer, battes de base-ball ; beaucoup de blessés dans les deux camps. Un B.Boy s'est battu en combat singulier avec un chef skin sur-nommé Panik. Le B.Boy a pris le dessus à coups de battes de base-ball. Panik est resté sur le carreau, colonne vertébrale brisée, les deux jambes paraly-sées, sans espoir de remarcher. Personne ne sait qui a battu Panik : on ne dénonce pas, ni chez les skins ni chez les B.Boys. Mais les journalistes ont tous entendu cette petite phrase, comme s'il fallait qu'elle entre dans la légende : « Y a que Jam qui a pu faire ça ! »

Je ramasse la ceinture de Jamel dans ma cham-bre, je la mets dans un sac en plastique et je descends jusqu'à ma voiture.

C'est la nuit. Je me gare près du pont de Bercy, je marche le long du parapet. Je m'arrête et je regarde en bas, sur la rive gauche, les silhouettes des hommes qui se dirigent vers les souterrains du sexe. Je sors la ceinture du sac en plastique et je la jette dans le fleuve. Elle touche l'eau, un rayon de lumière d'un réverbère accroche la boucle de cuivre qui me renvoie un reflet solaire. L'eau se referme sur la ceinture de Jamel et les trois lettres JAM.

Je téléphone à un ami juge d'instruction qui me dit comment faire pour savoir où est Jamel.

J'apprends que le préfet a décidé son expulsion immédiate. Jamel est dans un camp de rétention près de l'aéroport d'Orly.

Il pleut. Je slalome entre les voitures sur le boulevard périphérique et l'autoroute. J'arrive au camp : Jamel n'y est plus. Je remonte dans ma voiture et je fonce à l'aéroport. Je lève la tête vers les grands panneaux d'affichage noirs : l'avion d'Alger a décollé il y a dix minutes. Jamel est dedans. Je crois qu'il ne sait même pas parler l'arabe.

La mère de Laura me téléphone. Elle vient d'avoir le résultat du test que Laura a passé à la clinique : négatif ; elle n'est pas porteuse du virus du sida.

Avec ce mot : négatif, tout change. En même temps, rien ne change : Laura devait être persuadée qu'elle était contaminée et malade ; peut-être même, à certains moments, l'avait-elle souhaité. Puisque la mort doit venir, autant qu'elle soit portée par celui que l'on aime ou que l'on croit aimer.

Laura est dans un couloir de la clinique. Elle m'appelle, me dit qu'elle n'en peut plus, qu'elle va sortir, me retrouver, qu'on va s'aimer comme avant. Je ne parle pas, je suis absent ; puis je dis que je connais le résultat du test, qu'elle n'a plus aucune prise sur moi, que c'est comme si elle n'existait plus. Elle se met à pleurer, des mots saccadés sortent de sa bouche : « Alors, ça y est, ils ont gagné, ta mère et tous les autres, je reçois cinquante millions de tonnes de haine qui traversent les lignes téléphoniques, je suis plaquée au sol, la prochaine fille qu'est-ce que tu vas l'aimer de pas être comme moi, tu vas l'aimer à la folie, tu sais tous ces cauchemars que je fais en ce moment, c'est sans suite, je vaux mieux que tout ça, je suis jolie, et y a que les dieux qui savent comment je t'aime ! Je t'aime plus que la vérité ! » Elle a crié la dernière phrase. J'entends des bruits de lutte par le combiné qui pend au bout de son fil et d'autres cris de Laura qui vont en diminuant.

On l'emmène au deuxième étage, dans le service fermé.

J'entre dans des pharmacies et j'achète des insulines. Torse nu devant la glace de la salle de bains, je répète cent fois les mêmes gestes : enfoncer l'aiguille dans la veine à la pliure de mon coude gauche, tirer sur le piston pour aspirer le sang dans la seringue, retirer l'aiguille de la veine. Là, je tiens la seringue dans ma main comme une arme blanche, au bout de mon bras tendu, et je menace mon reflet dans le miroir comme si je n'avais pas mon propre corps en face de moi, mais celui de Pierre Aton ou d'un des frères d'Héliopolis. Je dis entre mes dents : « Je vais t'envoyer mon sang pourri dans les veines et tu vas crever lentement, comme tu le mérites. »

Laura est sortie de la clinique. Les jours ont passé. Elle m'a téléphoné plusieurs fois. Je ne veux pas lui répondre.

Un matin, une équipe de tournage est réunie chez moi pour préparer un clip. Le téléphone sonne, l'assistant réalisateur répond, me dit que c'est Laura. Je fais signe que je ne suis pas là et je prends l'écouteur. Laura dit à l'assistant : « T'es qui toi ?... T'es mignon ? Tu l'encules ou c'est lui qui te saute ? » L'assistant raccroche, il est rouge vif, je lui dis que ce n'est rien.

Laura m'écrit des lettres. « Toute cette solitude que j'ai apprise de toi. Je penserai toute ma vie à mes larmes après avoir fait l'amour avec toi ; mes larmes d'émotion, de bonheur intense d'avoir été si haut dans le plaisir avec celui que j'aime. »

Avec une lettre, des pétales de fleurs séchés ; avec une autre, une boule de cristal bleu. « Mon amour, pour que tu puisses voir autant de fois que tu le désires le bleu du ciel ou de la mer. »

Bien entendu, j'ai fini par lui répondre. J'ai dit que je ne pouvais rien oublier des mensonges et des chantages et elle : « Je te prouverai que j'ai changé, tu reviendras vers moi. » Elle a trouvé du travail dans une boîte de publicités radiophoniques. On lui a donné un husky sibérien : un animal entre chien et loup.

Tous les quinze jours j'éclaire le plateau d'une émission de télévision. Je ne filme plus la ville avec ma petite caméra vidéo. Je ne supporte plus les après-midi. Après le déjeuner je m'allonge sur mon lit et je suis paralysé, je pèse une tonne. A quatorze heures l'angoisse monte ; à dix-sept heures elle est à son comble ; à vingt heures elle a presque disparu. Quand je veux réfléchir ou travailler, je ne parviens pas à me concentrer et je pense à la cocaïne, aux états extrêmes dans lesquels elle me plongeait et que je ne retrouverai pas.

Les médecins ont diminué mes doses d'AZT : six par jour ; trois le matin, trois le soir. C'est moins pénible. Je souris, je ris, mais c'est en surface, sur mes lèvres, parfois dans mes yeux. Le rire a quitté la profondeur de mon corps. Tout me semble banal, même mes boutons mauves qui grossissent.

Un matin, à sept heures et demie, j'entre à l'hôpital Tarnier pour une prise de sang. J'ai l'impression très vague de connaître le type qui est avant moi, assis sur la chaise de skaï rouge, un garrot de caoutchouc autour du bras gauche, une aiguille dans la veine à la pliure du coude. Il a le visage bouffi, déformé par les lésions du sarcome de Kaposi ; il peut à peine ouvrir les yeux. C'est mon tour, je m'assois sur la chaise rouge, je me penche pour lire sur le registre de l'infirmière le nom de l'homme : je l'ai très bien connu, il travaillait avec

mon père. Il était beau et athlétique, jeune ingénieur brillant. Il enfile une veste devant moi et c'est
une loque à peine humaine. Je dis juste « Bonjour » ; il me reconnaît forcément, mais il me
répond avec le même mot et s'en va.

Samy a quitté Marianne. Un soir, il est rentré
chez elle comme d'habitude et il a dit qu'il partait. Elle tapait un article sur le clavier de son
ordinateur. Elle a fait comme s'il n'était pas là,
comme s'il n'avait rien dit et elle a continué de
taper. Il a mis ses affaires dans des sacs. La porte a
claqué. Elle s'est effondrée ; elle a pleuré jusqu'au
matin.

Il vit avec une fille qui est costumière à la
télévision. Il me téléphone pour me demander de
lui indiquer un avocat. Il va passer en jugement
dans un mois ; il est complètement perdu, il ne sait
plus quoi faire. Il était ivre mort, il a eu un accident
de voiture ; les flics ont voulu l'emmener ; il les a
insultés, frappés. On l'a enfermé à Fleury en pré-
ventive. Sa copine a payé trente mille francs de
caution pour qu'il sorte.

Un samedi après-midi, je me gare devant la grille
de la cité où habite Laura. Je l'attends. Je la vois
avancer vers moi en tenant ses deux chiens en
laisse. Le husky n'est déjà plus un bébé, il est plus
grand que Maurice. J'embrasse Laura sur la joue,
dis : « T'as meilleure mine que la dernière fois où je
t'ai vue !

— Ça va super-bien maintenant. »

240

On roule sur l'autoroute de l'Ouest. Je m'arrête chez mes parents pour prendre du courrier. Je dis à Laura de rester dans la voiture, elle insiste pour venir avec moi.

Je vois le regard de ma mère sur elle et j'ai des mots d'une lâcheté incroyable : « Je suis venu avec la folle ! » Ma mère dit : « Qu'est-ce qu'elle fait là, celle-là ? » Je lui en veux d'avoir prononcé cette phrase, mais je me tais. Mon père est un peu à l'écart, apparemment indifférent. Laura le regarde avec de la tendresse voilée. Je prends mon courrier et nous partons.

J'emmène Laura dans un relais château près de Rambouillet. Mercedes et BMW sur le parking, patrons adultères avec leur secrétaire dans la salle à manger. Des yeux étonnés se posent sur nous ; sur Laura surtout, avec sa minijupe elle a l'air de sortir de l'école, comme quand je l'ai connue.

Nous nous couchons dans un lit très haut à montants de cuivre. Laura est sur moi, je la pénètre, je ferme les yeux, je les rouvre sur le plafond en partie masqué par ses cheveux longs, je lui dis à l'oreille : « C'est trop bon ! », puis d'autres mots plus obscènes et elle jouit sans retenir ses cris.

Le lendemain, nous nous promenons dans le parc, autour de la pièce d'eau. Laura dit : « Tu sais, un jour je changerai de vie. Je vais gagner de l'argent, je quitterai Paris, j'aurai une maison à la campagne et d'autres huskies, je les entraînerai pour les courses de traîneau... J'espère que ce jour-là je ne serai pas seule. »

Maurice tombe dans les douves, il nage sans savoir où aller, la panique dans les yeux. Je trouve

241

un endroit où quelques prises sur le mur me permettent de descendre jusqu'à l'eau et de le repêcher.

Nous quittons le château. Laura me caresse pendant que je conduis. Nous nous engageons dans un chemin forestier, nous faisons l'amour longtemps ; dans la voiture, contre un arbre, sur le sol moussu.

Je m'arrête pour prendre de l'essence. Nous allons ensemble dans les toilettes de la station-service, nous entrons dans la même cabine et nous faisons encore l'amour. Laura me dit qu'elle n'en peut plus, que son sexe lui fait mal. Je jouis presque à regret dans ma main ; j'aurais voulu que ça dure encore mille ans. On se sépare devant la grille de la cité.

Je suis toujours esclave des mêmes nuits, mais j'ai rarement l'énergie nécessaire pour descendre dans les entrailles de la ville. J'allume le minitel, je fixe des rendez-vous à des hommes qui mentent sur eux-mêmes, mais je me moque qu'ils soient laids ou vieux du moment qu'ils satisfont mes vices.

Un type habillé de cuir, petit et trapu, la quarantaine, m'attend devant un café de l'avenue Ledru-Rollin. On monte chez lui, il m'offre un verre de whisky, je le trouve plutôt sympathique. On va dans sa chambre ; il ouvre une grande malle d'osier remplie de gadgets en cuir et en latex qu'il étale sur le lit. Je dis : « Y en a pour plusieurs briques ! »

Ledru-Rollin me fait essayer quelques-uns de ses joujoux, puis il me dit : « Tu veux que je te suspende ? » Il déplie un harnais de cuir, je passe mes jambes et mes bras dedans. Il me fait monter sur un tabouret, accroche les suspensions du harnais à deux pitons plantés dans les murs du couloir. Je dis : « J'espère que ça tient ! », il enlève le tabouret.

Je suis suspendu, j'ai l'impression de me ramollir peu à peu. Ledru-Rollin veut me raser les poils du pubis et des aisselles. Des vagues de chaleur partent de mes pieds et montent jusqu'à mon crâne. J'ai envie de vomir, je commence à voir des étoiles blanches et je lui demande de me décrocher avant que je ne tombe dans les pommes. Je reste un bon moment étendu sur le lit, incapable de bouger. Il me dit que c'est toujours comme ça la première fois parce que les sangles du harnais bloquent la circulation du sang dans les artères fémorales. Il dit : « T'inquiète pas, je suis médecin. »

On va dans le parking souterrain de l'immeuble, je m'allonge dans la poussière et les taches d'huile et de cambouis. Ledru-Rollin est debout au-dessus de moi. Il pisse.

Les médecins m'ont conseillé d'aller à la clinique des Peupliers pour faire brûler mes boutons mauves au laser à l'argon. J'attends mon tour ; je vais aux toilettes et je lis les inscriptions sur le mur : " J'aime bien les infirmières qui portent un string ou un body sous leur blouse. Elles me font bander comme un taureau. Alors je viens ici me branler et j'éjacule comme un cheval ", et juste en dessous : " Où sont les taches ? "

Le dermatologue m'injecte de l'anesthésique sous la peau, autour des boutons. Il chausse des lunettes vertes qui protégeront ses yeux du rayon laser. Il m'en tend une paire. Il appuie sur une pédale. Le pinceau du laser brûle mes chairs avec des crépitements secs, presque métalliques. C'est un robot qu'on opère.

Je ne me souviens pas d'avoir vu mon père embrasser ma mère, la prendre dans ses bras ou lui tenir la main. Je ne me souviens pas d'un geste d'elle ou de lui sur moi, qu'il fût de tendresse ou de violence. Je n'affirme pas que ces gestes n'ont pas existé, mais je n'en ai rien retenu.

Après cette absence, la négation de nos corps, j'ai exposé avec rage mon corps révolté ; je l'ai dressé en paravent, en préambule à toute chose.

Et, quand je viens chez Laura à minuit passé, je sais qu'il y aura des gestes que je serai incapable de faire. Je traverse la cité endormie où les volets mal attachés grincent et claquent contre les murs clairs des tours. Je sonne ; les chiens aboient, elle m'ouvre la porte, elle me regarde à peine, elle regarde à terre. La lumière du couloir est bleu foncé, on ne voit presque rien. Le husky me fixe, œil marron, œil bleu. Maurice me griffe en me faisant fête. Je suis Laura qui retourne à son lit.

Mais ce soir nous ne faisons pas l'amour tout de suite. Nous sommes assis à la table de la cuisine. Nous buvons du sirop d'orgeat à l'eau, blanchâtre dans la pénombre. Nous regardons d'en haut la banlieue dans la nuit : la colline de Meudon, Boulogne, Issy-les-Moulineaux, des centaines de petits points orange et blancs.

Je souffre de mes gestes avortés, de la tendresse que je ne peux pas donner à Laura et que j'empêche qu'elle me donne. J'avais besoin d'une femme, elle est encore une enfant.

Elle dit qu'elle sait tout cela, mais que nos corps à corps auront la vie longue ; ils résisteront aux jalousies, au virus, à l'absence d'avenir. Et tout à coup je l'admire d'être capable, à vingt ans, de renoncer à l'idée d'un amour absolu pour ne prendre que ce que je lui donne.

Je pense à cette question que je m'étais posée quand j'ai rencontré Laura : « Combien d'hommes l'ont déjà fait jouir ? » J'ai été le premier. Je n'en tire aucune fierté. C'était écrit comme ça.

Quand je suis seul et que je me branle, c'est à elle que je pense et à nos fantasmes communs révélés dans nos étreintes. Laura ne connaît pas les détails du pire, le déroulement de mes nuits, mais je sais qu'elle sait que je peux la faire jouir comme personne d'autre parce que les nuits fauves existent, qu'elles font partie de moi.

Plus tard, nous faisons l'amour comme la première fois : deux amants qui se découvrent et s'étonnent de leurs caresses.

J'attrape la varicelle, un oubli de mon enfance. Hôpital Pasteur, perfusions, pustules badigeonnées d'un produit bleu sur le visage et sur le corps. Au même étage des hommes maigres agonisent du sida.

On me téléphone ; on passe me voir. Omar est au bord des larmes : son plus jeune frère est mort dans la nuit. Il avait volé une camionnette, il était poursuivi par une voiture de police, il s'est écrasé contre un mur ; la veille il avait perdu la clé qu'une femme arabe lui avait donnée pour le protéger. Quand il faisait des casses, il la portait toujours autour du cou et personne ne le remarquait. Il était invisible.

Le troisième jour, c'est Laura qui entre. Elle s'assoit au bord du lit. Je sens sa peur quand elle voit les taches bleues sur mon visage. Je sais qu'elle pense à d'autres lésions qui me défigureront peut-être. Elle réalise que je ne suis pas invulnérable.

Laura ne fait plus d'efforts pour venir chez moi. Elle dit qu'elle ne veut pas traverser Paris en métro, que ses chiens ne peuvent pas dormir seuls.

Depuis une semaine, elle ne m'a pas donné de nouvelles. Je lui téléphone. Elle a rencontré un garçon de vingt-deux ans qui est coiffeur. Elle passe ses soirées et ses nuits avec lui. Il la caresse, lui dit qu'il l'aime, qu'elle est belle. Il fait les courses, la vaisselle, promène les chiens. Ils prennent leur bain ensemble. Elle me dit : « Je préfère ne pas te voir. Si je t'ai en face de moi, je risque de douter de lui. »

L'absence de Laura me taraude. J'y pense sans cesse. Je passe au bureau où elle travaille mais c'est trop tard, le coiffeur est déjà venu la chercher. Je téléphone chez elle : sonnerie sans fin. Sur mon répondeur, plus de messages.

Un dimanche matin je réussis à la joindre. Elle dit : « Emmène-moi voir la mer ! »

Nous roulons vers la Normandie. Laura regarde l'asphalte. Mes questions restent sans réponses. Elle dit seulement : « Je ne pensais pas que tu réagirais comme ça. »

Après Rouen, elle dit en riant : « Tu sais, il me baise comme un gamin, il ne me fait pas jouir. Si je le suce, il éjacule en trente secondes. »

Il n'y a pas de chambre libre dans les hôtels de Trouville. On traverse le pont des Belges. Je prends une chambre au Normandy et on y dépose nos affaires. Je m'allonge sur le lit. Laura veut aller se promener sur la plage. Je dis : « J'ai envie de te baiser !

— Maintenant ?

— Tout de suite.

— Ah bon, t'as envie de me baiser ! » Elle vient sur le lit. Je la déshabille avec des gestes fébriles. Je suis à genoux devant elle allongée ; elle me branle à travers la braguette de mon jean, dit : « J'ai envie de ça depuis longtemps. »

Je la pénètre. Je pèse violemment sur son corps. Elle crie, jouit très vite. Tout de suite après, elle est immobile, elle ne me voit pas. Je dis : « Je jouirai plus tard.

— Ah bon... » Elle se lève, marche vers la salle de bains avec des gestes d'automate. J'entends l'eau qui coule dans la baignoire. Laura se lave de nos étreintes.

Nous dînons au bord de la plage de Trouville. Nous marchons dans le soir et nous revenons à l'hôtel. Laura tourne en rond dans la chambre ; elle allume la télé, s'assoit dans un fauteuil. Je suis seul dans le lit. Je lui dis de se coucher, que j'ai envie d'elle. Elle dit : « Pas moi ! »

Elle s'allonge. Nos corps se frôlent. J'ai mal. C'est insupportable, je n'admets pas son refus, son absence de désir. Elle dit : « C'est pas grave, essaye de dormir. » Elle me tourne le dos.

Je me relève, enfile mon slip et mon jean. « Qu'est-ce que tu fais ?

— Je rentre à Paris.

— Viens, recouche-toi. » Je prends ma ceinture sur la table. Je renverse un verre de jus d'orange. « Merde ! » Je lance une bouteille d'eau minérale contre le mur. Laura en reçoit des éclats, elle se lève brusquement, me regarde comme si j'étais prêt à la tuer : « On rentre à Paris.

— Calme-toi, c'était une bouteille en plastique. »

On se recouche. J'avale des Lexomil et je finis par m'endormir.

On prend le petit déjeuner au bord de la piscine couverte de l'hôtel. Effet de serre. Je dis : « Est-ce que ça va changer ?

— Je ne sais pas. Je suis désolée, je ne pensais pas que ça se passerait comme ça. Mais je ne peux pas me diviser, je n'ai jamais pu. Je croyais que j'étais amoureuse de lui, maintenant je sais que non, mais je suis bien avec lui et je n'ai pas envie de sexe avec toi pour l'instant. Tu m'as trop dit qu'on était plus ensemble, que c'était chacun pour soi. J'ai appris à ne plus souffrir, à m'éloigner. J'étais disponible pour rencontrer quelqu'un d'autre. C'est arrivé. Tu m'as habituée à la monotonie, à se voir seulement le soir, à se dire trois mots et à baiser. Je ne veux plus de ça, même si je sais que j'ai appris beaucoup de choses avec toi et que je suis pas prête de trouver quelqu'un qui me fera l'amour aussi bien. J'aurais tellement aimé partager les rires, les sensations. Je veux construire quelque chose. Avec toi je ne vais nulle part. »

Je me ramollis dans l'air chaud et humide. J'ai l'impression d'une gigantesque méprise. J'imagine des jours ensoleillés avec Laura dans une maison avec un jardin. Je pleure. Mais ce ne sont pas des sanglots ; juste deux filets tièdes et salés qui s'écoulent de mes yeux.

Je voudrais que mes larmes soient sincères.

J'ai pris l'avion pour Lisbonne. Je vais faire les repérages du film que Louis tournera cet été au Portugal ; le premier long métrage où je serai chef opérateur. J'attends qu'il se passe quelque chose d'exceptionnel.

Je suis immobile sur un trottoir du Restauradores. Je regarde mon image reflétée par une glace ambrée de la devanture d'un café. J'ai trente ans. Mon corps s'est un peu alourdi, mon visage un peu épaissi ; le menton est moins nettement dessiné, le cou un peu graisseux, les cheveux moins souples, moins brillants ; ils se soulèvent avec le vent et je pense à la Bretagne, à la Côte sauvage de Quiberon, à la jetée de Port-Haliguen d'où je regardais la mer avant le départ des régates. A quinze ans j'étais skipper d'un voilier de dix mètres. Je me suis égaré.

Il pleut. Abrités par un auvent, deux amoureux s'embrassent contre un mur d'azulejos fanés. C'est le garçon qui est dos au mur, il tient la fille collée à lui, ventre contre ventre. J'espère encore voir les amants se séparer quand je passerai près d'eux et, d'un coup d'œil pendant que leurs corps s'éloigneront, n'avoir aucun doute sur le désir du garçon. Mais eux, au pied de l'Alfama, devant le musée militaire, restent soudés l'un à l'autre près d'une guitare posée contre un sac à dos. Ils ignorent cette pluie atlantique qui me ressuscite. L'eau chargée d'ozone et des odeurs du port imprègne mes vêtements. Elle était tiède et devient froide au contact de ma peau.

Je voulais qu'à mon passage les amants interrompent leur étreinte sous les azulejos tachés par la coulée de rouille d'une conduite d'eau percée. Mais il n'en est rien ; l'œil droit du garçon, juste l'œil, quitte le visage de la fille pour s'assombrir vers moi. Un instant.

Un taxi me dépose près des docks d'Alcantara. Je regarde le pont suspendu du 25-Avril, mais ce sont les œillets de la révolution piqués au bout des fusils que je vois.

Je vois les pétales crachés par un jeune officier sur le corps nu de sa fiancée. Je vois des lèvres gonflées par le désir prendre la fleur accrochée à l'acier kaki ; des dents de loup séparent les pétales

250

de la fleur et une bouche au sourire oblique les souffle vers la fille étendue. Il n'y a aucun secret entre eux ; ils se regardent sans honte. La fleur a remplacé le sang ennemi. L'officier a calé son fusil contre un mur, il bande. Un pétale d'œillet s'est posé à l'entrée du sexe de la fille. La queue de l'officier le pousse à l'intérieur ; elle le sait ; elle pense que ce n'est pas un fragment d'œillet, mais le sang d'un soldat vierge que la queue de son amant a poussé en elle ; le sang d'un jeune Africain éclaboussé sur le bout du canon, là où la fleur était piquée. Elle pense au sang du gamin qui fait dans son sexe le trajet inverse de son sang à elle et elle jouit comme jamais. Elle crie comme Laura. Elle a le visage de Laura.

Je remonte la rua das Janelas Verdes. J'entre au musée des Arts anciens. C'est sombre et frais. Je parcours les allées. Je monte un grand escalier. Je reste longtemps devant un polyptyque du quinzième siècle attribué à Nuño Gonçalves où est représentée la vénération de saint Vincent de Fora par des personnages de l'Eglise, des militaires et des bourgeois.

Je vais partir, mais je vois à droite du polyptyque, dans un renfoncement, un autre tableau représentant saint Vincent. Il y est appuyé contre un pilier noir, jambes croisées, la gauche un peu en avant, mains derrière le dos ; ses cheveux sont châtain-roux, longs sur les oreilles et la nuque ; une auréole veinée d'or les surmonte.

Saint Vincent est nu, sauf un pagne qui ceint sa taille et moule son sexe. Son corps est sec et musclé, offert, légèrement vrillé sur lui-même. Ses deux yeux semblent ne pas regarder dans la même direction. Sa bouche est entrouverte, la lèvre inférieure pleine et sensuelle.

Il est la violence et la tendresse, le vice et la pureté ; comme un gigolo sur le trottoir d'une capitale.

Dehors, tout a changé. La pluie s'est arrêtée. Je m'assois sur un vieux banc en bois du jardin du 9-Avril. Le soleil frappe mon visage du côté droit. Le port est là, en contrebas, passé les rails du tramway et ceux du train qui longe la côte vers Estoril ; ensuite c'est le Tage, vert clair, piqué de moutons ; les grues qui cachent presque entièrement le Christ Roi érigé sur l'autre rive ; des cheminées, des coques de navires. Deux jeunes types descendent l'échelle de coupée d'un petit cargo gris battant pavillon panaméen : le Sambrine ; un des deux porte une longue amarre lovée autour de son épaule gauche ; elle bat sur son torse nu au rythme de ses pas.

J'ai devant les yeux une balustrade en fer forgé peinte en vert. Je vois les quais à travers les volutes du métal. Il fait beau comme jamais. Je suis vivant ; le monde n'est pas seulement une chose posée là, extérieure à moi-même : j'y participe. Il m'est offert. Je vais probablement mourir du sida, mais ce n'est plus ma vie : je suis dans la vie.

Je loue une voiture et je roule vers le sud. Je passe la nuit près de Sagres, à la Fortaleza do Beliche.

L'hôtel est dans une vieille forteresse qui surplombe la mer, à deux kilomètres du cap Saint-Vincent.

Je téléphone à Laura. Le coiffeur n'habite plus chez elle. Elle dit : « Tu n'as qu'un mot à dire... Dis-moi " Je t'aime " et je reviens. » Je ne sais pas aimer.

On se dit des mots obscènes, mais, portés par les fils électriques qui traversent l'Europe, ils arrivent à nos oreilles comme des souffles vitaux. On se branle et on jouit ensemble.

Le lendemain, en fin d'après-midi, je passe les remparts des corps des touristes hollandais qui se parlent en hurlant et j'avance vers l'extrémité de l'Europe : le phare du cap Saint-Vincent. On dit que le corps de certains saints exhale après leur mort une odeur très douce : l'odeur de sainteté. Je descends vers l'endroit où le parapet des fortifications et le mur du bâtiment du phare se rejoignent : le point le plus à l'ouest auquel on puisse accéder. Mais, à mesure que j'avance vers ce point, une odeur de plus en plus précise emplit l'air. Une odeur d'urine que le vent fort ne chasse pas. C'est l'odeur des nuits fauves.

Cinéma et TV

2993

Achevé d'imprimer en Europe (France)
par Brodard et Taupin à La Flèche (Sarthe)
le 29 mars 1996. 6031N-5
Dépôt légal mars 1996. ISBN 2-290-02993-9
1er dépôt légal dans la collection : mars 1991

Éditions J'ai lu
27, rue Cassette, 75006 Paris
Diffusion France et étranger : Flammarion